우리가 정말 알아야 할 우리 고전

# 가려 뽑은
# 재담

**우리가 정말 알아야 할 우리 고전 기획 위원**

고운기 | 한양대학교 문화콘텐츠학과 교수
김현양 | 명지대학교 방목기초교육대학 교수
정환국 | 동국대학교 국어국문학과 교수
조현설 | 서울대학교 국어국문학과 교수

우리가 정말 알아야 할 우리 고전

# 가려 뽑은 재담

초판 1쇄 발행 | 2015년 7월 15일

글 | 김준형
펴낸이 | 조미현

편집주간 | 김현림
편집장 | 박은희
편집 | 김보은
디자인 | 디자인 나비

펴낸곳 | (주)현암사
등록 | 1951년 12월 24일 · 제10-126호
주소 | 121-839 서울시 마포구 동교로12안길 35
전화 | 365-5051 · 팩스 | 313-2729
전자우편 | editor@hyeonamsa.com
홈페이지 | www.hyeonamsa.com

글 ⓒ 김준형 2015
ISBN 978-89-323-1744-1 03810

• 이 도서의 국립중앙도서관 출판예정도서목록(CIP)은 서지정보유통지원시스템 홈페이지
  (http://seoji.nl.go.kr/index.do)와 국가자료종합목록시스템(http://www.nl.go.kr/kolisnet/index.php)
  홈페이지에서 이용하실 수 있습니다.
  (CIP제어번호: 2015017122)

• 이 책은 저작권법에 따라 보호받는 저작물이므로 저작권자와 출판사의 허락 없이
  이 책의 내용을 복제하거나 다른 용도로 쓸 수 없습니다.
• 지은이와 협의하여 인지를 생략합니다.
• 책값은 뒤표지에 있습니다. 잘못된 책은 바꾸어 드립니다.

우리가 정말 알아야 할 우리 고전

가려 뽑은
재담

글 김준형

ᄒ 현암사

# 우리 고전 읽기의 즐거움

 문학 작품은 사회와 삶과 가치관을 총체적으로 담고 있는 문화의 창고이다. 때로는 이야기로, 때로는 노래로, 혹은 다른 형식으로 갖가지 삶의 모습과 다양한 가치를 전해 주며, 읽는 이에게 기쁨과 위안을 주는 것이 문학의 힘이다.

고전 문학 작품은 우선 시기적으로 오래된 작품을 말한다. 그러므로 낡은 이야기일 수 있다. 그러나 그 속에 담긴 가치와 의미는 결코 낡은 것이 아니다. 시대가 바뀌고 독자가 달라져도 고전이라는 이름으로 여전히 많은 사람에게 읽히는 작품 속에는 인간 삶의 본질을 꿰뚫는 근본적인 가치가 담겨 있다. 그것은 시대에 따라 퇴색되거나 민족이 다르다고 하여 외면될 수 있는 일시적이고 지역적인 것이 아니다. 시대와 민족의 벽을 넘어 사람이면 누구나 공감할 수 있는 보편적이고 세계적인 것이다. 그렇기 때문에 우리가 톨스토이나 셰익스피어 작품에서 감동을 받고, 심청전을 각색한 오페라가 미국 무대에서 갈채를 받을 수도 있다.

우리 고전은 당연히 우리 민족이 살아온 궤적을 담고 있다. 그 속에 우리의 지난 역사가 있고 생활이 있고 문화와 가치관이 있다. 타인에게 관대하고 자신에게 엄격한 공동체 의식, 선비 문화 속에 녹아 있던 자연 친화

의지, 강자에게 비굴하지 않고 고난에 굴복하지 않는 당당하고 끈질긴 생명력, 고달픈 삶을 해학으로 풀어내며, 서러운 약자에게는 아름다운 결말을 만들어 주는 넉넉함…….

사람과 사람, 사람과 자연의 '어울림'을 중요하게 생각했던 우리의 가치관은 생활 속에 그대로 녹아서 문학 작품에 표현되었다. 우리 고전 문학 작품에는 역사가 기록하지 않은 서민의 일상이 사실적으로 전개되며 우리의 토속 문화와 생활, 언어, 습속이 구체적으로 드러난다. 작품 속 인물들이 사는 방식, 그들이 구사하는 말, 그들의 생활 도구와 의식주 모든 것이 우리의 피 속에 지금도 녹아 흐르고 있음이 분명하지만 우리 의식에서는 이미 잊힌 것들이다.

그것은 분명 우리 것이되 우리에게 낯설다. 고전을 읽음으로써 우리는 일상에서 벗어나 그 낯선 세계를 체험하는 기쁨을 얻게 된다. 몰랐던 것을 새롭게 아는 것이 아니라 잊었던 것을 되찾는 신선함이다. 처음 가는 장소에서 언젠가 본 듯한 느낌을 받을 때의 그 어리둥절한 생소함, 바로 그 신선한 충동을 우리 고전 작품은 우리에게 안겨 준다. 거기에는 일상을 벗어났으되 나의 뿌리를 이탈하지 않았다는 안도감까지 함께 있다. 그것은 남의 나라 고전이 아닌 우리 고전에서만 받을 수 있는 선물이다.

우리 고전을 읽어야 한다는 데는 이미 많은 사람이 공감한다. 고전 읽기를 통해서 내가 한국인임을 자각하고, 한국인이 어떻게 살아왔으며, 어떻게 살아가야 할지 알게 하는 문화의 힘을 느낄 수 있다.

하지만 고전은 지난 시대의 언어로 쓰인 까닭에 지금 우리가, 우리의 청소년이 읽으려면 지금의 언어로 고쳐 쓰는 작업이 반드시 선행되어야 한다. 우리가 쉽게 접하는 세계의 고전 작품도 그 나라 사람들이 시대마다 새롭게 고쳐 쓰는 작업을 거듭한 결과물이다. 우리는 그런 작업에서 많이 늦은 것이 사실이다. 이제라도 우리 고전을 새롭게 고쳐 쓰는 작업을 할 수 있는 것은 우리의 문화 역량이 여기에 이르렀다는 방증이다.

현재 우리가 겪는 수많은 갈등과 문제를 극복할 해결의 실마리를 고전 속에서 찾을 수 있다고 확신하면서 우리 고전을 지금의 언어로 고쳐 쓰는 작업을 시작한다. 이 작업은 여기에서 멈추지 않고 앞으로도 시대에 맞추어 꾸준히 계속될 것이다. 또 고전을 읽는 데서 끝나지 않을 것이다. 우리 고전은 우리의 독자적 상상력의 원천으로서, 요즘 시대의 화두가 된 '문화 콘텐츠'의 발판이 되어 새로운 형식, 새로운 작품으로 끝없이 재생산되리라고 믿는다.

'우리가 정말 알아야 할 우리 고전'을 기획하면서 우리는 다음과 같은 몇 가지 원칙을 세웠다.

먼저 작품 선정에서 한글·한문 작품을 가리지 않고, 초·중·고 교과서에 수록된 작품을 우선하되 새롭게 발굴한 것, 지금의 우리에게도 의미 있고 재미있는 작품을 포함시키기로 하였다.

그와 함께 각 작품의 전공 학자들이 적극적으로 참여하여 판본 선정과 내용 고증에 최대한 정성을 쏟았다. 아울러 원전의 내용과 언어 감각을 훼손하지 않으면서도 글맛을 살리기 위해 여러 차례 윤문을 거쳤다.

경험은 지혜로운 스승이다. 지난 시간 속에는 수많은 경험이 농축된 거대한 지혜의 바다가 출렁이고 있다. 고전은 그 바다에 떠 있는 배라고 할 수 있다.

자, 이제 고전이라는 배를 타고 시간 여행을 떠나 보자. 우리의 여행은 과거에서 출발하여 앞으로 미래로 쉼 없이 흘러갈 것이며, 더 넓은 세계에서 더 많은 사람을 만나며 끝없이 또 다른 영역을 개척해 갈 것이다.

우리가 정말 알아야 할 우리 고전
기획 위원

# 차례

# 재치 있게 말하다

## 맷돌 노래

일곱 살 먹은 외아들을 학교에 보내 착실하게 공부 시키던 젊은 과부가 있었다. 하루는 방에서 밀을 가는데, 마침 학교에서 돌아온 아들이 과부가 일하는 맷돌 앞에서 장난을 치며 놀았다. 그런 아들을 보고 과부가 말했다.

"공부는 않고 무슨 장난을 그렇게 치느냐? 어미가 지금 맷돌질을 하는 것을 소재로 삼아 글이나 한 수 지어 보려무나."

말이 끝나기 무섭게 아들은 곧바로 글을 지었다.

"돌이 포개져 있지만 산은 아니고, 흰 눈이 펄펄 날리지만 춥지가 않도다. 종일 돌아도 길은 멀지 않고, 많이 먹어도 배가 부르지 않구나."

과부는 몹시 기뻐 아들의 등을 다독이며 말했다.

"너는 글재주를 더욱 넓혀 우리 집안의 문호*를 빛내도록 해라."

[요지경 100화]


## 김삿갓의 글재주

시골에서 여러 사람들이 모여 한담*을 나누다가 문득 한 사람이 말했다.

"근래에는 김삿갓을 보지 못했으니, 아마도 어디선가 죽었나 보네."

여러 사람들이 공론하였다.

"그러면 글제*를 써서 붙여 보세."

사람들은 큰길 사거리에다 푯말을 박고, 거기에다 글제를 크게 써넣었다.

굽은 바람과 네모난 달(曲風方月 곡풍방월)

그 후 어느 날, 이 길을 지나던 김삿갓이 푯말에 쓰인 글제를 보았다. 그는 빙그레 웃고 푯말 옆에 시 한 구절을 써넣었다.

맑은 바람이 산모퉁이를 만나면 굽어서 불고(淸風山隅曲 청풍산우곡)
밝은 달은 창을 통해 비취면 네모나지(明月照窓方 명월조창방)

다음 날 이것을 본 동네 사람들은 김삿갓이 살아 있음을 알았다.

[해성집 5화]


## 꿈에서 주공을 보다

학생이 낮잠을 자자, 선생은 이를 보고 게으르다며 꾸짖었다.

다음 날, 선생도 자리에 앉았다가 깜빡 잠이 들고 말았다. 이를 본 학

---

**문호** 대대로 내려오는 그 집안의 사회적 신분이나 지위.
**한담** 심심하거나 한가할 때 나누는 이야기. 또는 별로 중요하지 않은 이야기.
**글제** 글의 제목 혹은 글의 주제.

생이 선생에게 물었다.

"선생님은 어째서 낮잠을 주무시나요?"

"나는 꿈속에서 주공*을 만나기 위해서란다."

다음 날, 학생은 또 낮잠을 잤다. 선생이 보고 다시 꾸짖자, 학생이 대답하였다.

"저도 꿈속에서 주공을 만났답니다."

"그래, 주공께서 뭐라고 하시더냐?"

"주공께서 말씀하시기를 '어제 나는 네 선생을 보지 못했다'라고 하시던데요."

[소천소지 21화]


## 굴원의 혼령

옛적에 한 임금이 당시에 명성이 높은 윤행임*에게 물었다.

"임금은 신하에게 의義를 베풀고, 신하는 임금을 충성으로 섬긴다 하였소. 경은 신하의 도리를 지켜 임금의 명령을 거역하지 않을 수 있겠소?"

"신하가 되어 어찌 거역하겠습니까? 신은 비록 죽는 일이라 해도 피하지 않을 것입니다."

"그럼, 저 연못에 빠져 죽을 수 있겠소?"

윤행임은 명령을 받들고 즉시 연못 앞으로 갔다. 그리고는 연못에 빠질 듯 빠질 듯하다가, 결국 돌아서고 말았다. 그 모습을 본 임금은 몹시 화를 냈다.

"경이 연못에 빠지지 아니하였으니, 이는 참으로 임금을 속임이로다!"

그러자 윤행임이 천천히 대답하였다.

"황송무지하오나 신이 연못에 빠지려 하였더니, 연못에서 멱라수에 빠져 죽은 굴원●의 혼령이 나와 '나는 어두운 임금을 만났기 때문에 물에 빠져 죽어야 했지만, 그대는 성군을 만났는데 무슨 이유로 물에 빠져 죽으려 하느냐?'라고 외치기에 차마 물에 빠질 수 없었습니다."

임금은 이 말을 듣고 몹시 기뻐하였다.

[팔도재담집 34화]

## 공자와 아이의 문답

공자●가 마차를 타고 갈 때였다. 마침 여러 명의 아이들이 길 한가운데에 옹기종기 모여 앉아 흙으로 성 쌓기 놀이를 하고 있었다. 마차를

--------------------------------

**주공**周公 중국 주(周)나라 정치가로, 문왕(文王)의 아들이자 무왕(武王)의 동생. 무왕이 죽자, 직접 왕권을 장악하라는 주변의 유혹을 뿌리치고, 무왕의 어린 아들 성왕(成王)을 보좌하는 길을 택했다. 공자는 주공을 중국 황제와 신하들이 모범으로 삼아야 할 인물로 여길 만큼 존경하였다. 이 이야기는 『논어(論語)』 「술이편(述而篇)」에 "나도 많이 늙었다. 이렇게 오랫동안 꿈속에서 주공을 뵙지 못하다니(甚矣吾衰也! 久矣吾不復夢見周公!)"라는 대목을 활용하여 만들어진 것이다.

**윤행임**尹行恁 조선 후기 정조 때의 문신. 정조의 은총을 입어 20년간 지밀(至密)에서 왕명을 받들었으며, 정조가 죽은 뒤 이조 판서가 되었다. 그러나 후에 신유박해 때 투옥되어 죽었다.

**굴원**屈原 중국 전국 시대 초나라의 정치가이자 시인. 모함을 입어 자신의 뜻을 펴지 못하자 마침내 멱라수(汨羅水)에 빠져 죽었다. 그가 지은 『초사(楚辭)』가 유명하다.

**공자**孔子 중국 춘추 시대의 사상가이자 학자. 여러 나라를 두루 돌아다니며 인(仁)을 정치와 윤리의 이상으로 하는 덕치 정치를 강조하였다.

몰던 마부가 아이들에게 말하였다.

"물러서라!"

그러자 한 아이가 나서며 말했다.

"마차가 성을 피해 가야지, 성이 어떻게 마차를 피합니까?"

마차 안에서 이 말을 들은 공자가 곧바로 그 아이를 불렀다.

"어린아이가 어떻게 그런 이치를 알았느냐?"

"아무리 어려도 그런 이치야 모르겠습니까?"

"그럼, 너는 하늘의 일도 아느냐?"

"어린아이가 어떻게 하늘의 일을 알겠습니까? 눈앞의 일도 알지 못하는데….."

"눈앞에 보이는 일이야 왜 모르겠느냐?"

"그럼, 선생님께서는 눈앞에 보이는 것을 알 수 있습니까?"

"모를 것도 없지."

"그럼, 선생님의 눈썹은 몇 개나 됩니까?"

공자는 대답을 하지 못하고, 그 아이의 영특함을 칭찬하였다. 그때 아이는 일곱 살이었다.

[요지경 6화]


## 두 아이의 의론

한 사람이 길을 가다가 큰 소리로 다투는 아이들을 보았다. 그 사람이 다가가 싸우는 이유를 물어보니 아이들이 대답했다.

"저런 무식한 아이가 세상에 어디 있답니까? 나는 하늘가가 멀다고 하는데, 저는 하늘 가운데가 멀다고 하잖아요."

"저런 무식한 놈 보세요. 나는 하늘 가운데가 멀다고 하니까, 저는 하늘가가 멀다고 하네요."

그 사람이 두 아이의 의견이 완전히 달라 아이들을 불러 그렇게 말한 까닭을 물었더니, 아이들이 각각 대답했다.

"처음에 해가 뜰 때에는 더운 기운이 없다가, 가운데로 해가 올라올수록 더워지잖아요. 해가 멀리 있을 때는 더운 기운이 오지 못했지만, 차차 가까워지니까 뜨거워지는 것이지요."

"아니에요. 달이 처음에는 아주 크게 보이다가 차차 가운데로 올라올수록 작아지잖아요. 가까운 데는 크게 보이고 먼 데는 작게 보이는 것이 이치잖습니까?"

그 사람은 두 아이의 의견이 현명하기에, 둘 다 맞다며 칭찬해 주었다.

[고금기담집 51화]


## 예禮를 행하지 않는 것, 그것이 예다

나그네가 산속에 있는 절을 찾아갔다. 중은 나그네의 의복이 허름한 것을 보고 무례하게 대접했다. 잠시 후 의복을 잘 차려입은 사람이 들어오자, 중은 극진한 예를 갖춰 그 사람을 대접하였다. 그것을 본 나그네가 몹시 화를 냈다.

"손님은 저나 나나 한가지인데, 어찌하여 나에게만 이처럼 무례하게 군단 말이요?"

말문이 막힌 중은 둘러대듯이 대답했다.

"예를 행하는 것, 그것이 바로 예를 행하지 않는 것이지요. 예를 행하지 않는 것, 그것이 바로 예를 행하는 것이고요."

그 말을 듣자마자, 나그네는 곁에 있던 목침을 들어 중의 어깨에 모질게 내리쳤다. 중이 비명을 지르자, 나그네는 빙그레 웃으며 천천히 말했다.

"때리는 것, 그것이 때리지 않는 것이요. 때리지 않는 것, 그것이 바로 때리는 것이지요."

[절도백화 30화]


## 수염이 많은 천황씨

아이가 『사략』●을 읽는데, 할아버지가 장난조로 물었다.

"천황씨●는 어떻게 생겼다더냐?"

"수염이 많았답니다."

"네가 수염이 많은 줄 어떻게 아느냐?"

"그럼, 할아버지는 천황씨가 수염이 많지 않다는 것을 어떻게 증명할 수 있는데요?"

[절도백화 44화]

## 물로 얻은 것, 물로 돌아가다

어떤 주모가 술을 빚을 때마다 물을 많이 집어넣었다. 때문에 술맛이 매우 싱거웠다.

어느 날, 주모는 붉은 주머니에 술 판 돈을 넣고 마당을 거닐었다. 그런데 갑자기 솔개가 그 주머니를 낚아채고 날아가더니, 그것을 강에다 떨어뜨렸다. 주막에 있던 한 손님이 그 광경을 보고 웃으며 말했다.

"물로 얻은 것, 물로 돌아갔군!"

[소천소지 23화]


## 사치의 끝

호사로운 옷을 입은 여자가 길가에서 구걸하는 거지에게 물었다.

"참으로 불쌍하네! 그래, 당신은 무슨 일 때문에 거지가 되었소?"

"예, 물어봐 주시니 고맙습니다. 사실 제 아내는 부인처럼 사치를 몹시 좋아하였는데, 그 끝이 이렇더군요."

[걸작소화집 191화]

---

사략史略  간략하게 쓴 역사라는 뜻인데, 여기서는 『십팔사략(十八史略)』을 말한다. 이 책은 중국 남송 말에서부터 원나라 초까지 활동했던 증선지(曾先之)가 편찬한 역사서다.
천황씨天皇氏  『십팔사략』 맨 처음에 나오는 신화적 존재로, 삼황(三皇)의 우두머리다. 그의 열두 형제가 각각 18,000년씩 임금 노릇을 했다고 한다.

## 이방의 재치

평안 감사가 이방의 재치를 보려고 대동강에서 노는 오리를 가리키며 말했다.

"저 새는 십 리를 가든지 백 리를 가든지 왜 항상 오리라고만 하느냐?"

"예. 할미새는 어제 부화해도 할미새요, 오늘 부화해도 할미새라고 합니다. 그것은 무슨 이치겠습니까?"

"그럼, 새장구*는 다 해져도 새장구라고 하니 이것은 어찌 된 일이냐?"

"북은 동쪽에 놓여 있으나 서쪽에 놓여 있으나 항상 북이라고 하는 것은 또 어찌 된 일이겠습니까?"

문답이 모두 재담이다.

[익살과 재담 30화]


## 외양간 문이 좁았다

말을 잘하는 안동 좌수*의 말장난에 그 고을 원님은 상황에 맞게끔 대답하지 못해서 창피를 당하곤 했다. 하루는 좌수에게 복수를 하기 위해 원님은 관아에서 심부름하는 통인*과 몰래 입을 맞추었다.

"내일 좌수가 오거든, 너는 여차여차하여라."

다음 날, 좌수가 원님을 찾아왔다.

좌수가 방에 들어가 원님께 문안 인사를 드린 후 밖으로 나가려 할 때였다. 통인은 원님과 약속해 두었던 것을 명심하였다가 좌수가 문을 열고 막 나서려 할 때에 재빨리 문을 닫아 버렸다. 그 바람에 좌수의 도포 뒷자락이 문틈에 끼이고 말았다. 그것을 본 원님은 깔깔대며 말했다.

"그대처럼 민첩한 사람도 꼬리를 건사하지 못하는구려!"

좌수도 곧바로 응대하였다.

"꼬리를 잘 건사한다고는 했는데, 외양간 문이 너무 좁아서 이런 실수를 했네요!"

[요지경 101화]


## 제갈량도 어쩔 수 없다

성격이 사납고 질투심이 강한 부인이 있었다. 그러던 어느 날 무슨 일 때문인지 부인은 남편을 별실에 가둔 다음 자물쇠까지 채웠다. 남편은 며칠 동안 문밖으로 나올 수 없게 되었다.

그러던 중, 사위가 찾아와 별실에 갇힌 장인을 위로하였다. 그런 사

---

새장구  국악에서 쓰는 타악기의 하나.
좌수  조선 시대의 지방 자치기구인 유향소(留鄕所)의 가장 높은 임원. 그 고을의 사족(士族)으로 나이가 많고 덕망이 있는 사람이 좌수로 선출된다.
통인  조선 시대 때 원님 밑에서 잔심부름을 하던 구실아치로, 보통은 아이들이다.

위에게 장인이 말했다.

"이미 자물쇠까지 채운 방에 갇혔으니, 비록 제갈량˚이 다시 살아온다 해도 이 상황에서는 꼼짝할 수 없을 것이네."

"만약 제갈량이라면 처음부터 이 방에는 들어오지도 않았겠죠!"

[개권희희 70화]


## 스물다섯 살 된 남편 둘

한 사람이 딸에게 물었다.

"애야, 너도 과년˚하여 벌써 시집갈 때가 다 되었구나. 그런데 요즘 청년들은 행실이 불량하고 경솔하니 차라리 쉰 살이 넘더라도 학식이 있고 경험이 많은 신사에게 시집가는 게 어떻겠느냐?"

"아버지! 저는 쉰 살 된 남편 하나보다, 스물다섯 살 된 남편 둘이 더 나을 듯한데요."

[깔깔웃음 38화]


## 짖는 개를 물리치는 방법

어떤 사람에게 "손바닥에다 호랑이 호虎 자를 써서 짖는 개에게 보이면, 그 개는 더 이상 짖지 않는다"라는 말을 들은 사람이 손바닥에 호자를 크게 써서 다녔다. 그러던 중 거리에서 개가 짖기에, 그는 그 개에게 손바닥에 쓴 호 자를 보였다. 하지만 개는 아무렇지도 않게 그의 손을 물어뜯었다. 화가 난 그는 방법을 말해 준 사람을 찾아가 따졌다. 그러자 그 사람이 아무렇지도 않게 대답하였다.

"그 개가 무식한 개였나 보지 뭐."

[익살주머니 79화]


## 개에게 물린 사람

한 사람이 개에게 물리자, 어느 노파가 치료법을 이야기해 주었다.

"떡 한 조각을 물린 상처에 문지른 다음, 그것을 문 개에게 먹이라."

그 사람은 노파의 말처럼 한 후, 친구에게 그 사연을 말했다. 그러자 친구가 말했다.

"여보게! 그따위 짓을 다시는 하지 말게. 사람을 문 개에게 벌을 주지 않고 떡을 먹인다면, 세상의 모든 개들이 사람을 물려고 달려들지 않겠나?"

[해성집 10화]

---

**제갈량諸葛亮** 중국 삼국 시대 촉한의 정치가. 자(字)는 공명(孔明). 뛰어난 군사 전략가로, 유비를 도와 오(吳)나라와 연합하여 조조(曹操)의 위(魏)나라 군사를 대파하고 파촉(巴蜀)을 얻어 촉한을 세웠다.
**과년** 여자가 혼기에 이른 나이.

# 명관의 제사*

경상 감사에게 소지* 하나가 들어왔다. 그 소지에는 부처님께 바친 논을 되돌려 달라는 내용이 적혀 있었다. 자기 할아버지가 자손이 잘되기를 바라는 마음으로 좋은 논 열 섬지기를 경주 불국사에 바쳤는데, 자손이 잘되기는커녕 점점 구차해져서 마침내 거지가 될 지경에까지 이르렀으니, 감사는 부처님께 바친 논을 도로 찾아 달라는 것이었다. 감사는 아무리 생각해도 이 문제에 대해 현명하게 판결할 수 없었다.

그러던 중 마침 선산* 군수가 자신을 찾아왔다. 감사는 반겨하며 인사를 했다.

"선산 영감은 정치하는 재미가 어떻소?"

"감사 영감처럼 커다란 도 하나를 다스리면 재미가 있을지 모르겠지만, 저처럼 낮은 벼슬아치야 다스리는 고을도 자그마하니, 정치하는 재미가 별로 없습니다."

"그렇다면 이 소지를 판결해 보시겠소?"

군수는 그 소지를 보더니 별로 생각도 하지 않고 곧바로 판결문을 썼다.

"부처님께 논을 바친 것은 복을 많이 받기를 바란 데서 비롯된 것이다. 하지만 부처님의 영험*이 없어 자손은 오히려 가난해졌다. 그러니 부처님의 복은 부처에게 돌려보내고, 사람의 논은 사람에게 돌려보내라."

[고금기담집 18화]

24

## 삼년고개

경상도 지방에 삼년고개라 불리는 고개가 있는데, 옛날부터 그 고개에서 넘어지면 삼 년 안에 죽는다는 말이 전해 내려온다. 그런 까닭에 이 고개를 넘는 사람들은 모두 조심히 행동하였다.

어느 날, 근처에 사는 노인이 장에 갔다가 돌아오는 길에 실수로 그 고개에서 넘어지고 말았다. 낙심한 채 집으로 돌아온 노인은 아들을 불렀다.

"나는 이제 삼 년 안에 속절없이● 죽겠구나."

그러면서 몹시 슬퍼하였다. 같은 마을에 사는 의원이 그 사연을 듣고 노인을 찾아왔다.

"제게 좋은 약방문●이 있습니다."

노인은 몹시 기뻐하며 말했다.

"그러면 바삐 가르쳐 주시게."

"영감께서는 지금 당장 그 고개에 가서 다시 한 번 넘어지십시오."

이 말을 듣자 노인은 벌떡 일어나서 소리를 질렀다.

"이 못된 놈! 한 번 더 거꾸러져서 그 자리에서 죽으라고!"

-----------------------------------

**제사** 백성이 낸 소장(訴狀)에 대한 결과를 쓴 관청의 판결문.
**소지** 조선 시대 때 관청에 올린 청원서.
**선산善山** 경상북도에 있던 고을. 지금은 경상북도 구미시에 편입되었다.
**영험** 사람의 기원대로 되는 신기한 경험.
**속절없다** 단념할 수밖에 달리 어찌할 도리가 없다.
**약방문** 약을 짓기 위해 약명과 분량을 적은 종이. 처방전.

그러면서 목침을 들어 의원을 내리치려 했다. 의원은 노인을 진정시켜 자리에 앉힌 후 천천히 말했다.

"영감! 흥분하지 말고 내 말을 자세히 들어 보세요. 그 고개에서 한 번 넘어지면 삼 년을 산다고 하니, 두 번 넘어지면 육 년을 살 수 있지 않겠습니까? 이런 희한한 방법을 어찌 모르십니까?"

노인이 가만히 생각해 보니 과연 이치가 그러했다. 마음이 기뻐 의원을 잘 대접하여 보낸 후, 즉시 고개로 가서 일부러 여러 번 넘어지며 말하였다.

"넘어진 수만큼 내 목숨도 오래가기를 바라노라!"

그랬더니 공중에서 소리가 들렸다.

"걱정 마라. 동방삭•도 이 고개에서 천 번을 넘어졌느니라."

[요지경 66화]

## 사람의 장단점을 말하지 않은 황희

재상 황희•가 젊어서 어딘가를 갈 때였다. 그는 누런 소와 검은 소로 밭을 갈다가 쟁기를 벗기고 수풀 아래서 쉬는 노인을 보았다. 황희도 그 곁에 앉아 잠시 쉬며 노인과 한담을 나누었다.

"저기 두 소는 크기가 서로 다르니, 밭을 가는 데에도 우열이 있겠죠?"

그 말을 듣자, 노인은 황희에게 바싹 다가왔다. 그리고 그의 귀에 대고 조용히 말했다.

"검은 소가 조금 낫고, 누런 소는 조금 못해요."

황희는 노인의 행동을 이상히 여겨 물었다.

"노인께서는 마치 소를 무서워하듯이 조용히 말씀하시는데, 그것은 무슨 까닭인지요?"

"당신은 나이가 어려 잘 모를 것입니다. 짐승은 비록 사람의 말을 알아듣지 못하지만, 사람의 말에 숨은 선악은 파악합니다. 사람도 제가 못나 남에게 미치지 못한다는 말을 들으면 불평하는 마음이 생기는 것처럼, 짐승도 그런 말을 들으면 불평스러운 마음이 생기겠죠. 그런 이치야 사람이나 짐승이 무에 다르겠습니까?"

이 말을 들은 황희는 깊이 감동하고 불현듯이 깨우쳐 그 후부터는 다른 사람의 장단점을 말하지 않았다.

[익살과 재담 37화]


## 원만한 사람

말을 할 때마다 항상 원만하게 대답하는 사람이 있었다. 어떤 사람이 그를 시험해 보려고 다급하게 방문을 열고 말하였다.

---

**동방삭東方朔**  중국 한나라 때 사람. 전설에 따르면 서왕모(西王母)의 복숭아를 훔쳐 먹어서 죽지 않게 되었다고 한다. 마고(麻姑)가 동방삭을 잡기 위해 탄천에서 숯을 씻는 것을 보고 동방삭이 "삼천 년 동안 이런 광경은 처음"이라고 해서 잡혔다고도 한다.
**황희黃喜**  고려 말 조선 초의 문신이며 재상. 18년 동안 영의정을 지냈으며, 조선 왕조를 통틀어 가장 뛰어난 재상으로 꼽힌다.

"삼각산이 무너졌습니다!"

"그 산의 형세가 우뚝하니 반드시 무너졌겠구나."

황당한 질문에도 원만하게 대답하는 것을 본 사람은 밖에 나갔다가 다시 들어오며 말했다.

"다시 보니 삼각산이 무너지지 않았던데요."

"하긴 삼각산은 돌산인데 어찌 무너지겠느냐?"

[소천소지 87화]


## 이성계와 점쟁이

태조 이성계*가 아직 왕위에 오르기 전의 일이다. 앞으로 자기가 어떻게 될지 궁금했던 이성계는 점이나 한번 쳐 보려고 어떤 점쟁이를 찾아갔다. 점쟁이는 이성계를 한번 쓱 보고 말했다.

"당신의 골상*이 아주 훌륭하군요. 여기에 아무 글자라도 써 보십시오."

점쟁이가 건네준 종이에 이성계는 아무 생각도 하지 않고 물을 문問 자를 썼다. 점쟁이는 그것을 들여다보고서는 웃으며 말했다.

"이 글자는 왼편에서 봐도 임금 군君이고, 오른편에서 봐도 임금 군君이니, 당신은 반드시 군왕이 될 형상입니다."

점을 치고 나온 이성계는 집으로 돌아오다가 우연히 거지를 만났다. 그 거지를 자세히 보니 자기와 쌍둥이처럼 닮아 있었다. 이성계는 그때 무슨 생각을 했는지, 거지를 불러 말하였다.

28

"여보게! 내 부탁 하나만 들어주겠나?"

"네, 무슨 부탁인데요? 제가 할 수 있는 일이라면 들어주지요."

"여기서 조금만 더 가면 이곳에서 제일 유명한 점쟁이 집이 있네. 거기에 가서 자네의 신수•를 점쳐 달라고 해서 자세히 듣고 오게. 그때 점쟁이가 글자를 하나 쓰라고 할 것이니, 자네는 아무 생각 없이 물을 문(門) 자를 쓰게. 다른 글자를 쓰면 안 되네. 자, 이 돈을 가지고 가게. 점을 다 보거든 빨리 나와서 내게 이야기를 해 주게. 나는 요 앞 동네에서 기다리고 있겠네."

거지는 뜻밖에 돈벌이를 하게 되어 신이 나서 즉시 점쟁이를 찾아갔다. 그리고 이성계가 가르쳐 준 대로 점을 쳤다. 점쟁이가 글자를 써 보라고 하자, 거지는 이성계가 지시한 대로 즉시 물을 문(門) 자를 썼다. 점쟁이는 한참 동안 글자를 들여다보고 말했다.

"문(門) 아래에 입口이 달려 있으니, 거지가 분명하군."

이 말을 들은 거지는 곧바로 이성계에게 와서 들은 대로 말했다. 그러자 이성계는 무릎을 치며 점쟁이를 칭찬했다고 한다.

[걸작소화집 313화]

---

**이성계李成桂**  조선 제1대 왕. 고려의 장군으로서 요동 정벌을 위해 북진하다가 위화도에서 회군하여 고려의 우왕을 폐하고 조선을 세웠다.
**골상骨相**  얼굴의 생김새.
**신수**  한 사람의 운수.

## 점 하나가 왔다 갔다

한 사람이 말했다.

"작년 생일에는 두부 반찬을 차리더니, 올해에는 개장국●이로군."

곁에 있던 친구가 듣고 농담조로 말했다.

"작년 생일에는 太[콩]이더니, 올해 생일에는 犬[개]일세그려."○

[소천소지 33화]

## 풍년

한 사람이 친구의 집을 방문하자 친구는 주안상을 마련해서 내어놓았다. 그런데 술은 물처럼 싱겁고, 감은 매실처럼 작았다. 그것을 보고 그 사람이 껄껄대며 말했다.

"냉수에서는 술맛이 나고, 매실은 감처럼 크니 올해는 풍년인가 보네."

[개권희희 79화]

## 딸만 열둘

아들 없이 딸만 열둘을 둔 노인이 있었다. 하루는 단성사●에 갔다가, 그곳에서 몇 년 동안 연락이 되지 않던 친구를 만났다. 둘이 서로 반갑게 인사를 나누고 나서 친구가 물었다.

"그나저나 자네는 자녀를 몇이나 두었나?"

"딸이 다섯, 계집아이가 다섯, 여식이 둘이니 모두 열둘이지."

[요지경 32화]

## 피씨 문종회

피皮씨 성을 가진 사람은 제법 부자여서 털이 붙어 있는 가죽을 많이 사 두었다. 그렇지만 혹시라도 가죽에 좀*이 슬까 염려하여 날이 좋으면 그것을 꺼내 햇볕에 말리곤 했다.

어느 날도 그렇게 가죽을 꺼내 말리고 있었는데, 마침 한 친구가 찾아왔다. 친구는 물끄러미 그 광경을 보더니, 아무 말도 하지 않고 되돌아갔다. 피씨는 친구의 행동이 이상하여 급히 그를 불렀다. 그리고 그냥 돌아가는 이유를 묻자, 친구가 대답했다.

"오늘이 자네 집안 문종회*인데, 어떻게 다른 사람이 거기에 참석한단 말인가?"

"오늘은 문종회 하는 날이 아닌데….'

---

**개장국** 개고기를 여러 가지 양념, 채소와 함께 끓인 국. 보신탕. 옛날부터 삼복(三伏) 때 또는 병자의 보신을 위하여 이를 먹는 풍습이 있었다.
O한자 콩 태(太) 자와 개 견(犬) 자가 점의 위치만 다른 것을 가지고 농담조로 이야기한 것이다.
**단성사**團成社 1907년 서울 종로 3가에 세워진 우리나라 최초의 영화 상영 극장.
**좀** 옷감이나 종이 등을 상하게 하는 해충.
**문종회**門宗會 성과 본관이 같은 가까운 집안사람들의 모임.

그러자 친구는 마당에 널어 둔 가죽들을 가리키며 말했다.

"문종회 하는 날이 아니라면 어떻게 저렇게 많은 피皮[가죽]가 모일 수 있단 말이냐!"

[앙천대소 23화]


## 쌀밥은 상식•

상중喪中에 있는 사람이 우연히 붉은 쌀로 지은 밥을 먹게 되었다. 곁에 있던 친구가 그것을 보고 핀잔을 주며 말했다.

"붉은색은 즐거움을 뜻하니, 상중에 있을 때에는 그런 밥을 먹을 수 없네."

"자네는 흰 쌀밥을 먹지 않는가? 그렇다면 자네는 항상 상중에 있었나?"

[소천소지 91화]


## 천 냥짜리 거짓말

남에게 속지 않기로 유명한 재상이 있었다. 하루는 그 재상이 말하였다.

"누구든지 나를 속이는 자가 있으면 그에게 천 냥을 주마."

그 말을 듣고 곁에 있던 문객이 바로 말을 꺼냈다.

"제가 일전에 여러 친구들과 함께 훈련원•에서 활을 쏘고 있을 때였죠. 그 자리에서 날아가는 기러기를 맞히는 자가 있으면 그에게 한턱을 내자는 말이 나왔지요. 그때 제가 실없이 한 발을 쏘았더니, 그게 참으로 기러기를 맞혔지 뭡니까. 그래서 친구들에게 한턱을 얻어먹었죠. 그때 먹은 앵두가 참으로 탐스러웠는데, 그 크기가 사발만 하더군요."

"예끼, 이 사람! 사발만 한 앵두가 어디 있단 말이냐?"

"사발만 못해도 종지•만은 했습니다."

"그것도 거짓말일세."

"솔직히 아뢰자면 도토리만 했습니다."

"아마도 그 정도였겠지. 나를 속일 수야 없지!"

"대감님께서는 이미 제게 속으셨는데요!"

"내가 무엇을 속아?"

"기러기는 겨울에 있고, 앵두는 여름에 있는 것이 아니옵니까? 그러니 그 둘이 함께 있을 수 없죠."

재상은 무릎을 탁 치며 말하였다.

"아차차! 내가 속았구나!"

재상은 결국 문객에게 돈 천 냥을 내어 주었다.

[요지경 127화]

--------------------------------

**상식**喪食  상중에 있는 사람이 먹는 음식.
**훈련원**訓鍊院  조선 시대 때 군사의 시재(試才), 무예의 연습, 병서의 강습을 맡았던 관아.
**종지**  간장이나 고추장 따위를 담아서 상에 놓는 작은 그릇.

# 수말의 새끼

어느 고을에 원님을 속여 여러 번 돈을 빼돌린 이방이 있었다. 화가 난 원님은 이방을 불러 일부러 불가능한 명령을 내렸다.

"무슨 수단을 쓰든지 간에 너는 수말의 새끼를 구해 오너라."

원님의 명령을 거역할 수 없던 이방은 알겠다고 대답했지만 아무리 생각해도 수말의 새끼를 구할 방법이 없었다. 집으로 돌아와 음식까지 전폐한* 채 누워 걱정만 할 뿐이었다. 그 모습을 본 이방의 아들이 걱정하며 그 이유를 묻자, 이방이 대답하였다.

"원님이 수말의 새끼를 구해 바치라고 하는데, 세상에 수말의 새끼가 어디에 있단 말이냐? 이 때문에 내가 병이 들어 누웠단다."

아들은 이방을 위로하며 말하였다.

"아버지, 걱정 마시고 진지나 잡수세요. 제가 원님을 찾아뵙고 말씀 드리겠습니다."

그러고는 즉시 관아로 들어가 원님을 찾아뵈었다.

"네 아비는 어디 가고, 어쩌자고 네가 대신 왔느냐?"

"소인의 아버지는 지난밤에 수말의 새끼를 구하러 가다가 개 뿔에 걸려 넘어져 낙태*를 하고 말았습니다. 그래서 부득이하여 제가 왔습니다."

원님이 화를 내며 말하였다.

"이놈! 사내에게 낙태가 무엇이며, 또 개에게도 뿔이 있다더냐?"

이방의 아들은 그 말을 듣자마자 곧바로 대답하였다.

"그러면 수말의 새끼는 세상에 또 어디에 있단 말씀입니까?"

## 거짓말 선수

옛날 어느 정승이 거짓말을 잘한다는 사람을 불러다가 말했다.

"자네가 거짓말을 잘한다지. 그럼 나도 한번 속여 보게. 나는 지금까지 누구에게도 속아 본 적이 없거든."

"그렇습니까? 그렇지만 제게는 속지 않을 수 없을걸요. 그런데 요즘은 돈이 없어서 거짓말을 하지 못합니다. 거짓말을 준비하는 데에도 자본이 들거든요."

"그래, 얼마면 되겠나?"

"십 원 정도 있어야 됩니다."

정승은 곧바로 십 원을 주었다. 그 사람은 정승이 준 십 원을 가지고 거짓말을 할 재료를 가지러 집에 잠깐 갔다 오겠다면서 정승의 집을 나섰다. 그런데 그 후로 영 소식이 없었다. 하루이틀이 지나고 한 달이 지나도 그 사람은 정승에게 거짓말할 생각조차 하지 않았다. 늘 기다리며 긴장하던 정승은 하도 답답하여 그 사람을 불렀다.

-----------------------------

**전폐하다** 아주 그만두다. 또는 모두 없애다.
**낙태落胎** 태아가 달이 차기 전에 죽어서 나옴.

"거짓말할 밑천이라며 십 원까지 받아 가고서는 여태껏 거짓말을 하지 않으니, 어찌 된 일인가?"

"대감님은 그날 이미 제게 속으셨잖습니까?"

[걸작소화집 291화]


## 아버지로 태어나리라

어떤 노인이 자기에게 돈을 빌린 사람들을 불렀다.

"너희들은 너무 가난하기 때문에 이 생애에서는 도저히 내게 빌려 간 돈을 갚을 수가 없을 듯하구나. 만약 내가 너희들의 빚을 청산해 주면 너희들은 다음 생애에서 내게 어떻게 보답하겠느냐?"

그러자 거기에 있던 사람들이 나서며 말했다.

"저는 말이 되어서 어르신을 태우고 다니겠습니다."

"저는 소가 되어 어르신의 밭을 갈겠습니다."

노인은 몹시 기뻐하며 그런 말을 한 사람들의 빚 문권*을 모두 불태워 없앴다. 그렇게 노인은 다른 사람들의 말을 듣고 문권을 하나하나 없앴다. 그러던 중 어떤 사람의 차례가 되었는데, 그는 이렇게 말했다.

"저는 어르신의 아버지로 태어나겠습니다."

이 말을 듣고 노인은 몹시 화를 냈다.

"너는 빚도 갚지 않으면서 어쩌자고 내게 욕을 보이느냐?"

그러자 그 사람이 정중하게 말하였다.

"제가 어르신의 아버지로 태어나겠다는 것은 일생을 고생해서 재산을 모은 다음, 그 재산을 모두 어르신께 남겨 드리겠다는 말씀입니다. 또한 사랑의 깊이로 말을 한다고 해도 아버지만큼 자식을 사랑하는 자가 또 어디에 있겠습니까?"

[소천소지 79화]


## 돈이 필요한 대학생

돈이 몹시 궁한 대학생이 있었디. 그내 마짐 친척 한 분이 서울 구경을 온다는 편지를 받았다. 그는 몹시 기뻐하며 즉시 답장을 썼다.

"아저씨께서 오신다니 정말 반갑습니다. 제가 마땅히 정거장으로 마중 나가겠습니다. 그런데 오랫동안 뵙지 못한 탓에 아저씨의 얼굴을 기억할 수 없으니, 기차에서 내리실 때에 표적으로 왼손에 백 원짜리 지폐를 쥐고 내려 주십시오. 그때 지폐를 받는 사람이 조카인 줄 아시면 됩니다."

[걸작소화집 276화]

--------------------------------

문권文券  땅이나 집 따위의 소유권이나 그 밖의 권리를 증명하는 문서.

# 어리석은 대답 혹은 현명한 대답

① 날씨가 조금 풀렸다

갑: 오늘은 날씨가 조금 풀렸네.

을: 어제의 날씨는 누가 묶어 두었나?

[절도백화 89화]


② 해는 둥글다

갑: 동지*가 지났으니 해가 점점 길어지네.

을: 내 눈에는 똑같이 둥글게만 보이는데 뭐.

[절도백화 90화]


③ 여름에 눈이 오다

갑: 그해 겨울에 눈이 많이 내리면 다음 해 여름에는 비가 많이 온다
더군.

을: 그럼, 올해 겨울에는 비가 많이 내렸으니, 내년 여름에는 눈이 많
이 오겠구먼.

[절도백화 91화]


④ 욕을 보다

갑: 내가 오늘 큰 욕을 보았네.

을: 자네는 눈이 몹시 밝은가 보네. 욕을 하는 소리를 어떻게 볼 수

있지?

[소천소지 107화]

⑤ 파리가 먹은들

손님: 여보, 할멈! 밥상에 파리가 많이 앉았소. 거 좀 쫓아내시구려!

할멈: 손님도 참! 내버려 두세요. 그까짓 파리가 얼마나 먹겠습니까?

[걸작소화집 20화]

## 소름 끼치는 소설책

남편이 아내에게 말했다.

"오늘 서점에 가서 소름이 끼칠 만한 소설책 한 권만 사오구려."

이 말을 듣고 아내는 빙그레 웃으며 말했다.

"그럼, 제가 옷을 지으려고 외상으로 가져온 포목전˙ 계산서를 드릴게요."

남편은 아무 말도 하지 못할 만큼 소름이 끼쳤다고 한다.

[깔깔웃음주머니 56화]

------------------------------

**동지**冬至 이십사절기의 하나로 양력으로는 12월 22~23일경이다. 밤이 가장 긴 날이다.
**포목전** 베나 무명 따위의 옷감을 파는 가게.

## 임기응변

어떤 아이가 남의 집 유리창을 깨고 겁이 나서 도망가는데, 경관이 쫓아오며 말했다.

"이놈! 남의 집 유리창을 깨고 왜 도망가느냐?"

아이가 돌아보며 말했다.

"도망가는 게 아니에요. 빨리 집에 가서 유리 값을 가져오려 했단 말이에요."

[걸작소화집 254화]


## 비를 피한 달

동생이 하늘을 보다가 말했다.

"오늘 저녁에는 달이 없네요."

"비가 이렇게 내리는데 무슨 달이 보이겠느냐?"

"아! 달도 비를 피해 나오지 않았다는 말이죠?"

[소천소지 44화]


## 굴 도둑

도둑놈이 굴나무에 올라가서 도둑질을 하다가 주인에게 들켰다. 주인이 큰소리로 꾸짖었다.

"누구냐? 누가 귤을 도둑질하느냐?"

"아니요. 나는 도둑질하는 게 아녜요. 귤이 땅에 떨어졌기에 나무에 다시 붙이려고 올라왔을 뿐이에요."

[익살주머니 55화]

## 귀중한 짐승

선생과 학생이 이야기를 주고받았다.

"조선에서 가장 귀중한 짐승이 무엇이냐?"

"사자입니다."

"틀렸다. 조선에는 사자가 없다."

"그러니까 더욱 귀중하죠."

[걸작소화집 59화]

## 쌀이 많다

손님이 점심을 먹다가 모래를 깨물었다. 주인은 몹시 부끄러워하며 말했다.

"손님의 밥에는 모래가 많은가 봅니다."

손님이 웃으며 말했다.

"아니요. 그래도 쌀이 더 많은데요."

[절도백화 56화]

# 재치 있게 행동하다

# 게의 지혜

게가 개천에서 나와 언덕 위로 가는데, 여우가 조롱하며 말했다.

"네 걸음걸이는 나아가나 물러가나 이와 같으니 언덕 위까지 가려 해도 족히 이삼일은 걸리겠구나."

"네가 감히 나를 조롱하느냐? 그럼 나와 경주를 해보겠느냐?"

"네가 나와 경주하자고? 아이고, 우스워라! 어디까지 달릴까? 의주? 부산? 네가 원하는 대로 해 주지."

게는 여우의 조급함을 보고 가만히 말했다.

"경주하기 전에 서로 약속해 둘 것이 있네. 네가 내 앞에 서서 출발하되, 내가 '시작'이라고 말하거든 그때 일제히 나아가기로 하자."

여우가 허락하고 게 앞에 서서 출발 신호를 기다렸다. 그사이 게는 앞발로 여우의 꼬리 끝부분을 잡은 다음, "시작!" 하고 신호를 내렸다.

여우는 온 힘을 다해 목적지를 향해 달렸다. 목적지 근처에 이르자, 여우는 숨이 가빠 헐떡거리면서도 게의 동정을 보기 위해 방향을 바꿔 뒤를 돌아보았다. 그사이 게는 여우의 꼬리에서 내려 재빨리 목적지까지 달려가 큰 소리로 외쳤다.

"여우야, 네가 이제서야 도착했구나? 나는 이미 도착하여 기다린 지 오래다!"

여우가 몹시 놀라 다시 머리를 돌려 목적지를 보니, 과연 게가 먼저 도착해 있었다. 여우는 게를 조롱했던 것을 몹시 부끄러워하며 꼬리를 내리고 급히 달아났다.

[익살과 재담 48화]

# 효부가 된 며느리

불측한* 마음을 가진 며느리가 있었다. 며느리는 항상 병든 시어머니에게 어서 죽으라며 구박했다. 남편이 아무리 달래고 꾸짖어도 소용이 없었다. 구박은 날이 갈수록 심해질 뿐이었다.

이에 남편은 꾀를 내 시장에 가서 밤 한 말을 사 왔다. 그리고 그것을 아내에게 주며 말했다.

"내가 의원을 찾아가 어머님의 병환을 이야기하였더니, 의원이 '날마다 밤 스무 개씩 구워서 드리면 이 밤 한 말을 다 드시기도 전에 돌아가신다'라고 하더군. 그래서 밤을 사 왔으니, 두고시 구워 드리게."

며느리는 몹시 좋아하며 날마다 정성으로 그 밤을 구워 드렸다. 그랬더니 시어머니가 죽기는커녕 오히려 병이 나아 살까지 뽀얗게 올랐다. 시어머니는 마음속으로 '우리 며느리가 이제는 개과천선*하였나 보다' 하고 생각하여 며느리를 정답게 대했다. 며느리도 '시어머니께서 내게 고맙게 대해 주니 어찌 죽기를 바라리오' 하고 생각하였다. 그날 밤, 며느리가 남편에게 말하였다.

"이제는 밤을 사 오지 말고 불로초*를 구해다 주시구려."

남편은 그제야 마음을 놓고 아내에게 절하며 말했다.

"하느님이 도와 당신이 진정한 효부가 되었구려!"

[요지경 14화]

---

**불측하다** 생각이나 행동 따위가 괘씸하고 엉큼하다.
**개과천선**改過遷善 지난날의 잘못이나 허물을 고쳐 올바르고 착하게 됨.
**불로초** 먹으면 늙지 않는다고 하는 풀. 선경(仙境)에 있다고 한다.

## 시아버지를 가르친 며느리

시아버지가 새로 맞이한 며느리를 훈계하며 말하였다.

"너는 내일부터 문안 인사를 하러 오거라."

다음 날, 시아버지는 새벽부터 일어나 문안 인사 받을 준비를 하고 기다렸다. 하지만 며느리는 늦도록 오지 않았다. 화가 난 시아버지는 계집종을 시켜 며느리를 꾸짖었다. 그러자 며느리가 시아버지께 말하였다.

"저는 아버님께서 사당˙에 나아가 제사를 지낸 다음에 문안 인사를 드리려고 했습니다. 하지만 아버님께서 아직까지 사당에 나아가지 않으시기에 저 또한 여태껏 문안 인사를 드리지 못했습니다."

시아버지는 이날 이후로 새벽이면 반드시 사당에 나아가 제사를 지냈다.

[절도백화 29화]


## 평생 버릇 고치기

박 오장˙이란 사람은 말버릇이 고약하여 항상 며느리의 이름을 불렀다. 막내며느리를 맞이하자, 맏며느리가 그 사실을 말해 주었다.

"자네 이름이 무엇인가? 우리 시아버님께서는 항상 며느리의 이름을 부르신다네."

이 말을 듣고, 막내며느리는 꾀를 내서 말했다.

"제 이름은 부르기가 이상한데요….."

다음 날, 시아버지가 막내며느리를 불렀다.

"아가, 새아기 있느냐? 있으면 이리 오너라. 나는 우리 집에서 며느리의 이름을 부른단다. 그러니 네 이름을 말해 보아라."

"제 이름은 이상하여 말씀드리기가 어렵습니다. 제 집에서는 저를 '쥐며느리'라고 불렀습니다."

박 오장이 가만히 생각해 보니, 그 이름을 부르면 자기는 속절없이 쥐가 될 수밖에 없었다. 며칠 동안 고민하던 박 오장은 모든 며느리를 불러 모아 말하였다.

"이제부터는 너희들의 이름을 부르지 않으마!"

[익살주머니 77화]


## 약속을 지킨 아이

가난한 한 농부가 고개 너머 마을에 가서 "저녁 무렵에 도로 가져오마" 하고 소 한 필을 빌려다가 밭을 갈았다. 밭을 가는 동안에 해는 이미 서산으로 다 넘어가고 말았다. 농부가 탄식하며 말했다.

"소를 도로 갖다 주어야 하는데…. 이 밤에 고개를 넘자 하니 도적이 무섭고, 내일 갖다 주자 하니 약속을 어기게 될 터이니 어찌한단 말인가?"

---------------------------------

**사당** 조상의 영혼이 깃든 신주를 모셔 놓은 집.
**오장** 조선 시대에 지방의 봉수(烽燧)에서 봉수군을 감독하던 사람. 다섯 봉화 아궁이에 한 사람씩 배치하였다.

그러자 곁에 있던 여덟 살 된 아들이 그 소리를 듣고 말했다.

"도적을 꺼려서 막중한 약속을 지키지 아니하면 이다음에 누가 아버지의 말을 신용하겠습니까? 그리고 다시 또 무엇을 빌릴 수 있겠습니까? 제가 아버지를 대신하여 소를 가져다주고 오겠습니다."

그러고는 소를 끌고 고개를 넘어가는데, 과연 도적들이 산 밑으로 내려왔다.

"요놈! 이렇게 어두운 밤에 소를 끌고 어디를 가느냐?"

"저는 이 앞마을에 사는 아이인데, 어떤 사람들이 와서 제게 여차여차하라고 하였습니다. 그 사람들의 행색을 보니, 허리에는 무슨 노끈 같은 줄을 차고, 손에는 방망이를 들고, 입에는 호각*을 물고 있던데요."

그 말을 듣고 도적들은 혼비백산*하여 달아났다. 그 틈에 아이는 소를 무사히 가져다주었다.

[팔도재담집 30화]

## 이것은 누구의 팔인가

앞집에는 권력을 가진 최 승지가, 뒷집에는 세력이 없는 방 선달이 살고 있었다. 방 선달의 집에는 감나무가 하나 있었는데, 그 가지가 최 승지의 집 울타리 너머로 늘어져 있었다. 최 승지는 방 선달을 무시하여 "내 집으로 늘어진 감나무 가지는 내 소유다"라며 감을 모두 따 먹었다. 방 선달은 권력에 눌려 아무 말도 하지 못한 채 해마다 감을 빼앗겼다.

방 선달의 아들 복돌이가 열 살이 되던 해였다. 복돌이는 해마다 최 승지가 감을 따 가는 것을 몹시 원통히 여겨 그 집으로 찾아갔다.

"영감님께서는 어찌하여 해마다 남의 집 감을 따 가십니까?"

"이놈! 그게 무슨 말이냐? 뿌리가 아무리 네 집에 박혀 있다고 해도 내 집으로 늘어진 가지야 내 집 소유가 아니겠느냐?"

그러자 복돌이는 두 팔을 울타리 구멍으로 쑥 들이밀었다.

"영감님, 그럼 이 팔은 제 팔입니까? 영감님 팔입니까?"

"어허, 미친놈이로군. 그게 네 팔이지, 내 팔이겠느냐?"

"그러면 어찌하여 임자 있는 감은 함부로 따서 드십니까?"

최 승지는 입을 딱 벌리고, 혀를 내밀고, 고개만 설레설레 흔들었다.

[고금기담집 14화]

## 방 안 가득 채우기

훈장님이 제자들의 재치를 엿보기 위해 과제를 냈다.

"내가 돈 한 푼을 줄 것이니 너희들은 무슨 물건으로든지 바꾸어서 이 방 안을 가득 채워 보아라."

갑동이란 아이는 초 하나를 사다가 켰다. 그랬더니 밝은 불빛이 방

---

**호각** 불어서 소리를 내는 신호용 물건. 호루라기.
**혼비백산魂飛魄散** 혼백이 어지러이 흩어진다는 뜻으로, 몹시 놀라 넋을 잃음을 이르는 말.

안에 가득하였다. 을남이란 아이는 짚 한 단을 사다가 불을 피웠다. 그 랬더니 매운 연기가 방 안에 가득하였다.

훈장과 학생들은 모두 무릎을 치며 두 아이를 칭찬하였다.

[팔도재담집 22화]


## 어림 반 푼어치도 없는 도둑

공주 감영의 김 선달은 약상藥商 객주●를 크게 하고 있었다. 어느 날, 어떤 사람이 인삼 열 바리●를 가지고 와서 곡간●에 쌓아 놓고 그 시세 의 추이●를 지켜보고 있었다. 하루는 그 사람이 김 선달에게 말했다.

"돈 만 냥을 꿔 주시오. 우선 급히 쓸 물건들을 사고 난 이후, 삼을 팔 아 그 이자까지 후하게 쳐서 갚으리다."

김 선달은 열 바리 삼을 아주 헐값으로 팔아도 수만 냥이 되는 까닭 에 의심하지 않고 돈 만 냥을 꿔 주었다. 그런데 돈 만 냥을 받아 든 사 람은 그길로 삼십육계 줄행랑을 치고● 말았다.

아무리 기다려도 삼 장수가 오지 않자, 김 선달은 혹시나 해서 맡기 고 간 삼 바리 하나를 꺼내 보았다. 그랬더니 곡간에 쌓인 바리에는 삼 이 하나도 없고, 온통 도라지뿐이었다. 김 선달은 그제야 속았음을 깨 닫고 길게 탄식하였다. 곁에서 이를 지켜보던 열두 살 된 아들이 낙심 한 아버지를 보고 손을 내저으며 말했다.

"아버지, 아무 소리 말고 조용히 계세요. 이 일은 제가 알아서 처리할 게요."

그날 밤, 아들은 곡간의 담을 부순 다음, 안에 있던 도라지를 모두 치웠다. 그리고 아버지에게 말했다.

"아버지께서는 '무지한 도적놈이 간밤에 들어와 곡간 담을 부수고 인삼을 모두 도둑질해 갔으니, 만일 인삼 장수가 와서 삼 값을 물어 달라고 하면 우리는 재산을 탕진해도 갚기에 부족할 테니 걱정이다'라고 말하면서 울고 계십시오."

김 선달은 아들의 말처럼 했다. 이 소문은 금세 마을에 퍼졌다. 돈 만 냥을 가지고 멀리 도망갔던 도적도 이 소문을 들었다. 이 소문을 들은 도적은 다른 생각을 하였다.

'아, 이것 봐라! 이제는 내가 도망갈 필요도 없게 되었네. 오히려 객주에 가서 인삼 열 바리 값을 찾으면 돈 만 냥을 제하고도 몇 만 냥을 더 받을 수 있잖아. 그럼, 나도 떳떳해질 것이고….'

그러고는 허둥지둥 객주로 돌아와 서슬 있게 주인을 불렀다. 주인은 이것을 보고 아들의 지혜를 신통히 여기며, 도적놈에게 "어림 반 푼어치 없다"라고 한 후 곧바로 경찰서에 고발하여 잃은 돈을 찾았다.

[고금기담집 60화]

---

**객주** 조선 시대에 다른 지역에서 온 상인들의 거처를 제공하며 물건을 맡아 팔거나 흥정을 붙여 주는 일을 하던 상인 또는 그런 집.
**바리** 말이나 소에 잔뜩 실은 짐을 세는 단위.
**곡간** 곳간. 곡물을 보관해 두는 창고.
**추이** 일이나 형편이 시간의 경과에 따라 변하여 나감 또는 그런 경향.
**삼십육계 줄행랑치다** 매우 급하게 도망을 감.

# 꾀를 써서 장가든 아이

삼대가 홀아비로 사는 집에 장성한 아들이 있었지만, 집안 형편 때문에 장가를 들이지 못해 매일 걱정만 하고 있었다. 하루는 아들이 아버지에게 말했다.

"우리 집이 가난하기 때문에 장가들기가 쉽지 않습니다. 제 생각에는 여차여차하면 가능할 수도 있을 듯합니다."

"그렇게만 된다면야 오죽 좋겠느냐? 속담에 '뜨물에도 아이가 든다'● 라는 말도 있으니 한번 그리 해 보자꾸나."

그러고는 아들이 말한 대로 몽둥이를 들어 아들을 때렸다. 아들이 급히 달아나자, 아버지는 몽둥이를 들고 아들을 쫓으며 외쳤다.

"이 못난 놈아! 대대로 홀아비로 사는 게 소원이라니! 장가들기가 왜 싫어! 너 같은 자식은 차라리 일찍 죽어 버려라!"

아버지는 기를 쓰고 도망가는 아들을 쫓았다. 아들은 울면서 아버지를 피해 도망가다가 급히 이웃집으로 피신하였다. 그 집은 모녀만 사는 집이었다.

그 집 부인은 울며 들어오는 아이를 보고 그 까닭을 물었다. 도망쳐 들어온 아들이 대답했다.

"장가가 무엇인지, 우리 집에서는 자꾸 장가를 들라고 합니다. 제가 장가들기 싫다고 했더니 우리 부친은 나를 죽인다며 몽둥이질을 합디다. 매를 피해 이곳까지 쫓겨 들어왔습니다만 대관절 장가가 무엇인지 알 수가 있어야죠."

그러면서 울음을 그치지 않았다.

본래 이 집 부인은 인자하고 자상한 사람이었다. 그래서 아이의 말을 듣고 아이가 알아들을 수 있도록 가르쳐 주었다. 하지만 아이는 부인의 말꼬투리를 잡고 시시콜콜 캐물었다. 부인도 나중에는 귀찮아하며 말했다.

"아이고 답답해라. 이렇게 해도 모르겠느냐?"

결국 부인은 자기의 딸을 불러 족두리를 씌우고 절을 시키며 혼인하는 절차를 그대로 행하며 하나하나 지시하였다.

"자, 이만하면 알겠느냐? 네가 장가들 때에 이렇게만 하면 된단다."

그러자 아이는 시치미를 뚝 떼며 말하였다.

"오늘 이렇게 결혼식까지 하여 장가들었는데, 꺼림칙하게 무슨 장가를 다시 든단 말입니까?"

그렇게 뜻하지 않게 아이는 좋은 집에 장가들었다.

[팔도재담집 20화]


## 방 밖으로 내보내기

선생이 학생들에게 장난조로 말하였다.

------------------------------
**뜨물에도 아이가 든다** 날이 여러 날 지연되기는 해도 반드시 이루어짐을 비유적으로 이르는 말. 또는 가당치 않은 것이지만 혹시 성사될지도 모른다는 말. 여기서는 뒤의 의미다.

"지금 방 안에 있는 나를 방 밖으로 내보낼 수 있겠느냐?"

그러자 한 학생이 천천히 대답했다.

"선생님께서 방 밖에 나가 계시면 안으로 들어오시게 할 수는 있는데요."

"그게 가능하다고?"

선생은 곧바로 방 밖으로 나가 앉은 다음, 그 학생에게 방 안으로 들어올 방법을 마련해 보라고 했다. 그러자 그 학생이 대답했다.

"선생님께서 이미 방 밖으로 나가셨는데, 제가 방 안으로 다시 모셔 올 필요가 없지 않습니까?"

[절도백화 8화]


## 꾀 많은 학동

음흉한 선생에게 친한 친구가 홍시 한 접•을 보내 주었다. 선생은 이것을 벽장에 감추어 두었다가 틈틈이 꺼내 먹으면서 학동들에게 말했다.

"이것은 약으로 먹는 것이란다."

그러던 어느 날, 선생이 외출을 하게 되었다. 그는 학동들에게 주의를 주며 말했다.

"만일 벽장 속에 넣어 둔 붉고 둥근 것을 먹으면 반드시 죽게 되니, 너희들은 혹시라도 그것을 건드리지 않도록 조심해라."

선생이 나가자, 학동들 중에 한 아이가 의견을 냈다.

"벽장 속에 있는 감을 꺼내 먹자!"

"먹으면 좋겠지만, 그러다 선생님께 매를 맞지 않을까?"

"내가 여차여차할 것이니, 걱정하지 마."

그러고는 감을 모두 꺼내 나누어 먹었다. 감을 다 먹자, 학동들은 선생이 애지중지하는 사기 요강을 메쳐서 깨트렸다. 그리고 모두 죽은 듯이 드러누웠다.

얼마 후, 선생이 돌아왔다. 선생은 학동들이 누워 있는 것을 보고 흔들어 깨웠다.

"얘들아! 글은 아니 읽고 왜 이렇게 누워서 잠만 자느냐?"

꾀를 낸 학동이 대답하였다.

"저희가 장난을 하다가 우연히 선생님께서 아끼시는 요강을 깨뜨리고 말았습니다. 종아리를 맞을까 봐 무서운 저희는 덜컥 겁이 나서 차라리 죽는 것이 좋겠다고 생각하였습니다. 그래서 선생님께서 벽장에 두신 둥글고 붉은 것을 다 먹고 이렇게 누워 죽기만을 기다리고 있습니다."

선생은 할 말이 없어 돌아서며 허탈하게 웃을 수밖에 없었다.

[깔깔웃음 18화]

---

**접** 과실이나 채소 따위를 100개씩 세는 단위.

# 군밤 먹기

군밤이 먹고 싶었던 어느 스승이 있었다. 하지만 평소에 미워하던 제자가 곁에 있어서 군밤을 구울 수가 없었다. 그러던 중 불이 났다는 종소리가 가까이서 울렸다. 스승은 매우 급한 듯이 말했다.

"아, 이거 큰일이군. 어디에 불이 났는가 보구나. 너는 빨리 가서 무슨 일인지 살펴보고 오너라."

그렇게 제자를 내보내고, 자신은 그 틈을 타서 밤을 구웠다.

밤을 굽고, 막 먹으려고 할 때였다. 제자가 헐떡거리며 달려오는 소리가 들렸다. 스승은 급히 밤을 화로 안에 다시 넣고 재로 덮었다. 그러고는 아무 일도 없는 듯이 말했다.

"갔다 왔느냐?"

"네! 갔다 왔습니다."

"그래, 불이 어떠하더냐?"

"많이 탔던데요."

"저런! 어디서 어떻게 탔는지를 자세히 말해 보거라."

"어떻게 되었는가 하면…."

제자는 화로 옆으로 바싹 다가갔다. 그리고 부젓가락*을 집어 들고 설명하기 시작했다.

"처음에 불은 여기서부터 시작되었습니다. 그 후 불똥은 이쪽으로 튀었는데…."

제자는 재를 휘저으며 밤 하나를 꺼냈다.

"그리고 그 불은 다시 여기로 옮겨 갔는데…."

그러면서 다시 밤 하나를 꺼냈다.

"그래 가지고…."

제자는 말을 하며 여기저기에 있는 밤을 하나씩 꺼냈다. 스승은 기가 막혀 말하였다.

"내가 너를 주려고 구운 것이니 어서 먹어라."

[익살주머니 106화]


## 어린 신랑의 임기응변*

시골 사람이 아들을 결혼시켰는데, 아들은 어리고 며느리는 나이가 많았다.

어느 날, 시부모와 함께 들에 나가 김*을 매던 며느리는 저녁밥을 짓기 위해 집으로 돌아왔다. 집에 있던 신랑은 아내를 보자, 장난삼아 툭치며 말했다.

"얼른 저녁을 짓게."

아내가 신랑에게 달려들며 말했다.

--------------------------------

**부젓가락** 화로에 꽂아 두고 불덩이를 집거나 불을 헤치는 데 쓰는 쇠로 만든 젓가락.
**임기응변**臨機應變 그때그때 처한 사태에 맞춰 그 자리에서 즉시 결정하거나 처리함.
**김** 논밭에 난 잡풀.

"요놈, 요놈 보게. 누구더러 '하게'라고 해?"

그러고는 신랑을 안아 지붕 위에 올려놓았다. 그런데 때마침 시부모가 집 안으로 들어왔다. 신부는 당황해하며 안절부절못했다. 그때 지붕 위에 있던 어린 신랑이 호박 덩굴을 헤치며 천연덕스럽게 말했다.

"마누라, 작은 호박을 딸까? 큰 호박을 딸까?"

[요지경 26화]


## 깨진 벼룻집

서울에 사는 재상이 통제사*에게 자개*로 만든 벼룻집* 하나를 만들어 보내라고 했다. 통제사는 즉시 벼룻집을 구해 아전*에게 부쳤다.

아전은 벼룻집을 가지고 서울로 올라가다가, 실수로 그만 벼룻집을 떨어뜨리고 말았다. 벼룻집은 그 자리에서 깨져 버렸다. 아전은 겁이 나서 어찌할 바를 몰라 당황하다가, 문득 꾀 하나를 생각해 냈다. 이에 깨진 벼룻집을 큰 종이에 싸서 서울로 올라왔다.

재상의 집을 찾아간 아전은 아무 말도 하지 않은 채 무작정 안뜰로 들어갔다. 그 집 하인들은 어떤 놈팡이가 안으로 들어오는 것을 보고 미친놈으로 여겨 큰 소리를 질렀다.

"웬 놈이냐?"

그래도 아무 말도 하지 않고 안으로 들어가자, 그 집 하인들이 무더기로 달려들어 아전을 두드려 팼다. 그즈음에 아전은 일부러 벼룻집을

58

땅에 떨어뜨렸다. 벼룻집은 큰 소리를 내며 산산이 부서졌다. 그에 맞춰 아전은 땅에 엎드려 대성통곡을 하기 시작했다.

마침 밖에 있던 재상이 그 소리를 듣고 들어와 보니, 어떤 사람이 깨진 벼룻집을 안은 채 울고 있는 것이 아닌가! 재상이 그 곡절을 묻자, 아전이 대답하였다.

"소인은 통제사의 명령을 받아 자개로 만든 벼룻집을 가지고 대감님께 바치러 왔습니다. 그런데 본디 시골 놈인지라, 아는 것이 없어 안뜰로 들어왔다가 대감님 댁 하인들에게 매를 맞았습니다. 그때 땅에 넘어지는 바람에 벼룻집도 깨져 버렸습니다. 이제 소인이 고향에 내려가면 당장 죽게 생겼으니 어찌 가엾지 않겠습니까?"

그 말을 들은 재상은 그런가 하여, 오히려 아전을 달래며 말했다.

"시골 사람은 혹 모르고서 그리할 수도 있으니, 너는 근심하지 말아라. 통제사에게는 내가 벼룻집을 잘 받았다고 편지를 써서 주마."

재상은 즉시 답장을 써 주었을 뿐 아니라, 노자•까지 후하게 주었다.

[팔도재담집 122화]

---

**통제사統制使** 조선 시대에 경상, 전라, 충청 등 삼도의 수군을 통제하던 무관직.
**자개** 금조개 껍데기를 썰어 낸 조각. 빛깔이 아름다워 여러 가지 모양으로 잘게 썰어 가구를 장식하는 데 쓴다.
**벼룻집** 벼루, 먹, 붓, 연적 등을 넣어 두는 상자.
**아전** 조선 시대에 중앙과 지방의 관아에 속한 구실아치.
**노자** 먼 길을 떠나 오가는 데 드는 비용.

# 너도 돈 구경만 해라

전어를 매우 좋아하는 사람이 있었는데, 그가 중년이 되었을 때 불행히 집안이 망하고 말았다. 수중에는 돈이 없어 그렇게 좋아하던 전어도 사 먹을 수 없었다. 하지만 전어에 대한 유혹은 금할 수 없었다. 그래서 항상 근처 술집에 가서 전어 굽는 냄새를 맡으며 속을 진정시키곤 했다.

그러던 어느 날도 근처 술집에 가서 전어 굽는 냄새를 맡고 있었다. 술집 주인은 그런 그의 행동이 얄미워 문밖으로 나오며 말했다.

"전어 굽는 냄새 맡은 값을 내시오."

그 사람은 몹시 황당해 하면서도 주인의 닦달에 결국 돈 한 냥을 구해 가지고 왔다. 그러고는 술집 주인에게 말하였다.

"이게 전어 굽는 냄새를 맡은 값이오."

술집 주인은 기뻐하며 그 돈을 받으려 했다. 그러자 그는 보여준 돈을 다시 주머니에 넣으며 말했다.

"내가 전어를 먹지 않고 냄새만 맡았던 것처럼, 당신도 이 돈을 갖지 말고 구경만 해야지!"

[요지경 111화]


# 어머니의 꾀

어머니가 아들에게 항아리 그릇 두 개를 주고 말했다.

"이것을 가지고 아무의 집에 가서 두 그릇 가득하게 꿀을 얻어 오너라."

마침 놀러 왔던 이웃집 여자가 그것을 보고 물었다.

"왜 한꺼번에 그릇을 두 개씩 주어 보내세요?"

"다른 이유가 있어서가 아닙니다. 만일 하나만 주면 오는 동안에 한 손으로 그 꿀을 찍어 먹다 무한정 먹게 되겠지요. 그러면 집에 오기도 전에 다 먹고 남은 게 없을걸요. 그런 염려 때문에 그리한 것이랍니다. 두 손에 그릇을 하나씩 들고 있으면 먹으려고 해도 어쩔 수 없지 않겠어요?"

[화간쟁 4화]

## 물 위에 뜬 고기 기름

술장사를 하는 사람의 집에 중이 와서 술과 고기 안주를 많이 시켜 먹더니 술값도 내지 않고 그냥 나가 버렸다. 주인은 급히 그 중을 쫓아가 말했다.

"술값을 내야지요!"

"내가 언제 술을 마셨다고 그 값을 달라고 하시오? 다른 사람에게 준 것을 내게 주었다고 착각했나 보오. 중이 무슨 술과 고기를 먹겠소?"

술집 주인과 중은 서로 다투다가 결국 관아에 소송까지 하게 되었다. 원님이 중을 불러 사연을 묻자, 중이 대답했다.

"소승이 우연히 술집을 지나다가 추위를 견디지 못해 그곳에 들어가 잠깐 불을 쬐고 나왔을 뿐인데 이런 누명을 입었습니다. 그뿐 아니라 길에서 구타까지 당해 죽을 지경이옵니다. 엎드려 바라옵건대 사또께서는 밝게 살피시어 저런 도적놈에게 죄를 물음으로써 이 불쌍한 중의 억울함과 원통함을 풀어 주시옵소서."

원님은 한참 동안 생각하다가 아전을 불러 말했다.

"가서 냉수 한 사발만 떠 오게."

아전이 냉수를 떠 오자, 원님이 중에게 말했다.

"너는 이 물로 입을 헹군 후, 그 물을 다시 그 그릇에 뱉어라!"

중이 그 말처럼 하니, 고기 기름이 물 위에 떠서 번졌다. 이에 원님은 형틀에다 중을 올려놓고 곤장 수십 대를 친 후, 술값을 받아 술집 주인에게 돌려주었다.

[요지경 17화]

## 두 명의 아이 임자

정치를 잘하는 수령이 있었는데, 하루는 두 여인이 한 아이를 데리고 관아에 들어왔다. 두 여인은 제각기 '이 아이가 자기 아들이다'라며 송사•를 제기하였다.

졸지에 당한 일이라, 수령은 누가 옳고 누가 그른지를 쉽게 판별할 수 없었다. 한참 동안 두 여인의 말만 듣던 수령은 갑자기 일어나 형리•를 불렀다.

"잘 드는 칼 하나를 가지고 오너라!"

칼을 가져오자, 수령이 판결을 내렸다.

"이 사건은 쉽게 판결을 내릴 수가 없구나. 내 생각에는 이 아이를 두 동강 내어 각각 한 쪽씩 나눠 갖는 것이 공평할 듯하다. 두말할 것 없다. 너희들은 이 칼로 저 아이를 두 동강 내라!"

판결을 듣자, 아이의 친어머니는 새파랗게 질려 비 오듯이 눈물을 흘리며 애걸하였다.

"자식을 차지하지 못할지언정 어찌 차마 그리하겠습니까? 차라리 아이를 저 여인에게 주십시오."

반면 가짜 어머니는 서슴지 않고 칼을 받으려 했다. 수령은 그제야 누가 친어머니인지를 알고 크게 화를 내며 가짜 어머니를 내쳤다. 그리고 친어머니에게 아이를 돌려주었다.

이 일은 어찌 된 연고인가? 당초 두 여인은 한집에서 살았다. 한 사람은 안방에서 거주하고, 다른 한 사람은 건넌방에서 거주하였다. 그리고 두 여인은 한날한시에 아이를 낳고 길렀다. 건넌방 여인이 아이에게 젖을 물린 채로 잠이 들었는데, 잘못하여 아이가 질식해 죽고 말았다. 당황한 여인은 한 계교를 생각해 냈는데, 그것은 안방에서 거주하는 여인이 잠든 틈을 타서 그 곁에 있던 아이를 데려오고, 대신 그 자리에 죽은 아이를 갖다 놓는 것이었다. 그 일이 발단이 되어, 서로 싸우다가 송사까지 했던 것이다.

[화간앵 13화]

---

**송사** 백성끼리 분쟁이 있을 때 관청에 호소하여 판결을 구하는 일.
**형리** 지방 관청에서 형법과 법률에 대한 일을 맡아보던 구실아치.

## 강아지 도둑

점잖은 양반이 길을 가다가 개구멍에서 예쁜 강아지 한 마리가 나오는 것을 보았다. 강아지가 탐이 난 양반은 "오요, 오요" 하며 강아지를 불러 소매 속에 집어넣으려 했다. 그때 마침 집주인 여자가 문틈으로 그 광경을 보았다. 여인은 양반이 듣게끔 큰 소리로 제 동생을 불렀다.

"점잖은 어른께서 어떻게 손수 강아지를 가지고 가겠느냐? 네가 직접 그 댁까지 가져다 주고 오너라."

이 말을 들은 양반은 무안하여 강아지를 도로 내려놓고 급히 달아났다.

[요지경 68화]

## 벌금

순사가 한 곳을 지나다가 냇가에 앉아 낚시하는 사람을 보았다. 순사가 급히 내려가 말했다.

"여기서 낚시질을 하면 안 됩니다. 벌금을 부과합니다."

낚시꾼은 순사를 쳐다보고 태연스레 말했다.

"나는 낚시를 하는 게 아니라 지렁이를 수영시키고 있었을 뿐입니다."

"어디 좀 봅시다."

"자, 보세요. 지렁이죠?"

낚시꾼은 미끼로 삼은 지렁이를 보여 주었다. 그것을 본 순사는 화가

났지만, 순간 꾀를 내어 침착하게 말했다.

"그러네요, 지렁이를 수영시키고 있었군요. 그런데 이것도 벌금을 내야 합니다. 수영복을 입히지 않고 알몸으로 수영을 시키는 것은 낚시를 하는 것보다 벌금이 더 많습니다."

[깔깔웃음주머니 15화]

## 소리만 들어도 취한다

세 사람이 울타리 아래서 놀다가 배 하나를 주웠다. 그중 한 사람이 말했다.

"이것을 셋으로 나누어서 먹으면 기별도 없겠네. 차라리 우리들 중에 술을 마시지 못하는 사람을 가린 다음, 그 사람에게 이것을 몰아주세."

이 말을 들은 한 친구가 나서며 말했다.

"나는 술집 근처에만 가도 두통이 나고 어지러워."

다른 친구도 말하였다.

"나는 보리밭에만 가도 정신이 혼미해지거든!"

그런데 두 사람의 말을 듣던 한 친구가 갑자기 앉았다 일어섰다를 반복하며 몹시 괴로워했다. 두 친구는 급히 그 친구에게 응급조치를 한 후 조용히 물었다.

"아까는 왜 그렇게 발작을 했어?"

"조금 전에 너희 두 사람이 하는 이야기를 듣다 보니까 나도 모르게 술에 취해 어쩔 수가 없더군."

[소천소지 46화]

## 최영 장군의 지혜

최영* 장군이 어렸을 때 산에 놀러 갔는데, 어느 곳에 이르자 여러 사람들이 모여 있었다. 무슨 일인가 해서 가까이 가서 보니, 산골 사람들이 함정을 파 놓았는데, 마침 그 함정에 늙은 호랑이가 빠져 있었다. 마을 사람들은 그 호랑이를 어떻게 처리할 것인가를 두고 왁자지껄 떠들고 있었던 것이었다.

그때였다. 동네에 사는 한 아이가 호랑이에게 장난을 치다가 함정 안으로 발이 빠지고 말았다. 호랑이는 재빨리 아이의 발목을 물었다. 그러더니 그것을 놓지도 않고, 씹지도 않은 채 가만히 물고만 있었다. 아이를 구하기 위해 호랑이를 내보내자니 함정에서 나온 호랑이가 모여 있는 사람들을 해칠까 두렵고, 그대로 두자니 아이가 다칠까 염려되어 동네 사람들은 우왕좌왕하기 시작했다.

이 광경을 본 최영은 즉시 숲에 버려진 긴 막대 하나를 집어 들었다. 그러고는 그 막대에 버선 한 짝을 신겨 사람의 발 모양처럼 만든 다음, 그것을 함정 안으로 쑥 밀어 넣었다. 그 순간 호랑이는 물고 있던 아이의 발을 놓고, 대신 그 막대를 향해 달려들었다. 그와 동시에 사람들은 아이를 꺼냈다.

마을 사람들은 모두 최영 장군의 지혜에 탄복하였다.

[팔도재담집 143화]


## 허리 통증에 좋은 풀

시골 사람이 서울에 왔다가 상점에서 도배용으로 파는 풀을 보았다.

"이게 뭐요?"

상인이 웃음을 참고 대답했다.

"풀떡이요."

시골 사람은 그것을 사서 상점 한 귀퉁이에 앉아서 먹기 시작했다. 그때 지나가던 서울 사람이 그 모습을 보고 말했다.

"저런 멍청한 시골 놈! 무엇 때문에 풀을 사서 먹는단 말이냐?"

그러자 시골 사람은 아무렇지도 않게 대답했다.

"서울 사람이 뭘 알겠어? 풀이 허리 통증에 특효라는 것도 몰라?"

욕을 한 서울 사람은 마침 허리 통증으로 고생을 하고 있었다. 풀이 약으로 쓰인다는 말을 듣더니, 즉시 풀을 사서 시골 사람 옆에 쭈그리고 앉아 풀을 먹기 시작했다. 그러자 시골 사람은 손뼉을 치고 껄껄 웃

--------------------------------

**최영崔瑩** 고려 말의 장군. 우왕(禑王)의 장인으로, 이성계(李成桂) 반군에 의해 살해되었다.

으며 말했다.

"에이 무식한 놈! 풀이 무엇인지 모르고 사 먹은 나야 어쩔 수 없다 해도, 풀이라는 것을 알고서도 사 먹는 너는 도대체 뭐냐?"

[개권희희 91화]

## 산 닭은 먹을 수 없다

서울 사람이 시골에 갔다. 시골에서는 특별한 손님이 오면 닭을 잡아 대접하는 까닭에, 그 밥상에도 어김없이 구운 닭이 올라왔다.

서울 사람이 밥을 먹는데, 일고여덟 살 된 어린아이가 밥상 주변에 앉아 서울 사람이 밥 먹는 것을 물끄러미 바라보았다. 서울 사람이 막 닭고기를 집어 먹으려 할 즈음, 어린아이가 말하였다.

"죽은 닭을 잡수시네요."

서울 사람은 '마침 죽은 닭이 있기에 이를 잡아서 내게 대접했나 보다'고 생각하여 그 닭을 먹지 않고 내려놓았다. 그러자 아이가 다가가서 날름날름 집어 먹었다. 그것을 보고 서울 사람이 물었다.

"너는 어찌하여 죽은 닭을 먹느냐?"

"죽지 않고 산 닭을 어떻게 먹어요?"

[요지경 37화]

## 좋은 상을 받는 방법

어느 부자가 환갑잔치를 하는데, 상중하 세 등급으로 나누어 손님을 대접하기로 했다. 그래서 집에서 일하는 청지기*를 불러 은밀하게 약속을 정하였다.

"손님이 왔을 때 내가 이마를 만질 경우에만 상등 상을 내어 오거라."

그럴 즈음에 서촌*의 한량*이 찾아왔다. 그는 부자의 속내를 알고, 인사를 한 후 바로 말하였다.

"어르신의 이마에 무엇이 묻었습니다."

그러자 주인은 이마에 손을 올렸다. 그 모습을 멀리서 지켜보던 청지기는 부자가 상등 상을 내어 오라는 것으로 알고, 좋은 상을 차려서 내왔다. 주인은 그저 입맛만 쩝쩝 다실 뿐이었다.

[요지경 93화]

## 거지의 꾀

어떤 신사가 지나가자, 거지가 뒤따라가며 말했다.

"나리, 혹시 지갑을 떨어뜨리지 않으셨습니까?"

---

**청지기** 양반집에 머물면서 그 집의 온갖 잡일을 맡아보던 사람.
**서촌** 경복궁 서쪽에 있던 동네. 전문적인 기능을 갖춘 중인들이 이곳에 많이 살았다.
**한량** 일정한 벼슬을 얻지 못해 놀고먹는 말단 양반. 보통 무과에 급제하지 못한 양반을 일컫는다.

신사는 급히 주머니를 뒤져 지갑을 꺼내면서 말했다.

"아니, 내 지갑은 여기에 있는데…."

그러자 거지가 웃으며 말했다.

"그럼, 한 푼만 적선합쇼."

[걸작소화집 311화]


## 조광조의 절개

조광조* 선생이 열여섯 살 때였다.

달빛이 밝은 어느 날, 선생은 홀로 방 안에 앉아 글을 읽고 있었다. 글 읽는 소리는 달빛을 타고 이웃집까지 흘러들었다. 이웃집에는 한 처녀가 살고 있었는데, 그녀는 가만히 그 소리를 듣고 있었다. 그러다가 글을 읽는 청아한 음성에 매료되어 여인은 자신도 모르게 담을 넘고 들어와 선생에게 사랑을 구걸하였다. 선생은 그 행동을 보고 정색하여 말했다.

"당신은 여자가 갖추어야 할 몸가짐을 배우지 못하였구려. 담을 넘고 문틈으로 남을 엿보는 일은 규수가 해야 할 행실이 아닙니다."

그리고 이어서 말했다.

"만약 당신이 허물을 알고 뉘우친다면 회초리를 꺾어 가지고 오십시오."

여인이 회초리를 가지고 오자, 조광조는 여인의 종아리를 때려 내보냈다. 그 후, 여인은 다른 곳에 시집을 가서 마침내 숙녀 규범으로 유명한 인물이 되었다고 한다.

[팔도재담집 144화]

## 한석봉의 어머니

한석봉*의 어머니는 떡을 팔면서도 그 아들은 먼 곳에 있는 서당에 보내 글을 익히도록 했다.

서당에서 공부하던 석봉은 두어 해 만에 집으로 돌아왔다. 석봉의 실력이 얼마큼 늘었는가를 보고 싶었던 어머니는 밤에 불을 끄고 석봉에게 글씨를 써 보도록 했다. 석봉이 글을 다 썼다고 하자, 다시 불을 켰다. 그랬더니 글자의 획劃은 굵고 삐뚤어져서 모두가 잘못되어 있었다. 그러자 어머니가 웃으며 말했다.

"네가 몇 년 동안 공부한 것이 무엇이었더냐? 네 공부는 어미의 떡장사만도 못하구나."

그러고는 불을 끄고 떡을 만든 후, 다시 불을 켰다. 어머니가 만든 떡은 크고 적고 무겁고 가벼운 것이 조금의 차이도 없이 한결같았다. 그것을 본 석봉은 크게 감동하여 다시 어머니를 떠나 여러 해 동안 선생

--------------------------------

**조광조趙光祖**  조선 시대 문신이자 성리학자. 기묘사화(己卯士禍) 때 지금의 전라남도 화순에 귀양을 갔다가 사약을 받고 숨졌다.
**한석봉韓石峯**  한호(韓濩). 석봉(石峯)은 그의 호(號). 조선 시대 문신이자 서예가. 명필로 유명하다.

을 좇아서 공부하였다. 그리고 마침내 우리나라 최고의 문장 명필이 되었던 것이다.

비록 적은 재주라 하더라도 그 성취함은 모두 가정교육에서 비롯된다.

[팔도재담집 145화]

# 어리석은 사람들, 소통을 꿈꾸다

# 독을 깨어 탱자를 찾다

삼대가 함께 사는 집에서 벌어진 일이다.

어린 손자가 탱자*를 가지고 놀다가 그만 탱자를 물속에 빠트리고 말았다. 독 안을 들여다보니, 그 속에는 자기와 같은 아이가 있었다. 손자는 울면서 탱자를 돌려 달라고 했지만 아무 반응이 없기에 제 할아버지에게 가서 말했다.

"제 동무가 탱자를 빼앗고 아니 줍니다."

할아버지는 의복을 갖춰 입고 바삐 나갔다.

"네 동무가 어디에 있느냐?"

"이 속에 있어요."

할아버지가 독 안을 들여다보니, 거기에는 아이가 아니라 자기와 비슷하게 생긴 영감만 있었다.

"여보시오. 수염이 허옇게 센 늙은이께서 어쩌자고 어린아이가 가지고 노는 것을 빼앗고 아니 준단 말이오? 어서 탱자를 돌려주시구려."

그러나 독 안의 늙은이는 아무 대답도 없었다. 할아버지는 잔뜩 화가 나서 아들을 불렀다.

"네가 가서 보려무나."

이 말을 들은 아버지가 급히 나와 독 안을 들여다보니, 그 안에는 머리가 덥수룩한 젊은 사내가 있었다. 아버지는 화가 나 "에이, 몹쓸 놈" 하며 독을 들어 메쳤다. 그러자 독이 산산조각 나며 탱자가 데구르르 굴러 나왔다.

"그러면 그렇지. 제까짓 놈이 아니 주고 배기나?"

아버지는 흐뭇한 표정을 지으며 탱자를 집어 아이에게 주었다.

[요지경 124화]


## 다섯 명의 귀머거리

한집에 주인과 하인 등 모두 다섯 사람이 살았다. 이들은 모두 귀머거리였다.

하루는 이웃에 사는 사람이 괭이를 빌리러 왔다.

"샌님, '괭이' 좀 빌려줍쇼."

"아, '관' 말인가? 내 관은 닷 돈을 주었네."

"아니요, 괭이 좀 빌려주시라고요!"

"허, 그놈하고는…. 내 관은 닷 돈을 주었다니까!"

이웃 사람은 다시 말도 못하고 그저 돌아갔다. 샌님은 안방으로 들어가 아내에게 말하였다.

"아무개가 와서 관 값을 묻기에 내가 닷 돈을 주었다고 했지."

아내는 남편의 입 모양만 보고 눈치 있게 며느리를 불러 말하였다.

"접때 잘 두라고 했던 '과실'을 가지고 오너라. 네 시아버님께서 찾는구나."

--------------------------------

**탱자** 탱자나무의 열매. 향기가 좋으며 약용으로 쓰기도 한다. 귤처럼 생겼다.

마침 며느리는 과부로 지내고 있었다. 시어머니의 말을 듣고 방 밖으로 나오던 며느리는 화를 내며 말했다.

"'과부, 과부!' 내가 아무리 과부라지만, 밤낮으로 과부라고 하면 누가 그리 좋겠나?"

그 곁에 있던 계집종이 이 말을 듣고 말하였다.

"아이! 광에 무엇이 있다고 '광문, 광문' 하십니까? 광의 문은 다 닫았습니다."

계집종의 남편이 이 말을 듣고 말하였다.

"'과천'에는 왜 또 가라고 하는지? 접때도 갔다 왔는데, 무슨 일로 또 가라고 하는고?"

그러고는 과천으로 떠났다.

[요지경 151화]


## 네가 귀머거리다

먼 길을 나선 나그네가 길가에서 떡을 파는 상인에게 길을 물었다. 그런데 떡을 파는 상인은 귀머거리여서, 그는 나그네가 떡값을 물어보았다고 짐작하였다.

"큰 떡은 두 푼이고, 작은 떡은 한 푼입죠!"

그 말을 듣고 나그네가 웃으며 말했다.

"허허, 내가 지금 떡값을 물은 게 아니잖소?"

그러자 상인은 버럭 화를 내며 말했다.

"나는 네 질문에 대답했을 뿐인데, 너는 왜 웃느냐? 네가 필시 귀머거리인가 보구나."

[절도백화 43화]

## 나는 어디에 있는가

평소에 정신이 없는 주인과 재치 있는 중이 서로 친하게 지냈다.

어느 날, 중이 주인을 산속으로 데리고 가서 취하도록 술을 마시게 했다. 주인이 술에 취해 쓰러지자, 중은 주인의 머리를 깎고 자신이 입고 있던 옷을 주인에게 입혔다. 그리고 자기는 주인이 입었던 옷을 입고 주인의 집으로 돌아왔다.

한참이 지나 술에서 깬 주인은 주위를 둘러보며 탄식하였다.

"아까 내가 중과 함께 술을 마시다가 취했었지. 그런데 지금 보니 중은 여기에 있는데 나는 여기에 없으니 어찌 된 일이지?"

그리고는 자기 집으로 갔다. 하지만 감히 집 안으로 들어갈 수 없어서 밖에서 조심스레 말했다.

"주인 계십니까?"

소리를 듣고, 그 집에 있던 중이 나왔다.

"이 늦은 시간에 웬 중이 나를 찾느냐?"

주인은 얼굴을 붉히며 감히 말 한마디도 하지 못하였다. 그러다가 합장\*하여 절하고서는 조용히 말했다.

"소승은 이제 절로 돌아갑니다."

[소천소지 32화]

## 손님이 주인을 꾸짖다

을의 집을 방문해야 하는 갑은 을의 집에 갔다가 혹시라도 자기 집으로 돌아오는 길을 잊을까 봐 걱정스러웠다. 그래서 아이종을 데리고 가면서 아이종에게 막대기를 주어 자기의 뒤를 쫓아오며 땅에다 줄을 긋게 했다. 을의 집에 도착하자, 갑은 아이종을 집으로 돌려보냈다. 을은 걱정이 되어 갑에게 말했다.

"저 아이는 머물게 하지. 자네 혼자서 집을 찾아갈 수 있겠나?"

"내가 돌아갈 수 있도록 표식을 해 두었으니 그런 걱정은 하지 말게."

을은 더 이상 묻지 않았다.

이윽고 일을 마친 갑이 집으로 돌아가게 되었다. 문을 나서자마자 갑은 막대기로 그려 놓은 줄을 찾았다. 그러나 아이종이 그린 줄은 사람들이 밟고 다니는 바람에 모두 지워지고 없었다. 대신 수레가 지나간 흔적만 어렴풋이 남아 있었다. 갑은 수레바퀴 자국을 아이종이 그려 놓은 줄로 믿어 그 흔적을 좇아갔다.

줄을 따라 도착한 집은 전혀 모르는 사람의 집이었다. 그런데도 갑은 태연히 관을 벗고 대청에 올라가 편안히 앉아서 쉬었다.

잠시 후, 밖에 나갔던 집주인이 들어와 갑을 보고 물었다.

"당신은 누구요?"

갑은 화를 내며 말했다.

"나를 모르는 사람이 무슨 일로 우리 집에 왔단 말이요?"

[절도백화 82화]

## 뉘 집 여인인가

평소 시 짓기를 좋아하는 사람이 나귀를 타고 다른 지방으로 갈 때였다. 문득 시구詩句가 떠올라 거기에 집착하다 보니 나귀를 제어하지 못하였다. 나귀는 여기 갔다 저기 갔다를 마음대로 하다가, 저녁 무렵이 되자 자기에게 익숙한 길을 따라 집으로 되돌아가고 말았다.

아내는 남편이 되돌아온 것을 보고 마루에서 내려와 반갑게 맞이하였다. 그러나 남편은 모르는 어떤 여인이 자기를 꾄다고 생각하여 부채로 얼굴을 가린 채 말했다.

"뉘 집 아낙인지 모르겠사오나, 초면•에 그렇게 반갑게 맞아서 뭘 하자는 게요?"

[절도백화 42화]

--------------------------------

**합장**  두 손바닥을 합하는 불교식 인사법.
**초면**  처음으로 대하는 얼굴 또는 처음 만나는 처지.

## 꿈에서 돈을 얻다

돈을 주워 주머니에 잘 넣어 두는 꿈을 꾼 사람이, 꿈에서 깬 뒤에도 그것이 꿈이라는 사실을 생각하지 않고 다짜고짜 술집으로 들어갔다. 그러고는 큰 술잔으로 한 잔을 마신 후, 술값을 주려고 주머니를 뒤졌다. 하지만 주머니에 돈이 있을 리 만무했다. 난처해진 그는 얼굴이 벌겋게 달아올라 아무 말도 하지 못한 채 멍하니 서 있었다. 그 모습을 보고 술집 주인이 말했다.

"술값은 주지 않고 왜 그렇게 멍하니 서 있소?"

"내가 아까 꿈에서 돈을 주워 주머니에 잘 넣어 두었는데 어디선가 잃어버렸나 보오. 만약 오늘 밤에 또 돈을 줍는 꿈을 꾸면 이번에는 단단히 감춰 둘 터이니, 그때 술값을 갚으면 안 되겠소?"

[소천소지 63화]

## 나를 돌려주오

평소에 정신이 없는 나그네가 있었다. 그래서 여관에 머물 때마다 항상 가지고 다니는 물건을 꺼내 '무엇이 하나고, 무엇이 하나'라고 일일이 기록해서 주인에게 맡겼다. 하루는 그 사람이 장난기가 발동하였다.

"나 또한 하나의 물건이니 '나 하나'라는 세 글자도 써 넣어야지."

그렇게 써서 주인에게 물건을 맡겼다. 주인은 아무 생각 없이 물건들을 받아 접수하였다.

다음 날 아침, 나그네는 자신이 맡겨둔 행장*을 검토하였다. 주인은 나그네가 말하는 대로 하나하나 되돌려주었다. 그런데 점검을 마쳤는데, '나 하나'만 빠져 있었다. 그러자 나그네가 큰 소리로 말했다.

"어서 '나 하나'도 돌려주시오!"

[절도백화 2화]


## 건망증이 심한 사람

정신없는 사람이 길을 가다가 볼일을 보기 위해 갓을 벗다가 문득 생각하였다.

"만일 아무 데나 갓을 두면 암만해도 잊어버릴 테니, 저 버드나무 가지에다 매어 두자. 그리고 그 밑에서 똥을 누면 설혹 잊어버려도 일어날 때에는 갓이 머리에 부딪칠 것이니 잊어버릴 일이 없겠지."

그는 갓을 벗어 버드나무 가지에 걸고 그 아래에 앉아 똥을 누었다.

볼일을 다 보고 막 일어서는데, 무엇이 머리에 탁 하고 부딪혔다. 그래서 위를 쳐다보니 갓이 걸려 있었다. 그는 기뻐하며 말하였다.

"어떤 정신없는 놈이 여기에다가 갓을 달아 놓았네!"

그러면서 갓을 쓰고 돌아서다가 그만 자기가 싼 똥을 밟고 말았다. 그러자 그는 화를 내며 말했다.

--------------------------------
**행장** 여행할 때 쓰는 물건과 차림.

"어떤 몹쓸 놈이 여기에다가 똥을 누었담!"

[고금기담집 32화]


## 쌀뜨물 주정

술만 마시면 주정을 하는 남편에게, 어느 날 아내는 술 대신 쌀뜨물을 내어 주었다. 남편이 그것을 받아 마시더니, 어김없이 술주정을 하기 시작했다. 그러자 아내가 말했다.

"쌀뜨물에도 취합디까?"

그제야 남편이 웃으며 대답했다.

"글쎄, 나도 오늘 주정은 몹시 심심하더라."

[절도백화 54화]


## 잊기는 잊었다

객주를 하는 부부가 있었는데, 어느 날 남편이 말했다.

"우리가 객주를 한 지 이미 십 년인데, 지금까지 단 한 사람도 물건을 놔두고 가는 자가 없구려."

"까마귀 고기를 먹으면 뭐든 잘 까먹는다고 하던데…."

아내의 말을 들은 남편은 까마귀 고기를 구해다가 손님에게 반찬으로 제공했다. 그러나 그 손님 역시 어떤 물건도 놔두고 가지 않았다. 남편은 아쉬운 듯 아내를 꾸짖었다.

"당신은 무슨 그런 헛소리를 해 가지고서는…."

"그나저나 그 손님에게서 숙박비는 받았소?"

"아차차! 그만 받지를 못했네."

그러자 아내가 웃으며 말했다.

"저 손님이 숙박비 주는 것을 까먹고 갔으니, 내 말이 전혀 헛소리는 아니었네요."

[소천소지 119화]

## 알 수 없는 손님

주인이 밖에 나갔다가 돌아왔더니, 종이 주인에게 말했다.

"아까 어떤 손님이 왔다가 갔습니다."

"키가 크더냐?"

"그렇습니다."

"얼굴에는 흰 수염이 많았고?"

"그렇습니다."

"코끝도 높았지?"

"그렇습니다."

"나이는 족히 마흔 살이 되어 보였겠네?"

"그렇습니다."

"그렇다면 그 사람이 누구지?"

[소천소지 18화]

## 책으로 만든 베개

한 서생이 학당에 갔는데, 매일 빈둥대기만 할 뿐 책은 보지도 않았다. 곁에 있던 학생이 하다못해 서생에게 책을 읽도록 권했다. 그러자 서생이 그 학생에게 말했다.

"너는 가서 책을 가지고 오너라."

학생은 기뻐하며 『시전詩傳』 한 권을 가져다 주었다.

"몹시 낮네."

학생은 다시 『논어論語』 한 권을 가져다 주었다.

"몹시 낮아."

학생은 다시 『주역周易』 한 권을 가져다 주었다.

"이것도 몹시 낮네."

"이 정도의 책이면 상당히 높은 수준인데, 어찌하여 아직도 낮다고 말씀하시는지요?"

"문장의 높고 낮음은 상관없어. 나는 단지 베개로 쓰기에 높고 낮음만을 따졌을 뿐이야. 너는 얼른 가서 낮잠을 편히 잘 수 있을 만큼 책을 가져오너라."

[소천소지 110화]

# 문자를 익히다

아버지가 아들을 경계하여 말했다.

"문자를 익히지 못하면 세상을 살아갈 수 없느니라."

말을 마치고 아버지는 밖으로 나갔다. 그러자 아들은 책상 위에 놓인 책들을 모두 가져다가 끓는 물속에 집어넣었다.

잠시 후 아버지가 들어와서 그 광경을 보고는 놀라 크게 꾸짖었다.

"도대체 무엇을 하고 있느냐?"

"문자를 익히고 있는데요."

[소천소지 89화]


# 글 배우기가 어렵다

왕십리에 사는 총각은 서른 살이 넘었는데도 아는 것이라곤 나무하고 밥 먹는 일뿐이었다. 다른 어떤 일을 시키면 반드시 그대로 따라만 할 뿐, 융통성이라곤 조금도 없었다.

하루는 나무를 하러 가다가 길가에서 좋은 의관을 갖춰 입은 양반이 거들먹거리며 지나가는 모습을 보았다. 총각은 집으로 돌아와 부모에게 말했다.

"나도 그 양반처럼 해 주십시오."

아버지가 말하였다.

"너도 글을 읽으면 그렇게 된단다. 내가 너를 서당에 보내줄 테니, 너는 거기에서 공부를 하겠느냐?"

"공부는 어떻게 하는데요?"

"선생님이 시키는 대로만 하면 된단다."

총각은 이에 『천자문』을 끼고 서당에 갔다. 선생님을 뵙고 절을 한 다음 글을 가르쳐 달라고 하자, 선생은 책을 가져다 놓고 말하였다.

"하늘 천 하렸다."

총각은 선생의 말 그대로 따라 했다.

"하늘 천 하렸다."

"하렸다 소리는 뺐렸다."

"하렸다 소리는 뺐렸다."

"이놈아, 하렸다 소리를 빼라고!"

"이놈아, 하렸다 소리를 빼라고!"

선생은 화가 나서 매를 집어 들고 말하였다.

"하렸다 소리는 그만두고, 하늘 천만 하렸다."

총각도 선생이 행동한 것처럼 매를 집어 들고 따라 했다.

"하렸다 소리는 그만두고, 하늘 천만 하렸다."

선생은 더욱 화가 나서 한 번 후려쳤다.

"하늘 천만 하여라, 이놈아."

총각도 한 번 후려치며 따라 했다.

"하늘 천만 하여라, 이놈아."

화를 주체할 수 없는 선생은 급기야 책을 집어 던지며 말했다.

"이놈! 이것을 가지고 나가거라."

총각도 책을 집어 던지며 따라 했다.

"이놈! 이것을 가지고 나가거라."

선생은 어떻게 할 수 없어서 분을 참고 씩씩거릴 뿐이었다. 그즈음 아들을 서당에 보내고 걱정이 되었던 총각의 아버지가 서당에 와서 보니 좋지 못한 풍경이 펼쳐져 있었다. 아버지는 곧바로 아들을 데리고 나오려 했다. 선생은 아무 말도 않고 가만히 앉아 있는데, 총각이 그 아버지를 붙들고 말했다.

"글 배우기는 참으로 힘들어 못하겠습니다."

그 말을 듣고 아버지도 웃으며 말했다.

"글 배우기가 쉬웠다면 세상에서 문장이 높은 사람을 왜 그렇게 귀중히 여기겠느냐?"

[요지경 59화]


## 노인의 걱정

부귀를 모두 갖추고 자손까지 많은 노인이 백 세가 되었다. 집안사람들이 그를 기념하여 크게 잔치를 열어 축하하였다. 노인을 축하하러 온 사람이 집 안을 가득 채울 정도였다. 그러나 정작 노인은 눈썹을 찡그리며 기뻐하는 표정이 없었다. 자손 중에 한 사람이 노인에게 그 까닭을 물었다.

"이런 경사스러운 날에 어찌하여 어르신께서는 홀로 즐거워하지 않으십니까?"

"내가 이백 살이 되어 잔치를 할 때에는 나를 축하하러 올 사람이 더 많아질 것이니 어찌 걱정이 되지 않겠느냐?"

[소천소지 77화]


## 집을 마시다

술을 몹시 좋아하는 한 사람이 마침내 집을 전당* 잡히고 술을 마셨다. 그러고 나서 집을 향해 큰 소리로 말했다.

"내가 이겼다!"

곁에 있던 친구가 물었다.

"네가 무엇을 이겼는데?"

"어제는 내가 집 속으로 들어갔지만, 오늘은 집이 내 속으로 들어오지 않았나."

[절도백화 60화]


## 육지에 산다

섬에 사는 사람이 육지에 나왔더니, 육지 사람들이 그를 천대하며 손가락질했다. 섬사람은 이를 몹시 분통하게 여겨 마음속으로 다짐하였다.

'내 다시는 섬에 산다고 말하지 않으리라!'

그 후 다시 육지에 나왔는데, 육지에 사는 사람이 그에게 말을 걸었다.

"당신은 어디에 사시나요?"

"나는 육지에 살지요!"

[개권희희 44화]

## 요즘 도둑

강원도 회양에 사는 한 농부가 산꼭대기에 집을 짓고 살았는데, 세간이라곤 큰 가마솥 하나뿐이었다. 그러나 항상 도둑이 들까 염려하여 밤마다 그 가마솥 안에 들어가 잠을 잤다.

그러던 어느 날, 도둑이 정말로 그 집에 들어왔다. 그러나 훔쳐 갈 것이라고는 가마솥 하나뿐이기에 도둑은 낑낑대며 가마솥을 메고 갔다. 그런데 날이 밝아 오고, 가마솥은 너무 무거웠다. 결국 도둑은 가마솥을 길에다 그냥 버려둔 채 달아났다.

가마솥 안에서 잠을 자던 농부가 깨고 보니, 가마솥은 그대로 있지만 집이 보이지 않았다. 농부는 집을 잃어버렸다고 생각하여 서글피 울었다. 그때 마침 지나가는 사람이 그를 보고 우는 이유를 묻자, 농부가 대

---------------------------------

**전당** 기한 내에 돈을 갚지 못하면 맡긴 물건 따위를 마음대로 처분하여도 좋다는 조건하에 돈을 빌리는 일.

답하였다.

"내가 가진 것이라고는 집과 이 가마솥뿐이오. 그런데 어젯밤에 어떤 도둑놈이 왔다가 내가 자고 있는 가마솥은 그냥 두고, 대신 집을 떼어서 가 버렸구려."

그 말을 들은 사람은 깜짝 놀라 주먹을 불끈 쥐고 제집으로 급히 달려갔다. 그러더니 제집 네 귀퉁이에 말뚝을 박기 시작했다. 아내가 까닭을 묻자, 그 사람은 이렇게 대답했다.

"여러 말 하지 말게. 요즘 도둑은 정말 무서워."

[요지경 114화]


## 풋벙어리

한 사람이 술에 취해 종로를 지나다가 순라군●을 만났다. 그 사람은 피할 곳이 없어, 꾀를 낸답시고 사지를 펴고 서서 마치 빨래를 널어놓은 것처럼 했다. 순라군이 그 앞을 지나다가 혼잣말을 했다.

"저기 흰 것이 무엇이지? 무슨 빨래를 널어놓은 것 같은데…. 자세히 알아보자."

그러고는 가까이 가서 보니, 그것은 사람이었다.

"웬 놈이냐?"

그 사람은 대답하지 않았다. 그러자 순라군이 다시 물었다.

"왜 대답이 없느냐? 벙어리냐?"

그 말을 듣고 그가 대답했다.

"네, 나는 벙어리요."

"벙어리가 어떻게 말을 하느냐?"

"요즘 풋벙어리는 말도 능히 합니다."

[앙천대소 72화]

## 사람이 아니다

아전이 도둑을 결박하고 와서 사또에게 보았다. 사또는 한참 동안 도둑을 노려보다가 말했다.

"너는 사람도 아니다!"

그러고는 아전에게 풀어 주라고 했다. 아전이 난처해하자, 사또는 억지로 풀어 주었다. 잠시 후 사또는 아전을 불러 말하였다.

"도둑은 삼문• 밖에 나가자마자 반드시 자살했을 것이다. 그러니 네가 가서 살펴보고 오너라."

아전이 가서 보고, 돌아와 사또께 아뢰었다.

"도둑은 이미 멀리까지 도망가고 없던데요."

--------------------------------

**순라군**巡邏軍  조선 시대에 도둑이나 화재 등을 경계하기 위하여 밤에 사람의 통행을 금하고 순찰하던 군졸.
**삼문**三門  대궐이나 관청 등의 앞에 있는 문. 정문, 동협문, 서협문을 가리킨다.

이 말을 들은 사또는 혼잣말로 되뇌었다.

"사람이 되어 '사람도 아니다'라는 말을 듣고서도 자살하지 않을 정도니, 그는 정말로 사람도 아니로군."

[개권희희 85화]

## 금방 죽은 사람

소를 타고 들을 지나던 사람이 있었는데, 문득 소에 벼락이 떨어졌다. 그 사람은 자기도 벼락에 맞아 죽었다고 생각하여 길가에 누웠다. 이때 지나가던 사람이 그를 보고 물었다.

"당신은 무슨 일로 거기에 누워 있소?"

"나는 벼락을 맞아 죽었습니다."

"죽은 사람이 무슨 말을 한단 말이오?"

"나는 이제 막 죽었기 때문에 말을 할 수 있지요."

[소천소지 76화]

## 복 방귀

신부가 초례*를 지낸 후에 시아버지를 뵙고 인사를 드리던 중 실수로 방귀를 뀌었다. 그런데 시아버지가 무릎을 치며 좋아했다.

"그 방귀는 복 방귀로다!"

곁에 있던 사돈이 의아하여 왜 그러한지를 묻자, 시아버지가 대답했다.

"제가 손자 세 명을 얻을 것이기 때문입니다."

"그것을 어떻게 알 수 있는데요?"

"제 할머니도 예전에 이런 복 방귀를 뀌고서 아버지 세 형제분을 두었고, 우리 어머니도 이처럼 해서 아들 셋을 두었지요."

그러자 곁에 있던 신부가 연거푸 방귀를 네댓 번 뀌었다. 그러자 시아버지가 눈을 동그랗게 뜨고 말했다.

"이건 너무 지나치지 않으냐?"

[개권희희 29화]


## 판수의 지혜

어느 곳에 무꾸리*를 좋아하는 미신 신봉자가 있었다. 그는 늘 이렇게 생각했다.

'내 수명을 미리 알아 두었다가 재산을 다 쓰고 죽자. 하지만 재산을 너무 빨리 써 버려서 정작 죽을 때에 돈이 없어 고생하지는 말아야지.'

--------------------------------

**초례醮禮** 신랑이 신부의 집에 가서 혼례를 지내는 것.
**무꾸리** 무당이나 판수에게 가서 길흉을 알아보거나 무당이나 판수가 길흉을 점치는 일. 또는 그 무당이나 판수.

이에 판수●에게 가서 자신의 수명을 물었다. 판수는 점 통을 꺼내 들고 한참 동안 생각하다가 말했다.

"당신은 아무 해 아무 달 아무 날에 죽겠네."

그 사람은 조금도 의심하지 않고 그 말을 믿었다. 그리고 그날에 맞춰 가지고 있던 재산을 모두 써 버렸다. 또한 관곽●까지 장만하고 장례식을 치를 준비도 미리 해 두었다. 친척과 친구들도 모두 그날에 그가 죽을 것임을 의심하지 않았다.

마침내 그날이 되자, 친척과 친구들이 장례를 치르기 위해 그를 찾아왔다. 그러나 그 사람은 정해진 시간이 지나도 죽지 않았다. 시간이 점점 흘러가자, 장례를 치르러 왔던 사람들도 하나둘씩 집으로 돌아갔다.

그 후로 다시 며칠이 더 지났지만 그 사람은 죽지 않았다. 이미 재산을 다 써 버린 탓에 배가 고파도 먹을 것을 구할 수가 없었다. 기가 막힌 그 사람은 결국 판수를 찾아가 따졌다. 판수는 듣고도 못 들은 척하다가 조용히 말을 꺼냈다.

"내 점은 신통하여 틀림이 없는데…. 그날에 죽지 않은 것은 분명히 무슨 이유가 있을 것이네."

그리고 점 통을 들여다보는 척하다가 다시 말했다.

"요새 무슨 좋은 일을 하였는가?"

그 사람이 즉시 대답했다.

"예, 있소. 아무 날에 죽는다고 작정을 하고 있었던 터라, 제 재산을 다른 사람들에게 모두 나누어 주었소."

이 말을 들은 판수는 손뼉을 치고 웃으면서 말했다.

"그럼, 그렇지! 당신은 내가 말한 날에 죽을 운명이었소. 하지만 남에게 재산을 많이 나누어 주었으니 적선지가에 필유여경*으로, 하늘이 당신에게 정해진 운명을 고쳐 그 목숨을 연장해 주신 게지요."

[앙천대소 31화]


## 내가 뀐 방귀

친척의 결혼식에 참석한 젊은 부인이 그만 방귀를 뀌고 말았다. 무색해진* 부인은 괜히 곁에 있던 하인을 꾸짖었다.

"사람들이 많은 자리에서 무슨 방귀를 그렇게 뀌느냐?"

"아씨께서 뀌었지, 쇤네가 뀌었습니까?"

부인은 더욱 무안해졌다. 집으로 돌아오자, 부인은 하인을 불러 다시 꾸짖었다.

"이 소견* 없는 년아! 설령 내가 방귀를 뀌었다 해도 네가 뀐 체 않고 '아씨께서 뀌었지, 쇤네가 뀌었냐'라고 말하는 게 무에냐? 이런 괘씸한 년 같으니라구."

------------------------------

**판수** 점치는 일을 업으로 삼은 맹인.
**관곽** 시체를 넣는 속 널과 겉 널.
**적선지가**積善之家**에 필유여경**必有餘慶 『주역(周易)』 곤괘(坤卦)에 나오는 말로, 선행을 한 집안에는 반드시 경사로운 일이 있다는 뜻. 덕행을 많이 한 집안은 자손들이 그 덕을 누린다는 의미다.
**무색하다** 겸연쩍고 부끄럽다.
**소견** 어떤 일이나 사물을 살펴보고 가지게 되는 생각.

그러면서 하인을 때렸다. 하인이 참다못해 말하였다.

"아씨! 아씨! 그렇다면 눈이라도 한번 끔쩍였어야 알아듣죠. 그러나 이왕 이렇게 된 것을 어찌하겠습니까? 그럼, 잠깐만 계셔 보세요."

그러고는 다시 잔칫집으로 갔다. 거기에는 아직도 많은 사람들이 모여 있었는데, 하인은 그들을 향해 소리 높여 외쳤다.

"아까 우리 댁 아씨께서 뀐 방귀는 쇤네가 뀐 것으로 알아주십시오!"

자리에 있던 사람들은 이 말을 듣고 모두 박장대소•하였다.

[요지경 39화]

## 기생이 웃었다

땔감 장수가 서울에 가서 땔감을 팔고 난 뒤, 성 아래에 쪼그리고 앉아 똥을 싸며 떡을 먹고 있었다. 마침 서울 기생이 그 앞을 지나다가 땔감 장수의 행동을 보며 웃었다.

땔감 장수는 집으로 돌아와 마을 사람들에게 자랑삼아 말하였다.

"오늘 아침에 서울에 갔더니 기생이 나를 보고 웃더군!"

[개권희희 82화]

## 머리가 커서 욕을 당하다

머리가 몹시 커서 평생토록 머리에 맞는 갓을 구해 본 적이 없는 사

96

람이 직접 갓을 구하기 위해 시장에 나갔다. 그의 머리를 본 갓 장사꾼이 깜짝 놀라 말했다.

"내가 갓 장사를 한 지 10년인데 당신처럼 귀한 머리는 처음 보오."

그는 몹시 기뻐하며 말했다.

"내 머리가 얼마큼 귀한데요?"

"당신의 머리는 태곳적° 신농씨°의 머리와 같구려."

집으로 돌아온 그는 친구에게 자랑삼아 그 말을 전했다.

"나는 머리가 너무 커서 평생토록 칭찬을 들어 본 적이 없었지. 그런데 오늘 비로소 내 머리가 신농씨와 같다는 칭찬을 들었네그려."

그 말을 들은 친구가 껄껄대고 웃으며 말했다.

"자네는 신농씨가 사람의 몸에 소의 머리를 하고 있다는 것을 진정 모르고 있었나?"

[절도백화 47화]


## 내 덕

여러 사람이 큰 강을 건널 때였다. 중도에 풍랑을 만나 배가 거의 뒤집힐 지경이 되었다. 배 안에 있던 모든 사람들이 우왕좌왕할 즈음에 문

---

**박장대소**拍掌大笑  손뼉을 치며 크게 웃음.
**태곳적**  아득한 옛날, 아주 먼 옛날.
**신농씨**神農氏  중국 신화에 등장하는 제왕으로, 농사와 의술 등을 백성들에게 가르쳤다고 한다.

득 한 사람이 무릎을 꿇고 앉아 기도를 드리기 시작했다.

"이 배가 뒤집히게 하소서."

곁에 있던 사람들은 그의 행동을 괴상히 여겼지만, 경황이 없던 터라 가만히 두었다. 이윽고 풍랑이 겨우 진정되어 무사히 강을 건너게 되자, 사람들은 배가 뒤집히라고 기도하던 사람을 불러 꾸짖었다.

"배가 뒤집히면 너뿐만 아니라 여기에 있는 모든 사람들이 다 죽을 것인데, 무슨 심보로 배가 뒤집히라고 기도했느냐?"

"너희들 모두 내 덕에 무사한 줄 모르고 도리어 나에게 욕을 하느냐?"

"네 덕이라니? 무슨 덕 말이냐?"

"나는 평생 동안 소원하는 일이 하나도 이루어진 적이 없어. 배가 뒤집히라고 기도한 것도 필경 내 소원대로 되지 않을 줄 알았기에 그리 한 것이지. 그랬더니 정말로 내 기도와 달리 배가 뒤집히지 않고 무사히 건너오게 되었구먼. 그게 내 덕이 아니면 누구의 덕이겠나?"

[요지경 33화]


## 밑천이 들지 않는 낮잠

어떤 부인이 아들 삼 형제를 모두 혼인시켰다. 그런데 큰며느리는 낮잠을 잘 자고, 둘째 며느리는 술을 자주 해서 먹고, 셋째 며느리는 떡을 즐겨 먹었다.

어느 날, 부인이 세 며느리를 불러 경계하였다.

"술을 자주 해서 먹으면 누룩*이 헤프고, 떡을 즐겨 먹으면 쌀이 헤프겠지. 아무쪼록 살림살이를 알뜰하게 하도록 해라."

큰며느리는 '시어머니가 두 동서에게 이런 꾸지람을 하였으니, 내게도 분명히 꾸중을 하겠지'라고 생각하였다. 그래서 시어머니가 자신을 꾸짖기 전에 얼른 나서서 두 동서에게 화를 냈다.

"여보게, 두 동서, 내 말을 좀 듣게. 왜 밑천이 드는 떡과 술을 그렇게 자주들 해서 먹었나? 이왕이면 나처럼 밑천이 들지 않는 낮잠이나 자주 잘 것이지."

[팔도재담집 142화]

## 무식함을 숨기다

이웃집 대문에 붙어 있는 부적을 본 아이가 그 집 주인에게 그것이 무엇인지 물었다. 주인은 아이의 질문에 친절히 대답해 주었다.

"이것은 부적인데, 역병*이 유행할 때 이 부적을 붙여 두면 병이 집 안으로 들어오지 못한단다."

---

**누룩** 술을 빚는 데 쓰는 발효제. 밀이나 찐 콩 따위를 굵게 갈아 반죽하여 덩이를 만들어 띄워서 누룩곰팡이를 번식시켜 만든다.
**역병** 전염병.

아이는 집으로 돌아와 아버지에게 부적을 써 달라고 졸랐다. 아버지는 본래 글을 몰랐지만, 아들에게 그것을 드러내기 싫어 억지로 대답했다.

"내일 써서 붙이마."

그리고 아버지는 이웃집 대문에 붙어 있던 부적을 몰래 떼어다가 자기 집 대문에 붙였다.

다음 날, 아들이 밖에서 돌아오다가 대문에 붙은 글씨를 보고 급히 아버지를 불렀다.

"아버지, 우리 집 대문에 누가 '집을 판다'는 글을 붙여 놨어요!"

아버지는 얼굴이 빨갛게 물들며 대답했다.

"집을 판다고 써 두면 귀신도 빈집인 줄 알고 들어오지 않겠지, 뭐."

[소천소지 52화]


## 전당 잡힌 달

태수가 한 고을에 부임°하였는데, 마침 그날은 보름달이 휘영청 떠 있었다. 태수는 관아의 마당을 거닐며 밝은 보름달을 우러러보다가 곁에 있던 통인에게 물었다.

"저게 무엇이냐?"

"달입죠."

"저건 뉘 집 물건인고?"

"소인의 집에 대대로 전해 내려오는 물건입죠."

"그럼, 무엇하러 저 높은 곳에 걸어다 놓았는고?"

"사또께옵서 도임*하신다기에 특별히 보여 드리고자 걸어 놨습죠."

이 말을 들은 태수는 입이 마르도록 좋다고 칭찬하며 밤마다 달을 구경했다. 그렇게 오륙일이 지나자, 갑자기 달이 보이지 않았다. 태수는 놀라 급히 통인을 불렀다.

"달이 어디로 갔느냐?"

"소인의 집이 가난하여 전당을 잡혔답니다."

태수는 몹시 서운해하며 말했다.

"얼마에 전당을 잡혔는고?"

"천 냥에요."

"내가 네게 그 돈을 줄 것이니 너는 속히 달을 되찾아 오도록 해라."

[개권희희 49화]


## 바보 부자

아들이 달밤에 장대를 가지고 발돋움까지 하면서 하늘을 향해 허우적거렸다. 아버지가 그것을 보고 물었다.

"네가 지금 무엇을 하고 있느냐?"

-------------------------------

**부임** 임명이나 발령을 받아 근무할 곳으로 감.
**도임** 지방의 관리가 근무지에 도착함.

"별을 따려고 합니다."

"이 정신없는 자식아! 땅에서 그것을 딸 수 있겠느냐? 지붕 위에 올라가야지."

[익살주머니 50화]


## 호랑이 깃털

동생이 꿩의 깃털 하나를 주웠다.

"이 깃털은 몹시 길쭉하니 토끼의 털인가 보네."

형이 듣고 말하였다.

"작은 토끼에게 어떻게 이렇게 긴 깃털이 있겠어? 그것은 노루의 깃털이야."

이 말을 들은 아버지가 한심한 듯이 두 아들을 보며 말했다.

"너희들은 내가 죽은 뒤에는 깃털을 알아볼 만한 이치조차 없겠구나. 이것을 봐라. 반점이 있지 않느냐? 그러니 이게 호랑이의 깃털이 아니면 또 무엇이겠느냐?"

[절도백화 25화]


## 작년에 본 사슴

포수가 총을 메고 사슴을 찾아다니는데, 나무하는 소년이 포수에게 와서 가만히 말하였다.

"저기에 사슴이 있어요."

포수는 기뻐하며 소년이 말한 곳에 갔지만 사슴이 보이지 않았다. 그러자 같이 갔던 소년이 몽치*로 어린 소나무를 뒤적이며 말했다.

"작년 봄에 분명히 여기서 사슴을 보았는데…."

[앙천대소 71화]


## 문자를 아는 노루

두 사람이 사냥을 하는데, 총을 가진 사람이 친구에게 주의를 주었다.

"짐승을 보더라도 큰 소리를 지르지 말게."

그렇게 약속하고 각자 흩어져 사슴을 찾았다. 마침 소나무 아래 누워 있는 커다란 노루 한 마리가 총을 가지지 않은 사람의 눈에 띄었다. 그는 소리를 지르고 싶었지만, 만약 그렇게 하면 노루가 달아날 것이 분명했다. 그렇다고 가만히 보고 있으면 친구가 알고 찾아올 리도 없었다. 이에 한 꾀를 생각해 내고는 크게 외쳤다.

"대장이 와송하라!"*

그 소리에 노루는 깜짝 놀라 달아나고 말았다. 그때, 총을 가진 사람

--------------------------------

**몽치** 짧고 단단한 몽둥이.
**대장大獐이 와송하臥松下라** '큰 노루가 소나무 아래에 누워 있다'는 뜻.

이 와서 꾸짖어 말했다.

"왜 그렇게 큰 소리를 질렀느냐?"

"그나저나 노루가 한문도 아나?"

[소천소지 51화]


## 모두 벌레가 먹다

시어머니가 며느리에게 연근으로 장아찌를 만들라고 하였더니, 며느리는 꿩을 구워 먹었는지* 아무런 소식이 없었다. 시어머니는 궁금하여 며느리를 불러 말하였다.

"연근 장아찌는 어찌 되었느냐?"

며느리는 부리나케 연근 한 도막을 가지고 와서 말하였다.

"구멍이 이렇게 숭숭 뚫릴 만큼 벌레가 먹었기에 모두 모아서 버렸지요."

[익살주머니 83화]


## 별다른 일이 없다

『맹자孟子』를 삼천 번이나 읽어서 그 고을에서는 뛰어난 문사文士라고 불리는 사람이 있었다. 그의 부친이 일이 있어 외지外地에 나가 있을 때, 마침 할머니가 죽고 말았다. 아들은 아버지에게 다음과 같이 편지를 써서 부쳤다.

"집에는 별다른 일이 없습니다. 다만 할머니께서 돌아가신 것이 애통할 뿐입니다."

[개권회회 68화]

## 뜨거운 물은 상관이 없다

엄동설한에 어떤 상인이 문 앞에 쌓인 눈을 쓸고 난 뒤에 물을 뿌렸다. 그것을 본 순사가 말했다.

"여보! 물을 뿌리면 빙판이 되지 않겠소?"

"이것은 뜨거운 물이니 상관없습니다."

[익살주머니 94화]

## 한쪽 다리가 길다

절름발이를 본 어떤 사람이 웃으며 말했다.

"저 사람은 한쪽 다리가 짧네."

그 말을 듣고 친구가 말리며 말했다.

"자네는 어찌하여 사람의 단점을 말하는가? '저 사람은 한쪽 다리가

---

**꿩 구워 먹다**  어떤 일의 흔적이 전혀 없음. 원 속담은 '꿩 구워 먹은 자리'다.

길다'라고 말을 해야지."

[소천소지 68화]


## 열은 사라졌다

열병이 몹시 심한 환자가 있었다. 의원이 와서 치료를 하는데, 약을 잘못 쓰는 바람에 환자가 그만 죽고 말았다. 곁에 있던 사람이 원망하며 말했다.

"네가 어쩌자고 사람을 죽였단 말이냐?"

그러자 의원은 시신을 만지며 말했다.

"비록 죽기는 했지만, 열은 사라지지 않았느냐?"

[소천소지 104화]


## 나귀를 잃다

평소에 정신없는 사람이 있었다. 어느 날, 그 사람이 길가에서 나귀를 잃고 사방으로 찾아다녔다. 어떤 사람이 그를 보고 물었다.

"도대체 무슨 물건을 잃어버렸소?"

그는 순간적으로 나귀라는 단어가 생각나지 않아 얼른 대답할 수 없었다. 한참 동안 골똘히 생각하는데, 문득 길가에 뒹구는 나귀의 똥 덩어리가 눈에 띄었다. 그는 그것을 가리키며 대답했다.

"저 물건의 껍데기를 찾고 있는데, 혹시 당신이 보셨소?"

[소천소지 40화]


## 똥이 입에서 빙글빙글 돌아

어떤 아이가 글방에 갔는데, 선생이 똥 분糞 자를 쓰라고 하였다. 아이는 알았다고 대답했지만, 똥 분 자를 쓰지 못해 한참 동안 애를 썼다. 잠시 후, 아이가 선생에게 물었다.

"선생님, 아까 무슨 글자를 쓰라고 하셨죠?"

선생도 딴생각을 하다가 순간 대답하지 못하고 주저주저했다. 그러자 아이가 다시 말했다.

"무슨 분 자라고 하셨는데요."

선생은 그제야 깨닫고 미처 생각하지 못했던 것처럼 말했다.

"똥이 입 안에서 빙글빙글 돌면서도 나오지가 않았구나."

[깔깔웃음 45화]


## 새가 대화를 엿듣다

농부가 씨앗을 뿌릴 때였다. 어떤 사람이 그 곁을 지나가다가 큰 소리로 물었다.

"여보시오! 무엇을 심고 있소?"

농부는 벙어리처럼 입을 삐죽이며 손짓만 하였다. 그 사람이 하도 이상하여 농부에게 가까이 가서 그 까닭을 묻자, 농부가 조용히 대답했다.

"콩을 심고 있습니다. 만일 내가 당신처럼 큰 소리로 대답하면 참새와 까치들이 알아듣고 모두 파 먹을까 봐 걱정이 되어 작은 소리로 이야기를 한 것입니다."

[익살주머니 49화]

# 사람 사는 세상,
# 갖가지 웃음과 만나다

## 내가 건넌 물은 이미 지나가 버렸다

장마 때에 한 사람이 큰 내를 건너왔다. 내를 건너오자, 이제 반대쪽으로 내를 건너려는 사람이 그에게 다가와 물었다.

"여보시오! 이 물이 깊던가요, 얕던가요?"

"알 수 없죠."

"여보시오, 방금 물을 건너왔으면서도 알 수가 없다니요?"

"이 사람, 참으로 딱하네. 내가 건너온 물은 이미 몇 천 리를 흘러가 버렸잖소. 이제 위에서 흘러오는 물이 깊은지 얕은지를 내가 어떻게 안단 말이요?"

[요지경 119화]


## 풍년과 흉년을 짐작하여 드십시오

길을 가던 나그네가 날이 저물자 한 촌가에 머물렀다. 그런데 그 집 주인이 걱정스러운 표정을 지은 채 몹시 불안해하고 있었다. 나그네가 주인에게 물었다.

"무슨 일 때문에 그렇게 근심스러워 하십니까?"

"오늘이 부친 제사인데 축문*을 쓸 사람이 오지 않아서 이렇게 걱정만 하고 있답니다."

"축문을 쓰는 사람이 어딜 갔는데요?"

"우리 마을에는 축문을 쓰는 사람이 한 사람밖에 없습니다. 그런데 그 사람이 며칠 전에 다른 곳에 가더니 지금까지 돌아오지 않았답니다. 제를 지낼 시간은 다가오는데, 그 시간에 맞춰 축문을 쓰지 못할까 봐 걱정이 이만저만이 아니네요.”

“제가 축문에 대해 조금 아는데, 외람되더라도• 제가 써 드릴까요?”

그 말을 들은 주인은 매우 기뻐하며 성대하게 술과 음식을 대접하였다. 축문을 쓰게 되자, 나그네는 붓과 종이를 한참 동안 바라보다가 주인에게 물었다.

“올해 제사 음식이 작년에 비해 더 좋은가요, 아니면 작년만 못한가요?”

“올해는 흉년인지라, 작년보다 훨씬 못합니다.”

“그렇다면 이렇게 쓰면 되겠군.”

나그네는 붓을 들어 다음과 같이 썼다.

“작년에는 풍년이었고, 올해는 흉년이니 알아서 드십시오[昨年豊年, 今年凶年, 斟酌尙饗].”

[개권희희 45화]


# 욕을 먹은 키 작은 장모

두 딸을 둔 사람이 사위 둘을 모두 데릴사위로 정하였다. 큰사위는

---

**축문**  제사 때 읽어 신명(神明)께 고하는 글.
**외람되다**  하는 짓이 분수에 지나치다. 분에 넘치다.

문장가이고, 작은사위는 무식한 까닭에 장인은 항상 큰사위만 편애하였다.

장인의 회갑 날, 장인이 큰사위를 불러 말했다.

"오늘은 손님이 많이 모일 것이니, 풍월*이 없으면 재미가 없을 것일세. 그러니 자네는 내가 부르면 즉시 와서 글 한 수를 짓도록 하게."

"장인께서 운자를 불러 주시면 거기에 맞춰 짓겠습니다."

이후, 장인은 빈객을 한자리에 다 모이게 한 뒤, 운자를 불렀다.

"까닭 고故 자로 시를 지어 보게."

큰사위는 즉시 글을 지었다.

> 학이 잘 우는 것은 목이 긴 까닭이고[鶴之善鳴長命故]
>
> 산이 높은 것은 돌이 많은 까닭이라[山之高也石多故]
>
> 소나무가 늘 푸른 것은 중심이 굳센 까닭이며[松之長靑中硬故]
>
> 길가의 버들이 자라지 못함은 사람을 많이 겪은 까닭이라
>
> [路柳不長閱人故]

장인과 빈객들은 모두 무릎을 치며 칭찬했다. 그런데 곁에 있던 작은사위가 입을 삐죽삐죽하며 그 글을 평론해 말하였다.

"매미가 잘 우는 것도 목이 긴 까닭이고, 하늘이 높은 것도 돌이 많아서인가요? 대나무가 늘 푸른 것도 중심이 굳센 까닭이며, 장모님이 자라지 못한 것도 사람을 많이 겪은 까닭이겠네요."

자리에 있던 사람들은 모두 박장대소하였다. 키가 작은 장모만 얼떨

결에 큰 욕을 먹었다.

[팔도재담집 76화]


## 문밖에 나가다

선생이 수업을 시작하려는데, 한 아이가 콧물을 질질 흘리며 앉아 있었다. 선생은 그 모습이 보기 흉해 아이에게 말했다.

"문밖에 나가 세수를 하고 오너라."

아이는 밖으로 나가더니 하루 종일 돌아오지 않았다. 다음 날 아침, 선생이 아이를 불러 어제 돌아오지 않은 일에 대해 꾸짖었다. 그러자 아이가 대답했다.

"선생님께서 제게 문밖으로 나가라고 하시기에, 저는 말씀대로 동대문 밖에 나갔을 뿐인데요."

[소천소지 56화]


## 거미줄 치기

대머리 할아버지가 여름에 낮잠을 자고 있었다. 그때 대여섯 살 된

---

**풍월** 음풍농월(吟風弄月). 맑은 바람과 밝은 달을 대상으로 시를 짓고 흥취를 자아내어 즐겁게 놂.

아이가 붓에 먹을 묻혀 할아버지의 벗겨진 머리 위에 거미줄 모양으로 줄을 긋기 시작했다. 아이의 엄마가 그 광경을 보고 꾸짖어 말했다.

"어른에게 그 무슨 버릇없는 짓이냐?"

"저는 할아버지를 위해 이렇게 한 것입니다. 할아버지께서 주무시는데 파리가 자꾸 덤벼들잖아요."

"파리가 덤비거든 부채질을 하는 것이 옳지, 먹을 묻히면 파리가 그것을 빨아먹으려고 더 덤벼들지 않겠느냐?"

"한 번만 거미줄을 그려 놓으면 파리가 덤벼들지 못할 텐데, 누가 저물 때까지 옆에서 부채질을 하고 있겠어요?"

[팔도재담집 134화]


## 주름 펴기

어떤 노인이 창에 종이를 바르면서 물을 뿌렸다. 그 모습을 가만히 지켜보던 손자가 물었다.

"종이에 물은 왜 뿌려요?"

"그래야 종이가 팽팽해진단다."

그 후 어느 날이었다. 노인이 낮잠을 자는데, 손자가 갑자기 노인의 얼굴에 물을 뿌렸다. 노인이 깜짝 놀라 일어나며 말했다.

"할아버지 얼굴에 물을 뿌리다니…. 무슨 장난을 그렇게 버릇없이 하느냐?"

"장난을 친 게 아니에요. 할아버지 얼굴에 주름이 잡혔기에 팽팽해지라고 뿌린 것이에요!"

노인은 기가 막혀 그저 빙긋 웃을 뿐이었다.

[깔깔웃음 3화]

## 상투는 잡을 수 없다

손자와 함께 강가에서 목욕을 하던 중, 할아버지는 실수로 그만 물에 빠지고 말았다. 할아버지가 물에서 허우적거리며 서의 죽을 지경인데도 손자는 그것을 그저 보기만 할 뿐, 구할 생각은 전혀 하지 않았다.

어떻게 해서 간신히 거기에서 빠져나온 할아버지가 손자를 꾸짖었다.

"내가 죽을 지경이 되었는데도 너는 어찌하여 이 할아비를 구하지 않았느냐?"

"할아버지께서 물속에 들어가셨을 때에는 단지 상투만 남아 있었습니다. 손자가 되어 어떻게 감히 할아버지의 상투를 잡겠습니까?"

[소천소지 30화]

## 게으른 선생님

게으른 아들에게 아버지가 물었다.

"너희 학교에서 누가 가장 게으르냐?"

"게으르다는 게 뭔데요?"

"다른 사람은 책을 읽는데 혼자서 책을 읽지 않고, 다른 사람은 글씨를 쓰는데 혼자서 글을 쓰지 않고 멍하니 앉아 세월만 보내는 사람을 게으르다고 하지."

"그런 게 게으른 것이라면 우리 선생님이 제일 게을러요."

[소천소지 16화]


## 하품은 방귀 형님

선생이 학생에게 생리학°을 가르치고 있었다.

"하품이란 것은 방귀와 같은 이치니, 하품과 방귀는 형제지간이다."

그러자 한 학생이 질문을 했다.

"선생님! 그러면 하품은 위에서 나오니까 형이고, 방귀는 아래에서 나오니까 아우겠네요."

"옳지, 옳지!"

그 후, 학생은 아버지가 친구분과 함께 이야기를 나누다가 하품을 하는 것을 보았다. 그러자 문득 학생이 말하였다.

"아버지! 손님을 모신 자리에서 어찌하여 방귀 형님을 뀌십니까?"

[익살주머니 10화]

## 쥐가 훔쳐 먹는 이유

선생님이 학생에게 물었다.

"쥐는 무슨 이유로 무엇이든지 몰래 갉아 먹을까요?"

그러자 한 학생이 일어서서 대답했다.

"고양이한테만 먹을 것을 주고, 쥐를 보면 쫓아내니까 화가 나서 그렇게 한답니다."

[깔깔웃음주머니 29화]


## 당나귀를 모르는 선생님

학교에서 돌아온 아이가 아버지에게 말한다.

"아버지, 우리 선생님이 당나귀를 모르던데요."

"선생님이 당나귀를 모를 리가 있나?"

"몰라요! 내가 오늘 당나귀를 그렸는데, 선생님은 그게 뭐냐고 묻던데요."

[깔깔웃음주머니 127화]

-----------------------------

**생리학生理學** 생물의 기능과 활동의 원리를 연구하는 학문. 생물학의 한 분야이다.

## 똑똑한 선생님

어머니가 딸에게 물었다.

"너희 반에서 누가 제일 공부를 잘하니?"

"어머니는 그것도 몰라요? 우리 선생님이 제일 잘하죠."

[깔깔웃음주머니 3화]

## 안경을 벗어 떡을 나누다

안경을 낀 어머니에게 아이가 물었다.

"왜 안경을 끼셨어요?"

"내 눈이 어두워 안경을 꼈는데, 이것을 끼고 보면 사물이 더 크게 보인단다."

"그럼, 내게 떡을 줄 때에는 안경을 벗고 주세요."

[소천소지 35화]

## 엄마는 오지 마라

엄마가 딸에게 장난으로 말했다.

"너도 시집을 갈래?"

"내가 시집갈 때에 엄마는 오지 마세요."

"왜 내가 가면 안 되지?"

"엄마도 시집갈 때에 나를 부르지 않았잖아요."

[소천소지 8화]


## 오줌을 싼 토끼

겨울날, 아이가 울음을 그치지 않았다. 그러자 엄마는 눈으로 토끼
모양을 만든 다음, 그것을 가지고 밖에서 놀도록 했다. 아이는 그것을
가지고 놀다가 오줌을 싸러 안으로 들어왔는데, 문득 밖에 있던 토끼가
자기처럼 추위에 떨까 봐 걱정되었다. 이에 아이는 급히 밖으로 나가
토끼를 데려와 화롯가에 두고, 자기는 다시 밖에 나가 놀았다.

한참 후, 아이가 집에 돌아와 보니 토끼는 보이지 않고, 대신 그 자리
엔 물방울 몇 개만 남아 있었다. 아이는 다시 울며 말했다.

"엄마, 토끼가 오줌을 싸고 도망가 버렸어!"

[소천소지 1화]


## 어머니를 따라 하다

무더위로 온몸이 땀에 젖은 아이가 몹시 괴로워하더니, 벌떡 일어나
햇볕이 내리쬐는 마당으로 나가 두 팔을 벌리고 섰다. 아이의 행동을
이상히 여긴 어머니가 물었다.

"이렇게 햇볕이 강하게 내리쬐는데 너는 무슨 이유로 거기에서 두 팔을 벌리고 섰느냐?"

"어머니도 옷이 젖으면 햇볕에 말리잖아요?"

[소천소지 7화]


## 위는 나를 닮았다

한 재상이 딸만 아홉 명을 두었는데, 그 부인이 또 임신을 하였다. 열 달이 지나 부인에게 해산 기미가 있었다. 재상은 이번에는 아들일까 하여 영창* 밖에 앉아서 초조하게 출산 소식을 기다렸다.

얼마 되지 않아 아이의 울음소리가 들리자 재상은 급히 방으로 들어가 부인에게 물었다.

"여보, 부인! 이번엔 무엇을 낳았소?"

부인이 생각하니 이번에도 또 딸을 낳았다고 하기엔 너무 염치가 없어, 가까스로 대답하였다.

"에그, 나도 정신이 없는 중에 얼른 보았더니 이 아이의 위는 대감의 모습과 흡사합니다."

그 말을 들은 재상은 길게 한숨을 내쉬며 말했다.

"아이의 윗부분이 나를 닮았다면, 아랫부분은 반드시 부인을 닮았겠구려!"

[깔깔웃음 32화]

120

# 단지*는 무죄

아버지가 병이 들자, 아들이 급히 의원을 찾았다. 아버지의 병세를 살펴본 의원이 천천히 말하였다.

"이 병은 다른 방법이 없네. 손가락을 잘라 그 피를 먹이는 효성을 보이지 않으면 안 될 것이네."

이 말을 들은 아들은 급히 밖으로 나갔다.

밖에는 마침 어떤 사람이 술에 취해 소나무 아래서 낮잠을 자고 있었다. 그 모습을 본 아들은 품에서 칼을 꺼내 술에 취한 사람의 손가락을 베려고 했다. 술에 취한 사람은 깜짝 놀라 급히 손을 빼며 외쳤다.

"네 이놈! 백주 대낮에 칼을 뽑아 들었으니 그 죄를 피할 수 있을 듯하냐?"

아들은 도리어 그 사람을 꾸짖으며 말했다.

"아버지의 병을 낫게 하기 위해 손가락을 베는 것은 천지간에 좋은 일이라고 하더라. 그런데 내가 무슨 죄를 지었다고 하느냐?"

[소천소지 95화]

---

**영창** 방을 밝게 하기 위해 방과 마루 사이에 낸 두 쪽의 미닫이문.
**단지斷指** 손가락을 자름. 옛날에 가족의 병이 위중할 때 그 병을 낫게 하기 위하여 피를 내어 먹이려고 자기 손가락을 자르거나 깨물던 일.

## 잠들면 들리지 않을까

아들이 아버지에게 북 하나만 사 달라고 졸랐다.

"아빠, 나 작은 북 하나만 사 줘!"

"시끄러워 안 된다."

"그럼, 아빠가 듣지 않을 때에만 가지고 놀게요."

"들리지 않는 때가 언젠데?"

"아빠가 잠들었을 때요."

[소천소지 72화]


## 바지가 흘러내리지 않게 하는 방법

어머니가 아들에게 말했다.

"얘가 무슨 밥을 이렇게 끝도 없이 먹어댄담? 그렇게 먹다가는 큰일 난다."

"아이구, 어머니! 어머니께서 얼마나 큰 바지를 사서 입혔는지, 밥을 많이 먹지 않으면 바지가 흘러내려서 어쩔 수가 없어요."

[깔깔웃음주머니 6화]

# 불가항력*

동생이 언니에게 물었다.

"언니는 왜 날마다 거울 앞에 앉아 분을 발라요?"

"응, 그것은 예뻐지기 위해서란다."

"그런데 왜 언니는 지금까지도 예뻐지지 않아?"

[걸작소화집 88화]


# 의원에게 물을 수 없었다

아버지의 병이 깊어지자, 형은 동생에게 급히 의원을 모시고 오도록 했다. 동생이 급히 나가더니, 잠시 후 혼자 되돌아왔다. 형이 의아하여 물었다.

"너는 어찌하여 의원을 모시고 오지 않았느냐?"

"제가 가서 보니 의원은 상중에 있던데요."

"상중에 있는 의원은 약도 쓰지 못한다더냐?"

"그게 아니라, 제 아비의 병도 고치지 못하는 의원이 어떻게 다른 사람의 병을 고칠 수 있겠어요?"

[절도백화 13화]

---

**불가항력**不可抗力  사람의 힘으로는 감당할 수 없는 힘.

## 앉으면 축 생원

아무 고을 서면에 사는 윤 생원이 친구를 방문하였지만, 친구는 집에 없고 네댓 살 된 아이만 문 앞에서 놀고 있었다. 윤 생원은 할 수 없이 집으로 돌아오려다가 그 아이를 불러 말을 전하게 했다.

"네 부친이 돌아오거든 서면 윤 생원이 왔다가 그냥 갔다고 전하여라."

그 말을 들은 아이는 한참 동안 윤 생원을 보다가 말했다.

"서면 윤♯ 생원이라고 하시니, 그럼 앉으면 축♯ 생원이십니까?"°

[깔깔웃음 61화]


## 어떻게 대답할까

빚쟁이를 피해 벽장 안에 숨은 아비가 아들에게 단단히 일렀다.

"오늘 어떤 사람이 찾아올 것이니, 너는 아버지가 밖에 나가서 안 계신다고 대답해야 한다."

아들은 고개를 끄덕였다.

잠시 후, 빚쟁이가 왔기에 아들은 아버지가 일러 준 대로 대답했다. 그러자 빚쟁이가 물었다.

"그럼, 네 아비는 언제 돌아오신다던?"

이 말을 들은 아들은 응답하지 못하고, 곧바로 벽장으로 가서 문을 열고 물었다.

"아버지, 언제 돌아오신다고 대답해요?"

[소천소지 319화]

## 쟁기질은 말도 마라

한 농가에서 머슴을 구하는데, 어떤 사람이 신청하였다. 주인이 그에게 물었다.

"쟁기질은 잘하느냐?"

"쟁기질은 말도 마십시오."

그렇게 그는 머슴으로 살게 되었다. 그로부터 몇 달이 지나 농사를 지을 때가 되었다. 주인이 머슴을 불러 말했다.

"이제는 밭을 갈아야지."

그러자 머슴이 말하였다.

"애초에 제가 뭐라고 했나요? 쟁기질은 할 줄 모르기에 '쟁기질은 말도 말라'고 하지 않았습니까?"

그 말을 들은 주인은 한참 동안 선 채로 머슴의 얼굴만 바라볼 뿐이었다.

[요지경 60화]

---

O 아이는 서면을 방위의 '서(西)'가 아닌 '서다[立]'로 인식하였기 때문에 그와 반대되는 '앉으면'이라고 했다. 또한 '윤(尹)'의 '삐침'이 앉으면 없어지므로 '축(丑)'이 된다. 그래서 이런 말을 한 것이다.

## 바로 실행에 옮기다

주인이 종을 불러 '내일 이른 아침에 서울에 갔다 와야 할 것'이라고 일러두었다.

다음 날, 새벽부터 종을 찾았지만, 종은 어디에서도 보이지 않았다. 그 후 4~5일이 지나서야 비로소 종이 나타났다. 주인이 의아해하며 말했다.

"너는 그동안 어디에 갔다가 이제야 왔느냐?"

"서울에 갔다가 왔습죠."

"무슨 일로 서울에 갔는데?"

"그날 서방님께서 이른 아침에 서울에 갔다 오라고 분부하셨잖아요!"

[개권희희 59화]


## 코 빠진 죽

가난한 집 부인이 굶다 못해서 하인에게 백동° 한 푼을 주며 말했다.

"팥죽을 사 와라."

팥죽을 산 하인은 그것을 먹고 싶은 생각이 간절하였다. 그래서 일부러 손가락으로 팥죽을 이리저리 휘휘 저은 다음 부인에게 건네며 말했다.

"아씨, 팥죽을 골라 잡수세요."

"무엇을 어떻게 골라 먹으라는 말이냐?"

"죽을 들고 오다가 쇤네가 재채기를 했는데, 코가 빠졌거든요. 손가

126

락으로 그것을 건지려고 했는데, 그게 점점 깊이 들어가 버려서요."

"이년! 이 죽은 네가 가져다가 먹어라!"

[고금기담집 63화]


## 눈물

선장이 밥 짓는 아이를 데리고 고기잡이를 하러 떠났다. 그러나 선장
과 아이는 항상 불합하여* 서로 불만이 많았다.

때는 마침 여름이었다. 선장은 여름에도 뜨거운 숭늉 마시기를 좋아
하여 아이에게 명령하였다.

"숭늉을 끓여 놓아라!"

그렇지만 아이는 한 번도 그 말을 따르지 않았다. 선장은 아이를 괘
씸하게 여겨 숭늉도 모르는 무식한 아이라고 꾸짖었다. 두 사람의 사이
는 더욱 나빠졌다. 그러던 어느 날, 아이가 가만히 생각하였다.

'선장님이 좋아하시는 것을 한 번도 시행하지 않았으니, 그것은 모두
내 잘못이다.'

그날 아이는 작정하고 밥을 지은 후, 가마에 물에 조금 넣고 장작을
많이 넣었다. 물이 팔팔 끓자, 아이는 사발로 물을 퍼서 그릇에 담아 그
것을 선장에게 드렸다.

--------------------------------

**백동** 백통. 구리, 아연, 니켈의 합금. 동전으로 쓰였다.
**불합하다** 뜻이 서로 맞지 아니하다.

여름철에 끓는 물은 본래 증기가 보이지 않는다. 선장은 '이번에도 숭늉을 끓이지 않았겠지'라고 생각하여, 아무 거리낌 없이 그 물을 한 입에 들이부었다. 그러자 난데없는 열기가 입 안에서 크게 일어나며 무슨 화재를 당한 것처럼 입 안이 뜨거웠다.

무슨 일이든지 사람이 급한 일을 당하면 아무런 꾀가 나지 않는 법이다. 뜨거운 물을 그냥 뱉으면 입 안만 데였을 것인데, 당황한 선장은 어쩔 줄 몰라 뜨거운 물을 그냥 목구멍으로 꿀꺽 삼키고 말았다. 그러자 가슴은 터질 듯하고, 두 눈에서는 눈물이 소나기처럼 쏟아졌다.

그때 마침 아이가 선장 앞에 나아가 보니, 선장은 전에 없던 슬픔에 쌓인 듯이 하염없이 눈물을 흘리고 있었다. 아이가 놀라 그 까닭을 물으니, 선장은 '평소 숭늉도 모르는 아이라고 책망만 하다가 숭늉을 마시다가 입과 가슴이 데였고, 그 고통을 참지 못해 눈물이 난다'고는 차마 대답할 수 없었다. 그래서 순간 말을 꾸며 이렇게 대답하였다.

"집을 떠난 지 하도 오래되어서인지 부모님과 처자식 생각이 간절해 저절로 눈물이 나는구나."

[익살과 재담 5화]


## 돼지 값에 닭 값을 더하다

어떤 사람이 돼지를 팔려고 장에 갔지만 날이 저물도록 팔지 못해 그곳 주막에서 하룻밤을 머물러야만 했다. 그런데 그날 밤에 돼지가 주막

집 닭을 잡아먹고 말았다. 주인이 닭 값을 물어내라며 난리를 피우자, 돼지 주인이 말했다.

"지금은 돈이 없으니 내일 나와 함께 장에 가서 돼지를 판 뒤에 닭 값을 받으시오."

주인도 그렇게 여겨, 다음 날 돼지 주인과 함께 장에 가서 돼지가 팔리기만을 기다렸다. 이윽고 한 사람이 와서 돼지 주인에게 물었다.

"이 돼지는 얼마요?"

"이 돼지가 저 양반의 닭을 잡아먹은 까닭에 그 닭 값까지 물어내야 하오. 그러니 돼지 값 오십 냥에 닭 값 열닷 냥을 얹으면 총 예순다섯 냥이 되겠네요."

[팔도재담집 75화]


## 옷, 잣, 갓

시골 사람이 정월 보름날 서울 구경을 하던 중, 배가 고파 견딜 수가 없었다. 이에 꾀 하나를 생각해 내고는 과일 가게 앞으로 가서 자기 옷을 가리키며 주인에게 물었다.

"이게 무엇이요?"

"옷이요."

"오시라니 왔소."

가게에 들어온 시골 사람은 잣을 가리키며 말했다.

"이게 무엇이요?"

"잣이요."

"자시라고? 예, 먹지요."

실컷 먹고 난 시골 사람은 자기가 쓴 갓을 가리키며 말했다.

"이게 무엇이요?"

"갓이요."

"가시라고요? 예, 가지요."

그 사람은 그렇게 배가 터지게 잣을 먹고 갔다.

[재담 기담 꽃동산 7화]

## 잘 쓴다 잘 쓴다

장씨 성을 가진 사람이 과거를 보기 위해 글씨를 잘 쓰는 사람을 찾았다. 마침 이씨 성을 가진 사람이 술과 음식을 얻어먹을까 하고 스스로 글씨를 잘 쓴다며 자원했다. 장씨는 이씨를 후하게 대접한 후, 그와 함께 과거 시험장으로 들어갔다. 그런데 이씨의 글씨를 보니 그 필체가 아주 엉망이었다. 장씨는 화가 나서 말했다.

"네 글씨가 이러해서야 내가 어떻게 과거에 합격할 수 있겠느냐?"

"나는 성격상 남이 칭찬해 주어야 글씨를 잘 씁니다. 그런데 당신은 칭찬을 하지 않고 도리어 꾸중만 하시니 글씨가 잘 써지지 않는구려."

그 말을 들은 장씨는 눈물을 뚝뚝 흘리며 말했다.

"잘 쓴다. 잘 쓴다. 자네의 글씨가 참으로 명필일세."

[앙천대소 24화]

## 철학을 가르칠까

철학을 공부하던 어떤 사람이 있었다. 그는 철학이 너무 어려워 중도에 공부를 포기하고 시골에 돌아와 농사를 지으며 살았다.

하루는 소에 연장을 매고 밭을 갈려고 했지만, 소가 도무지 말을 듣지 않았다. 제멋대로 이리 가고, 저리 가고 할 뿐이었다. 그러자 화가 난 그 사람이 큰소리로 소를 꾸짖었다.

"이놈의 소! 그럼, 네게 철학을 가르친다."

[걸작소화집 290화]

## 마수걸이

어떤 망나니 하나가 정월 초하룻날 아침에 술집에 가서 술을 먹고는 술값을 내지 않았다. 술집 주인이 화를 내며 말했다.

"여보! 정월 초하룻날 마수걸이●에 외상이 어디 있단 말이요?"

--------------------------------
마수걸이  맨 처음으로 물건을 파는 일.

"당신만 마수걸이요? 나도 마수걸이요. 정월 초하룻날 외상 마수걸이를 잘해야 일 년 동안 외상을 잘 먹을 수 있을 터이니 나도 어쩔 수 없소."

[익살주머니 45화]

## 일본어를 하는 일본 아이

서울에서 공부하던 아들이 고향집으로 돌아와 머물고 있을 때, 마침 일본 사람이 찾아왔다. 아버지는 급히 아들을 불렀지만, 아들은 통역을 하지 못했다. 그러자 아버지가 화를 내며 말했다.

"내가 지난번에 서울에 갔을 때 일본 아이를 보았는데, 그 아이는 불과 서너 살밖에 되지 않았는데도 일본어에 능통하더구나. 그런데 너는 입학한 지 반년이 다 되어 가는데, 그래 아직까지도 통역을 하지 못한단 말이냐?"

[소천소지 5화]

## 한눈을 팔다

삼촌과 조카가 한 학교에서 공부를 하는데, 삼촌이 조카에게 말했다.

"한눈팔지 말아라."

"그럼, 삼촌은 왜 한눈을 팔아요?"

"내가 언제 한눈을 팔았느냐?"

조카는 입술을 삐죽삐죽하며 말하였다.

"삼촌이 한눈을 팔지 않았으면 내가 한눈을 팔았는지 두 눈을 팔았는지 어떻게 알 수 있어요?"

삼촌이 손을 내저으며 말했다.

"그런 말은 집에 가서 옮기지 말아라."

[팔도재담집 35화]

## 우산

두 사람이 이야기를 하고 있다.

"비가 하늘에서 내리게 된 것은 참으로 다행한 일이야."

"왜?"

"이 사람! 비가 땅에서 솟는다면 우산을 어떻게 쓰겠나?"

[걸작소화집 210화]

## 빗속에 길을 가다

한 사람이 길을 가는데 갑자기 비가 내리기 시작했다. 빗줄기는 점점 거세지는데, 그 사람은 오히려 더 천천히 걸었다. 그 모습을 지켜보던 사람이 의아해하며 물었다.

"왜 비를 피하지 않고 천천히 가는 게요?"

"지금 머리 위에 떨어지는 비도 고통스러운데, 무엇 때문에 급히 달려가 저 앞에 떨어지는 비까지 맞는단 말이요?"

[절도백화 88화]

## 내 뒤를 따라오시오

자동차를 타고 가는 사람이 평양으로 가는 길을 몰라 헤매다가 문득 소를 타고 가는 농부를 보고 물었다.

"평양을 가려면 어느 길로 가야 하나요?"

"마침 나도 평양으로 가는 길이니, 그저 내 뒤만 따라오시구려."

[결작소화집 75화]

## 아버지가 맞을 때 신고할 것

한 아이가 급히 파출소로 달려와 순사에게 말했다.

"아저씨, 큰일 났어요!"

"무슨 큰일?"

"저기서 싸움이 났는데, 시방 우리 아버지가 막 얻어맞아요."

"싸움이 언제부터 났는데?"

"한 시간 전부터요."

"그런데 왜 이제야 왔느냐?"

"처음에는 우리 아버지가 이길 것 같았거든요."

[걸작소화집 38화]


## 내년에는 나와 동갑

한 아이가 다른 아이에게 물었다.

"넌 몇 살이야?"

"여섯 살!"

"난 일곱 살인데. 내년에는 너와 내가 동갑이 되겠구나."

[소천소지 99화]


## 떨어지면서 갈라진 것

복동이와 준길이는 퍽 친한 친구다. 어느 날 복동이가 준길이에게 말했다.

"준길아, 내가 오늘 십 전을 주웠다."

"내가 어제 십 전을 떨어뜨렸는데, 아마도 그 돈이 내 것인가 보구나."

"내가 주운 것은 십 전짜리가 아니라, 오 전짜리 두 갠데?"

"그럼, 떨어질 때 둘로 갈라졌나 보지 뭐."

[깔깔웃음주머니 4화]

## 일 년에 한 번 머리를 빗다

어떤 사람의 머리가 항상 엉클어져 있는 것을 보고, 친구가 물었다.

"자네는 도대체 며칠에 한 번씩 머리를 빗는가?"

"일 년에 한 번씩은 머리를 빗는데도 머리가 항상 이렇게 엉클어져 있네."

[소천소지 26화]


## 코끼리를 보러 가자

다리가 굵은 여학생 셋이 동물원에 가서 사슴을 보며 말했다.

"어쩌면 사슴은 다리가 저렇게 길고 가늘고 예쁠까?"

셋은 사슴을 보며 부러워하고 있었다. 그런데 사람들이 몰려들자, 세 여학생은 서로의 다리를 보며 말했다.

"얘들아, 우리 코끼리 있는 데로 가자."

[깔깔웃음주머니 52화]


## 딱한 일

두 사람이 만나 대화를 나눈다.

"그 뒤로 김군을 만났나?"

"어젯밤에 만났지."

"어떻게 지내던가?"

"옷도 아니 입고 있더군."

"그것 참 딱하군. 어디서 만났는데?"

"목욕탕에서."

[걸작소화집 12화]

## 무서운 말

어떤 청년이 한 여인을 몹시 좋아하여, 그 여인의 아버지를 찾아가 결혼을 시켜 달라고 부탁했다.

"정애 씨를 아내로 맞이하지 못하면 차라리 죽어 버리겠습니다."

"흥, 그런가? 자네가 내 딸과 사귀겠다는 것도 팔자니 어찌하겠나? 그래서 나는 결심했네."

"예? 그럼 저희들의 결혼을 승낙해 주시는 것입니까?"

"비용은 전부 내가 부담할 것이니 염려 말게!"

"혼인 비용까지요?"

"아니, 자네의 장례 비용 말이야!"

[걸작소화집 175화]

## 저 잘난 맛

"요새는 결혼하지 않으려는 처녀들이 꽤 있는 모양이야."

"자네가 그걸 어떻게 아나?"

"내가 몇 사람에게 구혼●해 봤는데 모두 싫다더군!"

[걸작소화집 16화]

## 여자의 마음

남자: 오래 못 사시겠군요.

여자: 흥!

남자: 미인은 박명●한다고 하지 않습니까?

여자: 호호호.

[걸작소화집 15화]

## 칭찬을 하지 않는 이유

신부: 요새는 왜 음식 솜씨에 대해 칭찬을 하지 않아요?

남편: 칭찬하면 매일 같은 것만 계속해서 주더라고.

[걸작소화집 11화]

## 삼 일 만에 아이를 낳다

시집온 지 삼 일 만에 신부가 아이를 낳자, 집안사람들이 모두 놀라 서로 눈길을 주고받으며 웃었다. 그러자 신부가 말하였다.

"다들 저렇게 좋아할 줄 알았다면 세 살 된 아이도 함께 데리고 왔을 텐데…."

[개권희희 22화]


## 두 해에 아이 하나를 낳았을 뿐이다

섣달그믐에 시집을 온 신부가 정월 초하룻날에 아이를 낳았다. 집안 사람들이 모두 해괴망측하다며 의아해하자, 신부가 나서며 당당히 말했다.

"이 집안은 이상하군요. 두 해 동안에 아이 하나를 낳았을 뿐인데 무엇이 그렇게 괴이한가요?"

[개권희희 28화]

--------------------------------

구혼 결혼을 청함.
**미인박명**美人薄命 미인은 일찍 죽는 일이 많음.

## 내 물건은 없다

"이 장롱도 내 것이다", "이 그릇도 내가 가져온 것이다"라며 매일 자기 것만 찾는 부인이 있었다.

어느 날 밤, 아래층에서 수상한 발자국 소리를 들은 부인이 급히 남편을 깨우며 말했다.

"여보, 도둑이 왔나 봐요!"

그러자 남편은 귀찮은 듯이 대답했다.

"도둑놈이 암만 집어 간다고 해도 내 물건은 하나도 없어."

[걸작소화집 10화]


## 아내의 피아노 솜씨

어떤 사람에게 친구가 말했다.

"자네 부인이 피아노 공부를 한다니, 돈이 상당히 들었겠네그려."

"아닐세! 오히려 돈벌이가 되지."

"아니, 어떻게?"

"다른 게 아니라, 아내가 피아노를 치고 있으면 옆집에서 귀가 아프다고 집을 싸게 내놓고 이사를 가 버리더군. 그러면 그 집을 샀다가 다른 사람에게 되팔고 있어. 이게 다 장삿속이라나….""

그렇게 호기 있게 말하더랍니다.

[깔깔웃음주머니 61화]

## 어리석기는 부부가 일반

두메산골에 사는 사람이 시장에 갔는데, 곶감이 매우 보기 좋기에 한 꼬치를 샀다. 집으로 돌아온 그는 그 꼬치를 아내에게 주었다. 아내는 곶감을 들고 아무리 보아도 어떻게 먹어야 할지 몰랐다. 생각다 못한 아내는 그것을 국에 넣고 끓였다. 그 광경을 본 남편이 말했다.

"이것을 왜 국에 넣고 끓였소?"

"그럼 어떻게 해서 먹는단 말이오?"

"꼬치에 꿰어 놓은 것을 보구려. 구워서 먹으라는 게지."

[고금기담집 28화]


## 하나에 하나를 더하면 스물

남편이 장에 가서 청어 한 뭇*을 사다가 아내에게 주었다. 아내가 받아 놓은 후, 아침에 한 마리, 저녁에 한 마리를 구워 상에 놓았다. 그 후로 상 위에는 청어의 그림자조차 보이지 않았다. 남편이 의아하여 아내에게 물었다.

"그나저나 청어는 다 어찌하였소?"

"남은 청어가 어디 있나요?"

------------------------------

**뭇** 생선을 묶어 세는 단위. 지금은 열두 마리가 한 뭇이지만 예전에는 스무 마리가 한 뭇이었다.

"청어 한 뭇을 사 왔는데, 그것을 언제 다 먹었단 말이오?"

"당신도 답답하오. 청어 한 뭇이 몇 마리나 되오?"

"스무 마리 아닌가?"

"그럼, 세어 보세요. 어제 아침에 당신 한 마리, 나 아홉 마리를 먹었죠. 그리고 어제 저녁에 당신 한 마리, 나 아홉 마리를 먹었죠. 그럼 맞지 않나요?"

"에라, 아예 집안을 떡 해 먹어라."•

[깔깔웃음 57화]


## 왕복 차비

신혼부부가 싸움을 하였는데, 신부가 신랑에게 말했다.

"나는 이제 친정으로 갈 테야."

신랑은 아무 말도 않고 지갑에서 돈을 꺼내 주며 말했다.

"자, 이것이 기찻삯이다."

돈을 받아 든 신부는 그 액수를 확인한 후 말했다.

"이것으로 어떻게 왕복표를 산단 말야?"

[깔깔웃음주머니 12화]

## 물론 그럴 테지

옆집 마님이 수돌이에게 물었다.

"수돌아, 어제 너희 집에서 '쿵' 하는 큰 소리가 나던데, 그게 무슨 소리더냐?"

"어머니가 아버지 양복을 문밖으로 집어 던지는 소리였어요."

"양복 소리라면 그렇게 요란할 리가 없을 텐데?"

"양복 속에 아버지가 들어가 있었으니까요."

[걸작소화집 108화]


## 감기 걱정

한 사람이 부인과 다투고 난 후 우물에 빠져 죽겠다며 나갔지만 차마 빠지지 못하고 그 근처에서 주저하고 있었다. 남편을 따라온 아내가 물었다.

"왜 빠지지 않고 그러고 있수?"

"우물물이 너무 차가워서 혹시나 감기에 걸릴까 봐 걱정이 돼서 그렇다!"

[소천소지 17화]

---

**떡 해 먹을 집안** 서로 마음이 맞지 않아 분란이 끊이지 않는 집안. 떡이라도 해서 고사를 지내야 할 만큼 편하지 않기에 이런 속담이 만들어졌다.

## 붉은 깃발 아래에 서다

독립문 넓은 벌에 푸른 깃발과 붉은 깃발을 세워 놓고, 훈련도감* 포수들이 진*을 익힐 때였다. 훈련대장이 군사들에게 명령을 내렸다.

"너희들 중에 아내의 말을 잘 듣는 사람은 푸른 깃발 아래 서고, 아내의 말을 듣지 않는 사람은 붉은 깃발 아래 서라!"

수천 명의 군사들이 모두 푸른 깃발 아래 섰는데, 유독 한 사람만 붉은 깃발 아래에 섰다. 훈련대장이 그 군사를 불러 이유를 묻자, 군사가 대답했다.

"소인의 아내가 항상 부탁하기를 여러 사람이 모인 데에는 행여라도 가지 말라 하옵기에, 소인은 사람들이 모이지 않은 붉은 깃발 아래에 가서 섰을 뿐입니다."

훈련대장은 껄껄 웃으며 말하였다.

"자네도 나와 비슷한 종자로군."

[팔도재담집 79화]


## 어제 물건을 주시오

학생이 문방구에 가서 2원을 내고 갱지* 한 장을 달라고 했다. 그러자 주인이 말했다.

"오늘부터는 갱지 한 장에 2전씩 더 받는단다."

"그럼, 어제의 갱지로 주세요."

[소천소지 25화]

## 점쟁이도 모른다

여러 아이들이 모여 놀다가 그만 실수로 점쟁이의 집 창호지를 찢고 말았다. 화가 난 점쟁이가 밖으로 나오며 외쳤다.

"어떤 놈이 창호지를 찢었느냐?"

그러자 아이들이 놀리며 말하였다.

"다른 것은 다 안다고 하면서 그것만 모르십니까?"

[익살주머니 59화]

## 밥에 물을 말아 먹다

큰 절에 완악한* 중이 있었는데, 쇠고집에 심술이 많고, 일하기는 죽기보다도 싫어했다. 하지만 먹는 것만큼은 남에게 뒤지지 않았다.

---

**훈련도감**訓鍊都監  조선 시대에 둔 오군영의 하나. 주로 서울의 경비를 맡아보았다.
**진**陣  군사들의 대오(隊伍)를 배치한 것.
**갱지**  신문지나 시험지를 만드는 데 주로 쓰이는 거친 종이.
**완악하다**  성질이 사납고 고집스럽다.

어느 날, 저녁을 먹을 때였다. 여러 중들이 의논하여 말하였다.

"완악한 중이 하루 종일 어디에 갔는지 저녁이 되도록 들어오지를 않네. 그나저나 그놈의 밥을 남겨 놓지 않았으니, 오늘은 또 무슨 심술을 피울지? 우리가 한번 그놈의 심술을 꺾어 보세."

그렇게 작당하고 중들은 십시일반*으로 밥 한 술씩 덜었다. 덜어 낸 밥은 그릇에 담지 않고 둥글둥글 뭉쳐서 방 한가운데에 놓았다.

잠시 후, 완악한 중이 저녁을 먹기 위해 돌아와서 보니, 자기의 밥은 그릇에도 담기지 않은 상태로 방바닥에 덩그러니 놓여 있었다. 기가 막혀 물끄러미 밥을 들여다보던 중은 갑자기 밖으로 뛰어나갔다. 그러더니 별안간 물 한 동이를 떠다가 밥이 놓인 자리에 퍼부었다. 방 안은 졸지에 물로 흥건해졌다.

이를 본 중들이 급히 달려들어 완악한 중을 말리며 무수히 욕을 해댔다. 그러자 완악한 중이 말했다.

"이놈들아! 물에 밥을 말아 먹으려는데, 너희들이 왜 내게 욕을 한단 말이냐?"

[팔도재담집 36화]


## 더벅머리* 중

옛날 어떤 사람이 공부하러 산속 절간에 갈 때였습니다. 길가에 있는 어느 굴에서 무엇인가가 번쩍번쩍하였습니다. 그 사람은 금인가 싶어 가까이 가 보았는데, 그것은 금이 아니라 호랑이의 눈이었습니다.

"아이쿠, 큰일 났다."

그 사람은 굴에서 호랑이가 나오지 못하도록 굴 앞에서 지팡이를 휘둘렀습니다. 호랑이는 지팡이를 내두르는 바람에 나오지 못한 채 멀뚱히 앉아 기회만 엿보았습니다. 그 사람은 지팡이를 휘두르지 않으면 금방이라도 호랑이한테 잡아먹힐 것이 분명하기에 쉬지 않고 휘둘렀습니다. 지팡이를 휘두르다 보니 팔이 끊어질 듯 아팠습니다. 그때 어떤 중이 그 곁을 지나가다가, 이 광경을 보고 말을 걸었습니다.

"여보시오, 뭘 그리 열심히 하고 있소?"

"대사! 지금 좋은 일이 있소. 이 굴 안에 호랑이가 있는데, 이 호랑이를 잡아 가죽을 벗겨서 팔면 큰 부자가 될 것이오. 그러니 대사가 이것을 잠깐만 휘두르고 있으시오. 내가 당장 총을 가지고 와서 저 호랑이를 쏘아서 죽인 다음에 그 이익을 우리 둘이서 나눠 가집시다."

중은 그 사람의 말에 혹하여 그 사람 대신 지팡이를 받아 들고 휘두르기 시작했습니다. 그 사람은 그길로 급히 절로 올라가 버렸습니다. 그리고 삼 년 동안 그 절에서 공부를 하였습니다.

삼 년 동안 절에서 공부를 마치고 집으로 돌아오던 이 사람은 문득 그때의 일이 생각나서 그 굴에 들렀습니다. 그런데 어떤 더벅머리를 한

---

**십시일반十匙一飯** 열 사람이 밥 한 술씩 보태면 한 사람 먹을 분량이 된다는 뜻으로, 여럿이 힘을 합하면 한 사람을 돕는 일이 쉽게 이루어진다는 비유. 여기서는 본래의 의미를 그대로 살렸다.
**더벅머리** 더부룩하게 난 머리털.

사람이 머리털을 날리며 무엇인가를 휘두르고 있었습니다. 가까이 가서 보니, 삼 년 전에 만난 그 중이 아직까지도 자기가 준 지팡이를 휘두르고 있었답니다.

[걸작소화집 301화]

# 일그러진 사회,
# 세태를 고발하다

## 매미의 울음소리

육칠월 해 질 무렵에 매미가 '매암, 매암', '찔으르' 하고 우는데, 그 소리는 무슨 의미인지 아나요? 처음의 '매암'은 어두울 매昧, 어두울 암暗 자로 '매암昧暗, 매암昧暗' 하는 것이고, 나중의 '찔으르'는 꾸짖을 질叱 자로, '찔叱으르' 하고 우는 것이랍니다. 세상 사람들이 어둡고 어두운 것을 어서 바삐 깨우치라고 꾸짖는 것이지요.

[요지경 83화]

## 나는 굽히지 않는다

백만금을 가진 부자가 교만한 마음으로 가난한 사람에게 말했다.

"나는 부자다. 그러니 너는 내게 굽혀라!"

"네 돈을 네가 가지고 있을 뿐이지, 그것이 나와 무슨 상관이 있기에 네가 내게 굽히라 말라 하느냐?"

"그럼, 내가 가진 재산의 반을 주면 내게 굽히겠느냐?"

"그렇게 되면 너나 나나 재물이 똑같아지지 않느냐? 그런데 무슨 이유로 내가 네게 굽힌단 말이냐?"

"그럼, 내 전 재산을 주면 굽히겠느냐?"

"만일 그렇게 되면 나는 백만금을 가진 부자가 될 것이고, 너는 한 푼도 없겠지. 그때는 오히려 네가 내게 굽혀야지, 왜 내가 네게 굽힌단 말이냐?"

[요지경 141화]

## 가장 무서운 것

네 사람이 모여 세상에서 가장 무서운 것이 무엇인가를 두고 이야기를 나누고 있었다.

갑: 세상에서 가장 무서운 것은 호랑이야.

을: 세상에서 가장 무서운 것은 강도지.

병: 세상에서 가장 무서운 것은 양반이지.

정: 세상에서 가장 무서운 것은 양반 강도가 호랑이를 타고 있는 것
　　이지.

[개권희희 30화]

## 개가죽을 쓴 양반

절 받기를 좋아하는 샌님*이 개가죽으로 만든 모자를 쓰고 다니는데, 마침 한 사람이 그 앞을 무심히 지나쳤다. 샌님이 그를 불러 꾸짖었다.

---

**샌님** '생원님'의 준말. 얌전하고 고루한 사람을 놀림조로 이르는 말.

"양반을 보고 왜 절을 아니하느냐?"

그러자 그 사람은 뜬금없이 뜰 아래에 있는 개에게 다가가 연거푸 꾸벅꾸벅 절을 했다. 샌님이 의아하여 그 곡절을 묻자, 그 사람이 대답했다.

"남의 가죽을 쓴 자에게 절을 아니했다가 이런 꾸중을 들었는데, 만약 제 가죽을 쓰고 있는 자에게 절을 아니하면 그 화가 어느 지경에까지 이를지 모르기 때문입죠."

샌님은 돌아서며 웃더라.

[갈갈웃음 26화]


## 소를 타고 가면서 안부를 묻는 방법

말을 타고 지나가는 생원이 마침 소를 타고 가는 시골 아이와 마주쳤다. 그런데 아이는 소를 탄 채로 인사하고 지나갔다. 생원은 몹시 화가 나서 말했다.

"네가 감히 소를 탄 채로 양반에게 인사를 하였느냐?"

"생원님께서 말을 타고 계시고, 소인도 소를 타고 있기에 그렇게 인사를 한 것인데, 그게 무슨 큰 잘못입니까? 만약 생원님께서 땅 위에서 계시면, 소인은 땅을 파고들어 가야 옳습니까?"

[절도백화 4화]

# 절하는 것도 자유롭지 못하다

밖에 나갔다가 들어온 종이 절을 하지 않았다고 상전*은 화를 내며 꾸짖었다.

"어찌하여 절을 하지 않았느냐?"

"이미 문밖에서 절을 했는뎁쇼!"

"문밖에서 절을 하는 놈이 어디에 있느냐? 다음부터는 반드시 내 눈 앞에서 절을 하도록 하거라."

"네! 분부대로 하겠사옵니다."

그 후, 종은 또 밖에 나갔다가 돌아왔는데, 이번에는 급히 마루 위로 올라와서 상전에게 절을 하였다. 그리고 급하게 일어섰다. 그 바람에 종의 머리가 상전의 코를 들이받아 상전의 코에서는 코피가 쏟아졌다. 상전은 손으로 코를 잡고 몹시 화를 냈다.

"무엄한 놈! 이게 무슨 짓이냐?"

종이 천천히 대답했다.

"멀리서 절하면 멀다고 꾸중하시고, 가까이서 절하면 가깝다고 꾸중을 하시는군요. 이 상놈은 절하는 것도 자유롭지 못하네요."

[개권회회 52화]

---

**상전** 예전에, 종에 상대하여 그 주인을 이르던 말

# 땀이 내게로 왔다

무더운 여름날, 주인이 아이종에게 부채질을 하도록 했다. 아이가 부채질을 하는 동안 땀은 모두 사라지고 시원해졌다. 조금 서늘하다고 느낀 주인이 말했다.

"이제는 그만해라. 그새 땀이 다 어디로 가고 없구나."

"네! 영감님의 땀이 모두 소인에게 왔으니까요."

[익살주머니 114화]


# 측간으로 간 양반

상민이 양반을 찾아와 관아에서 보낸 문서의 내용을 해석해 달라고 했다. 그런데 그 양반은 글을 모르는 무식한 자였다. 그렇지만 자신이 무식하다는 것을 드러내기 싫어 오만하게 말했다.

"내가 지금 측간에 가려던 중이니 조금 있다가 다시 오게."

"그러면 여기에서 기다리고 있겠습니다."

양반은 측간에 가서 쭈그리고 앉아 상민이 돌아가기만을 기다렸다. 한 시간이 지나자 양반의 두 다리는 마비가 되기 시작했다. 뿐만 아니라 똥 냄새는 물론, 달려드는 파리 떼의 공격에 견딜 수 없는 지경에 이르렀다. 상민의 동정을 틈틈이 엿봐도, 상민은 돌아갈 기미가 조금도 없었다. 이에 양반은 사정하듯이 말했다.

"내가 변비가 심해 오랫동안 지체되니, 자네는 돌아갔다가 다시 오게."

"소인이야 급할 게 없으니 신경 쓰지 마시고 천천히 나오십시오."

그러자 양반은 갑자기 담뱃대를 꺼내 측간 기둥을 세게 내리치며 큰 소리를 질렀다.

"상놈의 습성으로 양반이 측간에 있다고 무시하니, 너처럼 무엄한 놈에게 당장 곤장 백 대를 쳐야 정신을 차리겠느냐!"

상민은 무슨 영문인지도 모르고 겁이 나서 황급히 도망쳤다.

[개권희희 47화]


## 글을 읽는 방법

어떤 무식한 양반이 관을 쓰고 지나가는데, 농부가 편지 한 장을 들고 다가왔다.

"나리, 이 편지를 읽어 주십시오."

무식한 양반은 솔직하게 "나는 글을 모른다"라고 대답했다. 그러자 농부가 이상한 듯이 말했다.

"아니, 관을 쓰고서도 이런 글을 읽지 못한단 말씀이십니까?"

그러자 양반은 급히 관을 벗어 농부에게 주며 말했다.

"그럼, 네가 이것을 쓰고 글을 읽어 보아라. 너는 얼마나 잘 읽나 보자."

[깔깔웃음주머니 46화]

## 곳감도

가난한 양반이 살기가 어려워 무엇으로든 살아갈 방법을 찾으려 했지만 딱히 할 만한 게 없었다. 생각다 못해 곳감 한 짐을 사서 짊어지고 다른 동네를 돌아다니며 팔기로 했다. 그렇지만 양반 체면에 '곳감 사시오'란 말은 차마 입에서 나오지 않았다. 그렇다고 '곳감 사게'라고 하면 촌사람들에게 욕을 먹을 것이 뻔하였다.

어떻게 해야 할지 몰라 민망히 있던 차에 마침 소금 장수가 "소금 사오! 소금 사오!"라고 하며 지나갔다. 그를 본 양반은 꾀를 내어 그 뒤를 따라갔다. 그리고 소금 장수가 "소금 사오!"라고 외치면, 그는 뒤에서 "곳감도! 곳감도!"라고 외쳤다. 원수의 양반!

[요지경 123화]

## 호랑이보다 무서운 관리

관리가 중을 보고 물었다.

"네가 있는 절은 어떤 물건이 좋으냐?"

중은 무엇이 좋다고 대답하면 반드시 그 물건을 빼앗아 갈 것이라 생각하여 둘러대듯이 대답했다.

"뭐 별다른 것이 없습니다."

"네 절 주변에 있는 수석*이야 좋겠지?"

그러나 중은 수석이 무엇인지조차 몰라 궁색한 표정을 짓고 대답했다.

"예전에는 수석이 있었지요. 하지만 올봄에 멧돼지가 모두 먹어 치워 버렸답니다."

[절도백화 86화]

## 밥은 잘 먹는다

재상이 홀로 무료하게 앉아 있던 중, 마침 시골 양반이 재상을 찾아 왔다. 재상은 몹시 기뻐하며 말했다.

"나와 바둑 한 판 두겠나?"

"저는 바둑을 둘 줄 모릅니다."

"장기는 어떤가?"

"저는 장기를 둘 줄 모릅니다."

"그럼 마작*이라도 한 판 하겠나?"

"저는 마작도 할 줄 모릅니다."

재상은 화가 나서 물었다.

"이것도 못한다, 저것도 못한다 하니 자네가 할 줄 아는 게 도대체 무엇인가?"

--------------------------------

**수석**水石  주로 실내에서 보고 즐기는 관상용의 자연석. 넓은 의미로는 자연 풍경 자체를 말한다. 여기서는 후자의 의미이다.
**마작**  중국의 실내 오락. 네 사람의 경기자가 글씨나 숫자가 새겨진 136개의 패를 가지고 짝을 맞추는 놀이이다.

"네. 밥은 잘 먹습니다."

[절도백화 32화]

## 양반은 사람이 아니다

상전에게 농담하기를 좋아하는 하인이 있었다. 상전은 종의 충직함을 알고 있기에 자신을 놀려도 크게 문제 삼지 않았다. 그러던 어느 날, 하인이 상전에게 말했다.

"양반은 사람도 아닙니다."

"어찌하여 사람이 아니라고 하는고?"

"어렸을 때에는 아기씨라 하고, 조금 자라면 도련님이라 하고, 관을 쓰면 서방님이라 하고, 관직에 오르면 진사님, 영감님, 대감님이라고 하니 어느 겨를에 사람이 되겠습니까?"

[개권희회 3화]

## 지옥에서 온 거지

어떤 부자가 거지를 보고 말했다.

"아이고, 보기 흉해! 어서 저쪽으로 가게. 자네는 꼭 지옥에서 온 사자• 같네."

"네! 저는 지옥에서 왔습니다."

"왜, 지옥에서 좀 더 있지 않고? 그나저나 지옥에서는 어떻게 빠져나왔나?"

"지옥에는 저와 같은 사람이 있을 자리가 없습다. 당신처럼 훌륭한 사람들만 꽉 차 있어서, 저와 같은 사람은 있을 수가 있어야죠. 그래서 어쩔 수 없이 이곳으로 다시 왔습죠!"

[깔깔웃음주머니 124화]


## 꿀은 어디서 구하나

새로 부임한 관리가 아전에게 물었다.

"이 마을이 흉년이라고 하던데, 그렇다면 백성들은 요즘 무엇을 먹고 지내는가?"

"도토리를 주워 먹는 집이 많습니다."°

"그럼 꿀을 어디서 구해 왔는고?"

[소천소지 71화]

------------------------------

**사자死者** 죽은 사람.
○ 원주에는 "부잣집에서는 도토리를 먹을 때에 반드시 꿀을 찍어 먹기 때문에 이렇게 말했다"라는 말이 덧붙어 있다. 도토리는 흉년일 때 먹는 대표적인 구황작물이다.

## 불쌍한 서울 사람

처음으로 서울에 올라온 시골 사람이 멀리서 벼슬아치들이 모여 지나가는 것을 보았다. 그 모습을 보자마자 시골 사람은 급히 몸을 숨겼다. 서울 사람이 물었다.

"무엇 때문에 그렇게 겁을 내시죠?"

"우리 시골에서는 벼슬아치 한 사람만 있어도 견디기가 어려운데, 서울에서는 저렇게 많은 벼슬아치들이 보이잖소? 서울 사람들은 참으로 불쌍하네요."

[절도백화 87화]


## 방귀 냄새

부자이면서 권력까지 갖춘 주인이 여러 사람들이 모인 자리에서 뜻하지 않게 방귀를 뀌고 말았다. 그러자 곁에 있던 사람이 말했다.

"냄새가 조금도 나지 않네요."

곁에 있던 또 다른 사람은 한술 더 떠서 말했다.

"냄새가 나지 않을뿐더러 도리어 아주 독특한 향기까지 나는데요."

사람들의 말을 들은 주인은 기뻐하지 않은 채 말했다.

"방귀 냄새가 없으면 오장五臟이 상했다는 증세라던데…. 내가 죽을 날이 멀지 않았나 보구면."

그러자 냄새가 없다고 했던 사람이 코를 킁킁대며 말했다.

"냄새가 이제야 나네요."

독특한 향기까지 난다고 했던 사람은 손으로 코를 쥐어 잡고 말했다.

"냄새가 지독합니다!"

[소천소지 86화]

## 과거 급제를 질시하다

갑의 집에서 종살이를 하는 놈이 이번 과거 시험에 자기 주인이 합격했다며 자랑하였나. 을의 집에서 종살이하던 종은 그것을 질시*하면서도 어쩔 수 없어서 갑의 집 종을 따라 그의 집으로 가야만 했다. 문 안으로 들어서자마자 갑의 집 종이 큰 소리로 외쳤다.

"서방님께서 과거에 합격하였습니다!"

그러자 뒤따라 들어오던 을의 집 종이 대꾸했다.

"상전이 과거에 합격하면 종은 볼기짝을 맞는다던데…."

사랑채에 들어가자, 갑의 집 아들이 큰 소리로 외쳤다.

"아버지께서 과거에 합격하였습니다!"

을의 집 종은 나지막하게 말하였다.

"아버지가 과거에 합격하면 자식은 공부를 안 한다던데…."

안채에 들어서자, 갑의 집 며느리가 큰 소리로 외쳤다.

--------------------------------

**질시** 시기하여 봄.

"지아비가 과거에 합격했답니다!"

을의 집 종은 이에 나지막하게 말하였다.

"남편이 과거에 합격하면 반드시 첩은 얻는다던데…."

[개권희회 23화]

## 참새 소리는 들었다

한 사람이 눈을 동그랗게 뜨고 숨을 헐떡이며 달려왔다. 그 모습을 본 친구가 물었다.

"무슨 일인가?"

"내가 길을 갈 때 거대한 뱀이 길을 막고 있었는데, 그 길이가 십여 장•이나 되더군."

"뱀이 아무리 크다고 하나 어떻게 십여 장이나 될 수 있겠나? 자네의 말은 거짓말일세."

"십여 장은 과연 거짓말이고, 사실대로 말하면 예닐곱 장 정도는 되었네."

"예닐곱 장도 거짓말이지!"

"그럼, 서너 장 정도였나?"

"그도 거짓말이네."

이처럼 친구가 물을 때마다 뱀의 길이는 조금씩 작아졌다. 마침내 뱀의 길이가 한 장까지 작아졌지만, 친구는 그것까지 부정했다. 그러자 뱀을 보았다는 사람이 가는 목소리로 말했다.

"사실 뱀이 있는지 없는지를 보지는 못했네. 그래도 참새가 우는 소리는 분명히 들었다고!"

[개권희희 9화]

## 비지 먹은 돼지고기

한 사람이 동전 세 푼을 내고 모주* 한 잔을 시킨 다음, 거기에 밑반찬으로 나오는 비지*를 배가 터지도록 먹었다. 비지로 배를 채운 그는 늘어지게 트림을 하며 가게 밖으로 나오다가 우연히 친구와 마주쳤다.

"자네는 무엇을 그리 많이 먹었나?"

"방금 좋은 약주 두어 잔에 돼지고기를 잔뜩 먹고 나오는 중이네."

그러면서 다시 트림을 하였다. 그때, 마침 비지가 입 밖으로 툭 하니 튀어나오고 말았다. 그것을 본 친구가 웃으며 말했다.

"자네가 먹은 돼지고기가 이것인가?"

그 사람은 급작스러운 상황에서도 태연하게 대답했다.

"비지 먹은 돼지고기를 많이 먹었던 게지."

[깔깔웃음 21화]

--------------------------

**장丈** 길이의 단위. 한 장은 보통 사람의 키 정도다.
**모주母酒** 약주를 거르고 남은 찌끼술.
**비지** 두부를 만들고 남은 찌꺼기.

## 호랑이에게 목숨을 구걸하다

산속에 호랑이가 있다는 말을 들은 포수가 호랑이를 잡겠다고 큰소리 뻥뻥 치며 산으로 들어갔다.

산에 들어서자, 때맞춰 호랑이가 으르렁거리며 포수 앞으로 다가왔다. 그러자 포수는 몹시 두려워 잡았던 총까지 내려놓고 부들부들 떨며 빌었다.

"사실 저는 호랑이님을 잡으러 온 게 아닙니다. 그저 땔감으로 쓸 마른 나뭇가지나 주우려고 왔을 뿐입니다."

[소천소지 39화]


## 화려한 명정*

나그네가 노盧씨 성을 가진 노파가 운영하는 술집에 들렀는데, 노파는 이미 죽어 막 입관이 시작되려고 했다. 그 집 사람들은 마침 그곳에 들른 나그네에게 다가와 말했다.

"할머니는 한평생 자신의 미천한 신분을 한탄했답니다. 그래서 유언으로 '내가 죽은 다음에라도 명정만큼은 화려하게 써 달라'라고 말씀하였습니다. 바라옵건대 어르신께서는 그렇게 써 주십시오."

나그네는 허락하고 할미의 이력을 물었지만, 화려하게 쓸 만한 특별한 행적이 없었다. 그러다가 마지막으로 물었다.

"이 뒷집은 뉘 댁인가요?"

"이한림 댁입니다."

그 말을 듣고 나그네는 명정을 쓰기 시작했다.

"한림학사● 이공 댁과 이웃하여 살았던 노파의 관이라[翰林學士李公宅隔鄰盧婆之柩]."

[소천소지 81화]

## 아흔아홉 대는 나중에 치라

학문에 엄격한 학자가 있었다. 그는 자기나 자기 집안 식구 중에 누군가가 잘못을 하면 반드시 아우를 불러 자기에게 회초리를 치도록 했다. 하지만 아우는 차마 형에게 회초리를 들 수 없기에 항상 자기가 대신해서 죄를 빌었다.

그러던 어느 날이었다. 학자의 아내가 무슨 잘못을 하였다. 학자는 곧바로 사당(祠堂)에 들어가 엎드린 다음, 할아버지의 명령이라며 스스로를 꾸짖어 말했다.

"내가 집안을 잘 다스리지 못했으니 마땅히 종아리 백 대를 맞아야 할 것이다."

그러고는 아우를 불러 회초리를 들게 하였다. 아우는 형님의 완고●함이 얄미워 예전과 달리 회초리 하나를 뽑아 들고 형의 종아리를 세게

--------------------------------

**명정**銘旌  다홍 바탕에 흰 글씨로 죽은 사람의 품계, 관직, 성씨를 기록한 깃발. 사람이 죽은 뒤 관 위에 덮는다.
**한림학사**翰林學士  조선 시대 때 예문관(藝文館) 검열의 별칭으로, 주로 왕의 문서를 꾸미는 일을 했다.
**완고**  융통성이 없이 올곧고 고집이 셈.

쳤다. 형은 뜻밖의 일인지라, 아픔을 참지 못해 급히 사당에서 내려오며 말했다.

"할아버님께서 나머지 아흔아홉 대는 두었다가 나중에 치라고 하시는구나."

[앙천대소 40화]

## 고양이에게 고기를 먹이다

까치 배 바닥 같은* 아씨가 어린아이를 데리고 관아에 가서 말했다.
"고양이에게 먹일 것이니 값싼 고기 반 냥어치만 주시오."
그러자 따라갔던 어린아이가 말했다.
"어머니! 된장찌개를 한다더니 뉘 집 고양이를 먹이려구요?"

[익살주머니 76화]

## 수만 냥을 먹어도 죽지 않는다

북촌北村 양반집에 사는 하인 하나가 늘그막에 아들 하나를 두어 몹시 귀여워하였다. 그러던 어느 날, 아이가 동전을 가지고 놀다가 그만 그것이 목구멍으로 넘어가고 말았다. 아이의 어머니는 몹시 놀라 그 집 글 선생에게 달려가 급히 말하였다.

"선생님, 선생님! 아이가 돈 한 푼을 삼켜서 금방이라도 죽게 생겼습니다. 이럴 때는 어떻게 해야 하나요?"

"동전을 삼켰다고? 그래도 죽지는 않을 테니 걱정 말게!"

"어찌하여 죽지 않는다고 하십니까?"

"이 댁 대감께서는 수만 냥을 잡수셔도 아니 죽더군."

[요지경 96화]


## 부자가 되는 법

가난한 사람이 부자가 되기를 원하지만 아무리 생각해도 방법이 없었다. 이에 그 마을의 부자를 찾아가 물었다.

"노형은 집안 대대로 부자이니, 부자가 되는 방법도 알고 있죠? 내게도 그 방법을 가르쳐 주시구려."

"부자가 되는 법이라…. 내가 그 방법을 가르쳐 줄 테니 따라오시오."

부자는 가난한 사람을 데리고 뒷산 언덕으로 올라갔다. 그리고는 거기에 있는 큰 정자나무*에 올라가도록 했다. 가난한 사람은 부자가 될 욕심으로 냉큼 나무 위로 올라갔다. 부자는 더 높이 오를 것을 주문했고, 가난한 사람은 부자의 말처럼 조금씩 나무 위로 올라갔다.

이 정도면 나무 꼭대기에 다 올라갔다고 생각할 즈음, 부자는 조금만

---

**까치 배 바닥 같다** 터무니없이 자랑으로 떠벌리며 말하기를 좋아하는 사람을 조롱하는 말.
**정자나무** 집 근처나 길가에 있는 큰 나무.

더 높이 올라갈 것을 요구했다. 가난한 사람은 그것이 부자가 되는 법인 줄 알고 억지로 올라가기는 했지만, 아주 높은 곳에 올라 보니 무섭기 그지없었다. 그때 부자가 말하였다.

"그럼, 거기에 있는 나뭇가지에 매달리시오."

가난한 사람은 부자의 말처럼 두 손으로 나뭇가지를 꽉 잡고 매달렸다. 부자가 말했다.

"이제는 두 손 중에 한 손을 놓으시오."

가난한 사람은 한 손을 놓았다. 부자가 다시 말했다.

"이제 남은 한 손도 놓으시오."

가난한 사람이 생각하니 남은 한 손마저 놓아 버리면 떨어져 죽을 수밖에 없을 것 같았다. 이에 부자에게 외쳤다.

"부자가 될 수 없다고 해도 이 손만은 놓지 못하겠소."

"그렇다면 내려오시구려."

가난한 사람이 내려오자, 부자가 말하였다.

"나뭇가지에서 손을 놓을 수 없었던 것처럼, 돈이 한 푼이라도 손에 들어오거든 놓지 말아야만 부자가 되지요. 이것이 부자가 되는 법이오."

[요지경 129화]


## 떠는 법

"돈을 허비하지 않으려면 떠는 법을 알아야 하네."

"떠는 법이 무엇인가?"

"다른 게 아니네. 돈 일 전을 쓸 때에는 바들바들 떨어야 하고, 십 전을 쓸 때에는 푸들푸들 떨어야 하고, 일 원을 쓸 때에는 와들와들 떨어야 한다는 게지."

[걸작소화집 28화]

## 춘몽

아들 형제를 둔 부자가 재산 분할도 하지 못한 채 갑자기 죽고 말았다. 며칠 후 형이 아우를 불렀다.

"간밤에 꿈을 꾸었는데, 아버지께서 내게 말씀하시기를 '논 한 섬지기*와 밭 열 마지기*를 아우에게 주고, 그 나머지 천여 석 되는 것은 다 네가 갖도록 해라'라고 하시더구나."

아우는 형이 불량한 마음으로 꾸민 일인 줄 짐작했지만 억지로 알겠다고 대답했다. 그리고 그날 밤, 아우는 잠을 자다 말고 일어나 앉더니만 갑자기 대성통곡을 하기 시작했다. 형이 깜짝 놀라 그 까닭을 물었다.

"자다 말고 왜 우느냐?"

---

**섬지기**  논밭 넓이의 단위. 한 섬지기는 볍씨 한 섬의 모 또는 씨앗을 심을 만한 넓이로, 보통 한 마지기의 10배가 된다. 지금으로 치면 논은 2,000평, 밭은 1,000평 정도가 이에 해당한다.
**마지기**  논밭 넓이의 단위. 지금으로 치면 논은 150~300평, 밭은 100평 정도.

"다름이 아니라, 방금 꿈을 꾸어서 그랬습니다. 꿈에 아버지께서 오시더니 내 손을 잡고 슬피 울며 말씀하시기를 '우리 집 재산은 너희 형제가 반씩 나눠 가지거라'라고 하시더군요. 제가 형님께서 하신 말씀을 여쭈려고 하다가 깜짝 놀라 깨었는데, 아직도 아버님께서 하신 말씀이 귀에 쟁쟁하고, 아버님의 얼굴이 눈에 선합니다."

그 말을 들은 형은 픽 웃으며 말하였다.

"춘몽春夢을 어찌 다 믿을 수 있겠느냐?"

"그럼 어젯밤의 형님 꿈은 추몽秋夢이었던가요?"

[깔깔웃음 51화]


## 측간 전세

한 사람이 길을 가다가 뒤가 급해졌다. 그렇지만 사방을 둘러보아도 일을 처리할 마땅한 장소가 없었다. 결국 그 사람은 아무 집에나 불쑥 들어갔다.

그 집은 규모가 작아 사랑채에는 측간이 없고 안채에만 측간이 있었다. 그는 안채를 향해 소리를 질렀다.

"이리 오너라!"

소리를 듣고 계집종이 나오자, 그는 허리에 찼던 돈 두 냥을 꺼내 주며 말하였다.

"이 돈을 안방마님께 드리고 측간을 잠시 빌려주시면 급한 뒤만 얼른 보고 나가겠다고 여쭈어라."

계집종은 안채로 들어가 아씨께 그대로 말을 전하였다. 마침 남편도 밖에 나가고 없기에 아씨는 돈 두 냥에 욕심이 생겨 즉시 측간을 빌려 주었다.

그런데 측간을 빌려 급한 일을 보던 사람은 시간이 한참이나 흘렀는데도 측간에서 나올 생각을 하지 않고 천연히 세월만 보내고 있었다. 아씨는 민망하여 계집종을 시켜 말을 전하게 했다.

"그만하면 뒤를 다 보았을 터이니 어서 떠나시라고 하여라."

계집종이 가서 말을 전하니, 그 사람도 계집종을 시켜 말을 전하게 했다.

"내가 돈 두 냥을 내고 이 집 측간을 전세 냈으니, 그만한 돈으로 이 측간을 전세 내겠다는 사람이 있으면 언제든지 떠나겠다고 여쭈어라."

그 말을 전해 들은 아씨는 오래지 않아 남편이 돌아와 측간까지 세를 주었냐며 욕을 들을까 봐 걱정이 되었다. 어쩔 수 없이 돈을 도로 주며 말하였다.

"제발 어서 가지고 가십시오. 공연히 낯선 돈을 바랐다가는 야단이 나겠소."

[요지경 159화]


## 저승에 가는 방법

한 사람이 장사를 하다가 실패하여 빚만 지고 꼼짝도 못한 채 방구석에 숨어 있었다. 그렇게 살자니 갑갑하여 견딜 수가 없었다. 이에 정다운 친구에게 그 사정을 말하고, 죽을 생각으로 아편*을 사다 달라고 하였다. 친구는 차마 아편을 사지 못하고 대신 약국에 가서 고약*을 사다가 아편인 체하며 주었다. 그는 이것을 받아 들고 술 한 병을 사서 남산 봉수대로 올라갔다.

'이제 이것만 먹으면 이 세상과 하직하겠구나.'

이런 처량한 생각이 들자, 걷잡을 수 없는 슬픔이 복받쳐 한바탕 크게 통곡하였다. 한참 울고 난 후, 그는 술에다가 그 약을 타서 단숨에 들이켰다. 그러자 술기운이 돌아 그는 금방 잠이 들고 말았다.

한참이 지나 일어난 그는 주변을 둘러보았다. 죽어서 저승에 왔다고 생각했지만, 주변은 이승과 별 차이가 없었다.

'저승도 이승과 조금도 다르지 않구나. 이제는 내가 어디를 가더라도 빚 받을 사람에게 쫓겨 다니지 않아도 되겠지.'

그러고는 이리저리 유람을 하며 다녔다. 그런데 어느 한곳에 이르자, 갑자기 돈을 빌려준 사람들이 달려들었다.

"이 사람! 그동안 어디에 숨어서 물건값을 주지 않나? 이제라도 만났으니 어서 내 돈을 주게!"

그 사람은 기가 막혀 말하였다.

"사람들하고는…. 독하고도 모지네. 빚을 받으러 저승까지 찾아오다니. 그나저나 당신들은 이곳 저승까지 무슨 수단으로 오시었수?"

[팔도재담집 121화]

## 남을 속이면 봉변을 당한다

거짓말 잘하는 맹 생원이 무식한 사람을 달래 돈 백 냥을 꾸며 말했다.

"한 달 안에 갚겠소."

그렇게 부탁하면서도 차용증*에는 다음과 같이 썼다.

"어느 때든지 갚을 마음이 있어야 갚고, 그렇지 않으면 갚지 않는다."

무식한 사람은 글을 몰라 그 내용을 알지 못했다.

그 후, 한 달이 지났다. 맹 생원이 돈을 갚지 않자, 돈을 빌려준 사람이 맹 생원에게 돈을 갚으라고 재촉했다. 그러자 맹 생원은 차용증을 보이며 당당하게 말했다.

"나는 아직 돈 갚을 마음이 없소."

돈을 빌려준 사람은 너무 분해서 법원에 고소장을 내었다. 법관은 차용증을 본 후, 맹 생원을 불러 물었다.

"너는 어찌하여 남의 돈을 갚지 않느냐?"

"그 차용증에 쓴 것처럼 아직은 돈을 갚을 생각이 나지 않아서요."

법관은 맹 생원의 행동이 미워 조용히 말했다.

"네가 지금 갚을 생각이 없다고 하니 지금 갚으라고 할 수가 없다. 그래서 너를 감옥에 가둘 것이니, 어느 때든지 돈을 갚을 생각이 들거든 내게 알리도록 해라."

---------------------------------

**아편**  덜 익은 양귀비 열매의 껍질을 칼로 에어서 흘러나오는 진을 모아 말린 갈색 물질.
**고약**  주로 헐거나 곪은 데에 붙이는 끈끈한 약.
**차용증**  돈이나 물건 따위를 빌렸음을 증명하는 증서.

그러고는 당장 맹 생원을 감옥에 가두었다. 옥에 갇힌 맹 생원이 가만히 생각하니 만약 돈을 갚지 않으면 기한 없이 감옥에 갇혀 지낼 것이 분명했다. 이에 큰 소리로 외쳤다.

"지금 막 돈을 갚겠다는 마음이 생겼습니다."

[고금기담집 24화]


## 반만 죽여라

매우 가난한 사람이 있었는데, 그의 친구가 그를 놀리며 말했다.

"내가 네게 돈 천 냥을 주는 대신에 너를 죽이겠다고 하면 너는 어떻게 할래?"

그 사람은 한참 동안 생각하다가 대답했다.

"오백 냥만 주고 반만 죽이면 안 될까?"

[소천소지 93화]


## 목숨을 건 흥정

물에 빠진 아버지가 장차 죽을 지경에 이르렀다. 이것을 보고 아들이 급히 사람을 불렀다.

"아버지를 구하면 후히 보답하겠으니, 속히 구해 주시오!"

그 말을 들은 아버지는 물속에서도 고개를 저으며 말했다.

"삼 푼이라면 구해도, 거기에서 조금이라도 더 달라고 하면 나를 구하지 말아라."

[소천소지 92화]


## 대낮에 뇌물을 바쳐라

한 고을에 관리가 새로 부임하였는데, 그는 오자마자 크게 방榜을 써서 붙였다.

"만약 한밤에 뇌물을 주는 자가 있으면 모두 죄인으로 여겨 주살●하고 그 집안도 멸족●시킬 것이다."

이것을 본 백성들은 모두 청렴결백한 관리가 부임했다면서 서로 축하하였다. 그런데 관리는 날이 갈수록 욕심을 부리며 하는 짓이 더러워지더니, 마침내 자기가 쓴 방에 대해서도 다음과 같이 설명하기 시작했다.

"무릇 한밤에 주는 뇌물은 그리 하겠지만, 대낮에 주는 뇌물이야…."

[소천소지 113화]

--------------------------------

**주살** 죄인을 죽임.
**멸족** 한 가족이나 종족을 모두 없앰.

## 내일도 오라

촌놈이 성인을 모신 사당에 들어가서 똥을 싸다가 관리에게 들켰다. 관리는 그를 잡아다가 다스리려 했다. 다급해진 촌놈은 형벌을 받을 것이 두려워 급히 돈 50냥을 꺼내 관리에게 주며 죄를 용서해 달라고 빌었다. 관리는 급히 그 돈을 소매 속에 집어넣고 능청스럽게 웃으면서 말했다.

"내일도 여기에 와서 똥을 싸라."

[소천소지 114화]


## 돈이면 다 된다

나무만 심었다 하면 반드시 죽이는 사람이 있었다. 하루는 친구가 그에게 말을 했다.

"나무뿌리 아래에 돈 한 푼을 놓아 보게."

"돈을 왜 넣어?"

"내가 세상 물정을 보니 돈이 없으면 무엇이든지 간에 결국은 반드시 죽고 말더군."

[소천소지 106화]

# 닭을 봉이라 하다

어떤 사람이 종로를 지나다가 닭을 파는 가게에 들러 수탉을 가리키며 말하였다.

"이상하게도 생겼네. 이것은 무슨 새요?"

닭 장수는 그가 시골뜨기라고 여겨 한번 속여 볼 양으로 말했다.

"이 새는 봉*이요."

"그런가요? 나는 시골에 사는데, 우리 댁 양반께서 돈 백 냥을 주면서 서울에 가거든 봉 한 마리를 사 오라고 했거든요. 마침 이 가게에는 봉이 여러 마리 있으니 그중 한 마리만 내게 파시구려."

그러면서 돈 백 냥을 꺼내 주었다. 애초에는 장난이나 치려고 했던 닭 장수는 눈앞에 돈이 보이자 불쑥 욕심이 생겼다. 마침내 돈 백 냥을 받고 수탉 한 마리를 내주었다. 시골 사람은 닭을 건네받고 몹시 기뻐하며 말하였다.

"여보시오, 돈 받은 영수증에는 오백 냥이라고 써 주시구려. 우리 주인 양반께 가서 받아먹게…."

닭 장수는 그의 말대로 영수증을 써 주었다.

수탉과 영수증을 받은 시골 사람은 곧바로 변호사를 찾아갔다. 그리고 법원에 송사하였다. 법원에서는 닭 장수를 잡아다가 영수증에 쓰인

---

봉 예로부터 중국의 전설에 나오는, 상서로움을 상징하는 상상의 새. 기린, 거북, 용과 함께 네 가지 상서로운 동물로 불린다. 수컷은 '봉', 암컷은 '황'이라고 하는데, 이 새가 나타나면 성스러운 임금이 내려올 것이라는 징조로 이해하였다고 한다.

오백 냥을 그 사람에게 되돌려 주도록 하였다. 결국 닭 장수는 백 냥을 속여 먹었다가, 오히려 사백 냥을 더 물어냈다.

시골 사람을 속이려고 한 사람이나 엉큼한 마음을 가진 사람이나, 두 사람의 마음이 어떠한지? 참으로 살판*이네.

[요지경 92화]


## 나를 아는 사람

갑이 시장에 가서 일을 볼 때였다. 문득 을이 와서 예를 갖춰 인사하는데, 예법이 매우 정중하였다. 갑은 한 번도 을을 본 적이 없었지만, 그렇게 정중하게 예를 갖춰 인사하는 사람에게 차마 누구냐고 묻기가 어려웠다. 그저 자기와 잘 아는 사람인가 보다 하고 생각할 뿐이었다. 그때 을이 갑에게 말하였다.

"술이나 마시러 갑시다."

갑은 을을 따라 술집에 가서 서로 술 서너 잔을 주거니 받거니 하며 마셨다. 그러던 중 을이 자리에서 일어나며 말하였다.

"내가 급한 일이 있어서 잠시 갔다 올 것이니 당신은 여기서 잠시만 기다려 주시오."

갑은 을의 말만 믿고 그 자리에서 한참 동안 기다렸다. 하지만 끝내 을의 소식은 없었다. 기다리다 못한 갑은 술집 밖으로 나가 큰 소리로 외쳤다.

"나는 당신을 모르지만 당신은 나를 아는 사람아! 어서 와서 술값을 갚으시오."

[개권희회 20화]

## 나는 아편을 끊었다

집안 재산을 모두 날린 사내가 있었다. 그는 예쁜 기생과 정이 들어 함께 살고자 했지만, 기생을 빼낼 돈조차 마련할 수 없었다. 이에 사내는 기생과 단단히 약속하였다.

"우리 둘이 이 세상에서 함께 살 수 없으니 차라리 귀신이 되어서라도 쌍쌍이 놀아 보자꾸나."

사내는 아편을 사다가 그것을 정확히 둘로 나누었다. 그러고는 그중 하나를 집어 먹은 후, 기생에게 애틋하게 말했다.

"이제 남은 하나는 자네가 먹게."

그러자 기생이 웃으며 말했다.

"나는 아편을 조금씩 먹다가 요새야 간신히 끊었거든요. 그러니 남은 것도 당신이 드시구려."

[요지경 145화]

---

**살판** 살얼음판. 매우 위태롭고 아슬아슬한 상태를 비유적으로 이르는 말. 본래는 민속놀이 줄타기에서 유래한 말이다.

## 나와 친구가 되자

어떤 사람이 처음 본 사람에게 말했다.

"나는 친구에게 돈을 꿔 준 일은 있어도 돈을 꿔 달라고 한 적이 없어요."

그러자 곁에 있던 사람이 말했다.

"아, 그럼 나하고 친구가 됩시다."

[깔깔웃음주머니 57화]


## 죽음으로써 은혜에 보답하다

남에게 베풀기를 좋아하는 사람이 있었다. 눈이 몹시 내리던 날, 그는 자기의 집 처마 밑에서 눈을 피해 서 있는 한 나그네를 보았다. 그는 나그네의 형편이 몹시 궁핍한 것을 보고 따뜻한 자기 방으로 그를 데리고 왔다. 그리고 술과 고기까지 주어 나그네에게 요기*하게끔 했다.

나그네는 그렇게 그 집에서 삼사일 동안 후한 대접을 받았다. 이제는 집주인과 이별을 하게 되었다. 이별에 임하자 나그네가 집주인에게 부탁하였다.

"작은 칼을 하나만 빌려주시요."

"무엇에 쓰시려고요?"

"내가 당신에게 너무도 두터운 은혜를 입었기에, 이제 죽음으로써 그 은혜에 보답하려고요."

"그럴 것 없소. 당신이 죽으면 도리어 매장하는 데 50냥 이상이 쓰일 것이오."

"그렇다면 당신을 위해 죽지 않겠소. 그러니 당신은 내 매장 비용으로 쓰려고 했던 50냥의 절반만 주시오."

"네가 내 은혜를 받고서 도리어 내 돈을 빼앗으려 하느냐?"

"내가 당신의 은혜를 입었기 때문에 50냥 가운데서 절반만 요구한 것이 아니오!"

[소천소지 78화]

## 4월 8일의 도밋국

뉘 집 며느리가 4월 8일에 도미 장수를 불러 거짓으로 도미를 산다 하고 이리 주무르고 저리 주무르며 손에다가 그 흔적을 잔뜩 묻혔다. 그러고는 마음에 드는 생선이 없는 것처럼 하고서 도미 장수를 돌려보냈다. 며느리는 도미를 주물렀던 손을 국 끓이는 솥에 넣고 씻었다. 그렇게 끓인 국 맛을 본 시어머니가 말했다.

"오늘은 무슨 돈이 있어서 도밋국을 끓였느냐?"

"여차여차하여 도미 주무르던 손을 씻었더니, 국 맛이 그리 좋습니다."

---

**요기** 시장기를 겨우 면할 정도로 조금 먹음.

"그러면 장독에다 씻어 두지. 그랬으면 두고두고 도밋국을 맛보았을 게 아니냐."

그러자 곁에 있던 이웃집 노파가 나서며 말했다.

"당신은 욕심도 많구려. 그것을 우물에다 씻었으면 동네 사람들이 모두 도밋국 잔치를 했을 게 아니요?"

[익살주머니 60화]

## 두 맹인이 코끼리를 논하다

두 맹인이 코끼리 우리에 갔는데, 한 맹인은 코끼리의 꼬리를 만져 보고, 다른 맹인은 코끼리의 배를 만져 보고 돌아왔다. 집으로 돌아오자, 동네 사람들이 모여 코끼리가 어떻게 생겼는가를 물었다. 그러자 꼬리를 만졌던 맹인은 다음과 같이 말하였다.

"코끼리는 빗자루처럼 생겼습니다."

그러자 코끼리의 배를 만졌던 맹인이 나서며 말했다.

"저 맹인의 말은 거짓입니다. 코끼리는 북처럼 생긴 것이 확실합니다."

[소천소지 22화]

## 당나귀는 쥐보다 작다

큰 쥐가 작은 당나귀를 보고 조롱하며 말하였다.

"네가 나보다 작지!"

그 말을 듣고 당나귀는 화를 내며 시비를 다투다가 마침내 재판소에 소장까지 내게 되었다. 소장을 본 재판관은 의심만 하며 결론을 내지 못하다가, 마침내 공개 재판을 열기로 했다.

공개 재판장에서 여러 사람들에게 물으니, 쥐를 보고는 사람들마다 "야! 이 쥐의 크기가 당나귀만 하네"라고 말하였다. 반면 당나귀를 본 사람들은 모두 "애걔! 이 당나귀는 쥐 새끼만 하네"라고 말했다. 이 말을 들은 재판관이 마침내 판결을 내렸다.

"당나귀는 쥐보다 작다!"

[요지경 51화]

## 공평한 판단

남촌과 북촌에 사는 두 재상이 병풍에 그린 백로를 보았다. 남촌 재상은 백로의 꽁지가 희다고 하고, 북촌 재상은 검다고 하며 다투었다. 두 재상이 서로 내기를 하자고 하던 차에, 마침 영남 선비가 들어왔다. 그러자 남촌 재상이 말했다.

"여보게! 백로 꽁지가 희지?"

북촌 재상도 나서며 말했다.

"여보게! 백로 꽁지가 검지?"

영남 선비가 가만히 생각하니 희다고 해도 안 되겠고, 검다고 해도 안 될 판이었다. 그래서 얼떨결에 대답했다.

"아, 네! 앉아 있을 때의 백로 꽁지는 희고, 날아갈 때의 백로 꽁지는 검습니다."

그러자 남촌 재상이 웃으며 말했다.

"나는 앉아 있을 때의 백로만 보았고, 당신은 날아다니는 백로만 보았구려."

[고금기담집 57화]


## 귀머거리와 벙어리가 서로 속이다

귀머거리와 벙어리가 만났다. 귀머거리는 자신이 귀머거리라는 것을 속이려고 일부러 벙어리에게 말했다.

"노래나 한 곡조 뽑아 보시구려."

벙어리 역시 자신이 벙어리라는 것을 속이려고 입만 뻥긋뻥긋하며 노래를 부르는 척했다. 그러자 귀머거리가 크게 칭찬하여 말했다.

"오늘 나는 참으로 좋은 노래를 들었습니다그려."

[소천소지 105화]


## 어부지리*

물새 한 마리가 해변에서 슬슬 돌아다니고 있었다. 그러던 중 입을 벌린 조개를 보자, 물새는 주둥이를 길게 빼서 조갯살을 콕 쪼았다. 조개가 깜짝 놀라 재빨리 입을 다무니, 졸지에 물새의 주둥이가 조개에게 물렸다.

"조개야, 어서 놓아라."

"나는 놓지 못하겠다."

"오늘도 비가 오지 않고, 내일도 비가 오지 않으면 너는 말라 죽을 텐데….."

"오늘도 먹지 못하고, 내일도 먹지 못하면 너는 굶어 죽을 텐데….."

둘은 서로 이렇게 고집을 부렸다. 그러는 동안에 어부가 그 광경을 보고 물새와 조개를 다 잡아갔다.

[고금기담집 58화]


## 올빼미와 부엉이

올빼미는 눈이 밝고, 부엉이는 귀가 밝다. 큰 나무 위에 앉은 둘이 서로 이야기를 주고받는다. 부엉이가 먼저 말하였다.

"무엇이 땅에 '털썩' 하고 떨어지는 소리가 나던데, 무슨 일이 있는지 자세히 살펴봐 주게."

"하루살이 둘이 서로 싸우다가 한 마리가 기운이 다해 땅에 떨어졌네."

--------------------------------

**어부지리漁父之利** 두 사람이 이해관계로 서로 싸우는 사이에 엉뚱한 사람이 애쓰지 않고 이익을 가로챈다는 뜻.

"거짓말 마라! 하루살이가 땅에 떨어지는 소리가 어찌 그리 요란할 수 있단 말인가?"

"너는 귀가 밝다 밝다 하니까, 정말 밝은 체하는구나. 소리는 무슨 소리가 '털썩' 한단 말이냐?"

[요지경 71화]


## 기름집 강아지

기름집에서 강아지를 길렀는데, 그 강아지는 항상 깻묵●만 먹어서 털이 매끈매끈하였다. 그래서 '기름강아지'라고 불렀다.

기름집 주인은 기름강아지가 달아날까 염려하여 노끈으로 목을 묶어 두었다. 그러던 어느 날, 늙은 호랑이가 밤에 와서 그 강아지를 집어삼키고 말았다. 하지만 강아지는 쭉 미끄러져서 호랑이의 밑구멍으로 빠져나와 '킁킁' 하며 짖었다. 그러자 같이 온 다른 호랑이가 강아지를 다시 집어삼켰다. 그러나 강아지는 또 밑구멍으로 빠져나왔다.

호랑이 두 마리는 자연스레 노끈으로 입과 밑구멍을 얽어 놓은 꼴이 되어 꼼짝을 할 수 없게 되었다. 소리도 지르지 못하고 멍하니 있다가 결국 호랑이 두 마리는 기름집 주인에게 사로잡히고 말았다.

[요지경 53화]

# 가축 모임

손 동지 집의 혼인 잔치가 가까워졌다. 그러자 농사짓는 소가 좌장으로 앉은 다음, 닭에게 통문*을 돌려 가축들의 특별 총회를 열도록 했다. 가축들이 모두 모이자, 소가 말했다.

"우리 주인댁 아씨의 혼일이 당두하였으니, 우리들 중에 필경 누군가 하나는 죽을 것이네. 나는 이 집에서 농사를 맡고 있으니, 내가 없으면 농사를 지을 수 없게 될 것이네. 그러니 나를 죽일 리는 만무하고…."

당나귀가 나앉으며 말했다.

"주인은 나를 사랑하여 항상 타고 다닐 뿐 아니라, 혼일에도 나는 후행*을 태우고 다녀야 하니 설마 내가 죽을까?"

개가 나앉으며 말했다.

"나는 밤중에도 잠을 자지 않고 도적을 지켜 주지. 그러니 나를 잡을 리도 없지."

고양이가 나앉으며 말했다.

"나는 비바람을 무릅쓰고 사방으로 돌아다니면서 곡식을 훔쳐 먹는 쥐를 잡아 주니까 나도 죽지는 않을 테지."

닭이 나앉으며 말했다.

"나는 깊은 밤중에도 때를 찾아 울어 주니까 나도 죽지 않아!"

---

**깻묵** 기름을 짜고 남은 깨의 찌꺼기. 흔히 낚시의 밑밥이나 논밭의 밑거름으로 쓰인다.
**통문** 여러 사람이 돌려 가면서 보도록 한 통지문.
**후행** 혼인할 때 가족 중에서 신랑이나 신부를 데리고 가는 사람.

총회에 모인 모든 가축들이 이처럼 각각 자신들이 맡은 직책으로 변명을 하였다. 그런데 거기에 참석한 돼지는 아무 말도 하지 않고 가만히 앉아 있었다. 그러자 소가 물었다.

"너는 어찌하여 아무 말이 없느냐?"

돼지는 주둥이를 내밀고 눈만 끔쩍끔쩍하다가 조용히 말했다.

"결국 죽을 놈은 나밖에 없네!"

[고금기담집 45화]

## 원숭이의 욕심

원숭이가 유람을 다니다가 게를 만났다. 원숭이는 게에게 반갑게 인사한 후 말하였다.

"오랜만에 서로 만났으니 떡이나 조금 만들어 먹자."

"좋지!"

원숭이와 게는 들에 나가 이삭에서 쌀을 취해 와서 떡을 만들었다. 이제 그 떡을 둘이서 즐겁게 먹으려 할 즈음이었다. 문득 원숭이가 말하였다.

"내게 꾀 하나가 있는데, 잠깐만 기다리게."

그러고는 순식간에 그 떡을 가지고 높은 나무 위로 올라갔다. 게는 불의*에 원숭이에게 속임을 당하자 분하고 원통하였다. 원숭이는 나무 위에서 그런 게를 보고, 일부러 떡을 보여 주며 놀렸다.

"아이, 맛있어! 아이, 맛있어!"

게는 나무 아래서 입만 뻐끔거리면서 혹시 조금이라도 줄까 하며 원숭이만 쳐다보았다. 그러나 원숭이는 게에게 조금도 나눠 줄 마음이 없었다. 그저 혼자서 독식하려 하였다.

바로 그때였다. 갑자기 나뭇가지가 부러지면서 떡은 공교롭게도 게의 입으로 떨어졌다. 게는 몹시 기뻐하며 말했다.

"이게 웬 떡이냐?"○

게는 그 떡을 가지고 바위틈 깊은 곳으로 들어갔다. 떡을 떨어뜨린 원숭이는 급히 나무에서 내려와 게를 쫓았다. 하지만 이미 게는 바위틈으로 깊이 들어가서 "띄이보구나, 떡일세" 하며 재미있게 먹고 있었다. 원숭이는 게에게 말했다.

"그 떡을 내게도 조금 보내 주게. 왜 자네 혼자서 먹으려 한단 말인가? 우리가 처음 했던 일을 생각해 보게. 자네와 내가 협력하여 떡을 만들지 않았나? 쌀을 장만할 때와 떡방아를 찧을 때에도 내가 자네보다 더 많이 힘을 쓰지 않았나? 그러니 자네 혼자서 떡을 독식하는 것은 법률에 위반되는 일이네."

원숭이는 달래기도 하고, 으르기도 하면서 국회의원처럼 게를 꾸짖었다. 그러자 게는 깔깔대며 말하였다.

---------------------------------

**불의** 미처 생각하지 않음.
○ 책에는 "속담에 의외로 좋은 일을 보면 '이게 웬 떡이냐'고 하는 것이 여기에서 나온 듯하다"라는 주석이 붙어 있다.

"법률을 위반한 자는 자네가 아닌가? 누가 먼저 공동의 이익을 위반하고, 누가 먼저 계약을 위반하였는가? 자네의 말이 가소롭네."

원숭이는 노기가 등등하였지만, 힘을 써서 그 떡을 빼앗을 수 없었다. 이에 원숭이는 바위 구멍 앞에 엉덩이를 대고 힘껏 문질렀다. 게는 그게 싫어 원숭이의 볼기짝을 힘껏 꼬집었다. 원숭이는 깜짝 놀라 엉덩이를 빼는데, 그 바람에 엉덩이의 털이 모두 빠져 버리고 말았다.

지금도 원숭이 볼기짝이 빨간 것은 그때 게가 꼬집어서 털이 빠졌기 때문이고, 지금도 게의 발에 털이 많이 붙어 있는 것은 그때 꼬집은 털이 지금까지 남아 있기 때문이랍니다.

[익살과 재담 9화]

## 어린아이를 속이다

어린아이가 떡 한 덩이를 가지고 많은 아이들과 어울려 놀고 있었다. 그런데 그중 큰 아이가 그 떡을 빼앗아 먹고자 하여 어린아이에게 다가갔다.

"내가 이 떡으로 달걀을 만들어 줄까?"

아이가 기뻐하며 허락하였다. 큰 아이는 네 귀퉁이를 다 떼어 먹고, 달걀 모양으로 만들어 주었다. 어린아이는 기뻐하며 그것을 받았다. 큰 아이가 다시 말했다.

"내가 이제 이 떡으로 달을 만들어 줄까?"

큰 아이는 떡을 받아 앞뒤를 베어 먹고, 달 모양으로 둥글게 만들어 주었다. 어린아이는 또 좋아하였다. 잠시 후, 큰 아이가 다시 말했다.

"내가 이번에는 반달을 만든 다음, 초승달을 만들어 볼게."

큰 아이는 떡의 절반을 베어 먹은 다음 반달을 만들었다고 한 뒤, 또 가운데를 떼어 먹어 초승달을 만들었다고 하며 주었다. 그런데도 어린 아이는 기뻐하며 그것을 받았다.

세상에 마귀가 사람을 꼬이는 것도 이러하리라.

[익살과 재담 64화]


## 무용한 재판

고양이에게 친구가 찾아왔다. 고양이는 친구와 의논하여 말했다.

"우리가 오랜만에 만났으니 이웃집에 가서 아무 음식이라도 훔쳐서 나눠 먹자."

두 고양이가 담을 넘어 이웃집에 갔더니, 마침 그 집에는 금방 만든 두부가 있었다. 둘은 힘을 합해 두부 한 모를 훔쳤다. 그리고 둘이 그 두부를 먹으려 할 때였다. 문득 한 고양이가 말했다.

"이것을 훔칠 때에 내가 더 고생했으니, 내가 너보다 더 먹어야겠지!"

"너보다 내가 더 힘을 많이 썼으니 내가 더 많이 먹어야지, 왜 네가 더 많이 먹으려느냐?"

두 고양이는 이렇게 다투다가 서로 말하였다.

"그럴 것 없이 이 근처 원숭이에게 가서 재판을 하자."

두 고양이는 원숭이를 찾아가 전후 사연을 전했다. 두 고양이의 말을 듣고 원숭이가 말했다.

"그러면 두부와 저울을 가져오너라."

원숭이는 두부와 저울을 앞에 놓고 말했다.

"두부를 얻는 데에 힘을 쓴 것은 서로 같다. 그러니 똑같이 나눠 먹는 것이 맞다. 내가 공평하게 두부를 나눠 주마."

이에 두부를 반으로 잘라 저울에 놓았다. 그랬더니 한 덩이는 무겁고, 다른 한 덩이는 가벼웠다. 원숭이는 무거운 두부를 조금 자르고 말했다.

"이것은 똑같이 나누기 위해 자르고 남은 것이니 누구에게도 줄 수 없다. 그러니 내가 먹으마."

원숭이는 그것을 먹고 다시 두 덩이를 저울에 올렸다. 그랬더니 이번에는 이전에 가벼웠던 두부가 더 무겁고, 무거웠던 두부는 더 가벼워지고 말았다. 원숭이는 이에 무거운 쪽의 두부를 조금 잘라서 떼어 먹었다. 그리고 다시 저울에 달았더니, 이번에는 조금 전과 반대가 되었다. 원숭이는 또 무거운 쪽을 조금 잘라서 떼어 먹었다. 두 고양이는 이렇게 하다가는 두부가 조금도 남지 않을 듯하여, 다급하게 말했다.

"그 나머지는 그냥 저희들에게 주십시오. 그럼 저희들이 다투지 않고 나눠 먹겠습니다."

이 말을 들은 원숭이가 엄히 말했다.

"공적인 일을 할 때에는 개인의 감정은 돌보지 않아야 한다. 어찌 개인적인 감정에 이끌려 판결을 그만둔단 말이냐?"

그러고는 아까 했던 방법으로 계속 진행하였다. 하지만 백 번을 그렇게 한들 어찌 저울이 완전히 같아지겠는가? 몇 번 더 달아 보니, 이제는 다시 칼질할 것도 없을 만큼 두부는 작아졌다. 그러자 원숭이가 최종 판결을 내렸다.

"남은 조각은 나눠 줄 수도 없으니 이것은 내 수수료로 처리하마."

그렇게 두부를 모두 먹어 버렸다. 두 고양이는 고생해서 원숭이만 배불리 먹인 꼴이 되었다.

이런 것으로 보면 작은 사건은 분쟁을 일으키지 말고 도덕에 맞게 판정을 내리는 것이 제일이라 하겠습니다. 누구든지 매사에 겸손하고, 사양하는 마음으로 공사에 시끄러운 일이 없도록 하는 이치를 본받으십시오.

[옥련기담 소재 신기한 이야기 2화]


## 하늘이 준 주머니

천지가 만들어질 때에 하느님이 큰 주머니 하나와 작은 주머니 하나씩을 사람들에게 주면서 경계하였다.

"남의 허물을 보거든 이 큰 주머니 속에 넣어 두어라. 그리고 그것을 거울로 삼아 자기 몸을 바로 갖도록 해라. 이 작은 주머니 속에는 자기의 허물을 담아라. 그리고 날마다 그것을 살펴보면서 다시는 그런 허물을 범하지 않도록 해라."

그러나 사람들이 그 주머니를 찰 때에 큰 주머니는 앞에 차고, 작은 주머니는 뒤에 차고 말았다. 그래서 남의 허물을 담은 주머니가 앞에 있기 때문에 남의 말을 잘하게 되었고, 자기 허물을 담은 주머니는 꽁무니에 있으므로 제 허물은 보지 못하게 되었다고 한다.

[익살과 재담 66화]

## 여우와 원숭이

산속의 왕인 사자가 죽자, 모든 짐승들이 모여 새로운 왕을 뽑기로 했다. 그중 원숭이는 흉내도 잘 내고, 나무에도 잘 오르고, 꾀도 많다고 하여 왕으로 뽑혔다. 왕이 된 원숭이는 권세를 이용하여 여러 짐승들에게 교만 방자할 뿐 아니라, 억지로 남의 물건을 빼앗는 일도 많았다.

그것을 본 여우는 몹시 화가 나서 원숭이를 속이겠다고 생각했다. 이에 한곳에 덫을 설치하여 그 안에 고기 한 덩이를 넣었다. 그리고 원숭이를 찾아가 뵙기를 청하였다. 원숭이가 허락하자, 여우는 원숭이에게 나아가 두 번 절하고 말했다.

"신이 오다가 우연히 고기 한 덩이를 보았습니다. 대왕께서는 거기에 거둥●하시어 그 고기를 잡수시옵소서."

원숭이는 몹시 기뻐하며 여우의 충성을 칭찬하였다. 그리고 직품●을 더하고 훈장까지 내린 후, 즉시 고기가 있는 곳으로 갔다. 고기를 본 원숭이는 앞발로 급히 그 고기를 꺼내려 했다. 순간 덫이 튕기면서 원숭이의 발을 잡았다.

그제야 여우의 계교에 속았음을 안 원숭이는 큰소리로 여우를 꾸짖었다. 여우는 웃으며 조용히 말했다.

"덫을 놓은 것도 모르고 눈앞에 있는 작은 고기만 탐내는 너 같은 놈이 무슨 왕이냐?"

그러고는 돌아서서 천천히 그 자리를 떠났다.

[해성집 6화]


## 조약돌과 금강석<sup>●</sup>

길에 떨어진 금강석 하나가 오랫동안 굴러다녔다. 어느 날, 금강석은 어떤 장사꾼에게 집혀 군왕 앞에까지 가게 되었다. 군왕은 그것을 사서 황금 사이에 박아 면류관<sup>●</sup>을 꾸몄다.

이 소문은 조약돌에게까지 들렸다. 놀랄 만한 신분 상승을 한 금강석의 팔자에 조약돌은 마음이 몹시 어지러웠다. 그러던 어느 날, 조약돌은 지나가는 농부에게 부탁하였다.

"영감님! 제발 바라건대 나를 서울로 데려다주십시오. 소문을 들어보니, 금강석이란 놈은 기가 막히게 되었다더군요. 나는 어찌하여 진흙

---

**거둥** 임금의 나들이.
**직품職品** 벼슬의 품계.
**금강석** 다이아몬드.
**면류관冕旒冠** 제왕의 정복(正服)에 갖추어 쓰던 관.

속에 묻혀 이런 천대를 받고 고생만 한단 말씀입니까? 그럴 수도 있습니까? 금강석은 나와 함께 오랫동안 굴러다니던 놈입니다. 나와 다름이 없는 놈인데, 어떻게 그놈만 그렇게 귀해질 수 있습니까? 내 동무인 금강석에게 나를 데려다주십시오. 누가 압니까? 나도 서울에 가면 값이 나갈지….”

농부는 덜그럭덜그럭하는 자기 수레에 그 조약돌을 얹은 채 시장으로 갔다. 조약돌은 혼자서 생각하였다.

‘이제 서울에 가면 금강석 놈과 나란히 있게 되겠지.’

그러나 조약돌은 농부의 수레에 실려 이리 데굴데굴, 저리 데굴데굴 굴러다녔다. 그러다가 얼토당토않은 운명을 맞이해야만 했다. 조약돌도 유용하게 쓰이기는 했다. 그러나 그가 쓰인 곳은 면류관이 아니라, 길 가운데 구렁텅이를 메우는 데였다.

사람들도 마찬가지다. 사람은 제 자격대로 쓰이지, 제 희망대로 쓰이지는 않는다.

[익살과 재담 62화]

196

# 새로운 문명과의 만남, 다양한 이야기를 만들다

# 내 집에도 군君이 아홉이 있다

오늘날 우리는 자유니 평등이니 하고, 상하 계급이 없이 지내지요. 하지만 요 몇 해 전만 해도 평민들은 어린아이 오줌 누는 소리*만 나면 밥보다도 더 즐기는 담뱃대까지 깊이 감추고, 길가에 꿇어앉은 채 고개도 마음대로 들지 못했습니다. 그렇게 양반과 상놈이 지독하게 구별되던 시절에도 최천보와 같은 엉터리가 있었습니다.

서울에서 최천보라고 하면 어린아이도 다 알지요. 이 사람은 입이 험할 뿐 아니라, 얼마나 망나니짓을 하고 다녔는지 감옥을 제집처럼 삼고, 차꼬*를 신발처럼 삼고 다녔을 정도였습니다. 하루는 이 작자가 도포를 빌려 입고, 어떤 재상의 집에 찾아갔답니다.

"대감! 처음 뵙겠습니다."

그렇게 절을 하니, 재상도 어디에서 선비가 왔는가 싶어 덩달아 절을 하였지요.

"뉘신지요?"

"생은 뒷집에 사는 최천보입니다."

"이놈! 네가 내 절을 받았을 뿐 아니라, 스스로 생이라고까지 한단 말이냐? 이런 목 베일 놈을 보았나!"

"아니, 대감만 양반이시오? 생의 집에도 군*이 아홉이 있고, 대감*도 하나가 있습니다그려."

"이놈! 네 집에 있다는 군이 무슨 군이란 말이냐?"

"들어 보시렵니까. 제 아버지는 교군꾼*이지요, 아우는 등롱꾼*이지요, 큰아들 놈은 상두꾼*이지요, 둘째 놈은 담꾼*이지요, 셋째 놈은 지게꾼이지요, 넷째 놈은 땅꾼*이지요, 다섯째 놈은 노름꾼이지요, 생은 목도꾼*이지요, 생의 마누라는 주얌질꾼*이지요. 큰조카 놈은 망건방*으로 출퇴근하는 절뚝발이 대감이요. 왜 문벌이 대감만 못하겠소."

[익살주머니 26화]


## 연구

교사 한 사람이 학생들에게 한글을 가르치는데, 그중 한 아이는 정신이 없어 일주일 동안 기역 니은을 읽었지만 그것을 기억해 내지 못했다. 그러자 교사가 환약 두 개를 주며 말했다.

"이것을 먹으면 정신이 맑아진단다."

------------------------------

**어린아이 오줌 누는 소리가 나다** 예전에 지위가 높은 사람이 지나갈 때 구종(驅從)들이 잡인의 통행을 막기 위해 '쉬—' 하며 소리를 지르던 것을 빗대어 한 말.
**차꼬** 죄수의 발목에 채우던 형구(刑具). 두 개의 나무토막을 맞댄 다음 그 사이에 구멍을 파서 죄인의 발목을 넣고 자물쇠를 잠갔다.
**군君** 조선 시대에 왕의 서자, 종친, 공신 등에게 내리는 작위. 혹은 정일품 으뜸 벼슬을 지낸 사람.
**대감** 조선 시대에 정이품 이상의 관원을 지낸 사람.
**교군꾼** 가마를 메는 사람.
**등롱꾼** 의식이 있을 때 등롱을 들고 다니던 사람.
**상두꾼** 상여를 메는 사람.
**담꾼** 물건을 나르는 품팔이.
**땅꾼** 뱀을 잡아서 파는 사람.
**목도꾼** 여러 사람과 함께 힘을 모아 무거운 짐을 나르던 사람.
**주얌질꾼** 주얌질은 손으로 추는 춤을 말함. 주얌질꾼은 손을 많이 쓰는 춤꾼을 말함인 듯.
**망건방** 망건을 만들던 곳. 지금의 서울 종로구 평동 부근에 있었다.

학생이 한 개를 먹으려 하자, 교사가 말했다.

"너는 이 환약을 먹고 무슨 소원을 이루고 싶으냐?"

"저는 글을 읽어도 항상 정신이 없었으니, 이 약을 먹고 문장가가 되었으면 합니다."

그렇게 말하고 환약 한 개를 꿀꺽 삼켰다. 그 후로 이 학생은 이제까지 배운 글은 물론이고, 배우지 않은 글까지도 스스로 깨우칠 수 있게 되었다.

그런데 이 학생은 남은 환약 하나는 먹지 않고 향주머니에 싸서 넣어 두었다. 교사가 이것을 보고 다시 물었다.

"그 환약 하나도 마저 먹지그래. 그 하나는 무엇에 쓰려고 그렇게 꼭꼭 감춰 두느냐?"

"저는 선생님의 은혜로 이처럼 신통한 환약을 먹어서 모르던 글을 소원대로 알게 되었습니다. 그러니 나머지 하나는 두었다가 뒷날 이것을 정밀하게 연구하여 이 환약이 무엇으로 만들어졌고, 어떻게 만들어졌는가를 터득하고자 합니다. 그래서 이 환약을 다량으로 만들어 저처럼 기억력이 부족한 사람들이 실력을 쌓을 수 있도록 배양하려고 합니다."

사람이 되어 무엇이든지 연구하지 않으면 남의 심부름꾼에 지나지 않습니다.

[팔도재담집 33화]

## 무안한 하이칼라 선생님

어떤 하이칼라 박물학 선생이 학생들에게 박물학을 가르쳤다.

"꽃이 곱게 피어 향기를 내는 것은 곤충을 꾀어 수정 작용의 매개로 삼기 위함이요, 새가 고운 털을 쓰고 아름다운 소리를 내는 것은 암새를 가까이하고자 함이다."

어떤 학생이 큰 소리로 물었다.

"사람들이 향수를 바르고 사치스럽게 의복을 입는 것도 같은 이치인가요?"

하이칼라 선생님은 얼굴이 붉어지면서 얼버무렸다.

"뭐, 그렇지. 응, 그것은, 아… 조금. 저…."

[익살주머니 103화]


## 우유를 먹는 아이

질투가 많은 부인이 아들을 낳았지만 젖이 없어 유모를 구해야 했다. 부인이 노파에게 부탁하였다.

"얼굴이 심하게 얽었으면서도 젖이 많은 유모를 구해 주세요."

그러자 곁에 있던 남편이 말하였다.

"유모의 모양이 흉하면 그 젖을 먹는 아이도 유모를 닮는다고 하잖소. 그러니 젖도 많이 나고 얼굴도 예쁜 유모를 구하는 것이 좋지 않겠소?"

"그런 이치라면 요즘 우유를 먹고 자라는 아이들은 모두 송아지가 됐게요."

[요지경 84화]

## 바람에 꺼진 전깃불

전깃불이 꺼지는 것을 본 어떤 사람이 말했다.

"전깃불도 꺼지네."

그러자 곁에 있던 시골 사람이 말했다.

"바람이 부는데, 당연히 꺼지죠."

[익살주머니 117화]

## 사진은 왜 찍는가

어리석은 영감이 외아들을 몹시 사랑하였지만, 그 아들은 난봉<sup>•</sup>을 부리다가 결국 빚만 남기고 달아나 버렸다. 영감 내외는 항상 외아들 생각에 마음을 놓을 수 없었다. 그러던 중 어떤 사람이 영감에게 말하였다.

"사진이라는 것이 있는데, 사람의 얼굴을 똑같이 찍어 낸답디다."

"그럼 나도 사진이나 박아서 보련다."

영감은 아들이 너무 보고 싶어 곧바로 사진관으로 갔다.

"내 아들 사진 한 장만 찍어 주시오."

사진관 주인이 말하였다.

"그럼, 아드님을 데리고 오셔야죠."

"이 답답한 사람아! 집에 아들이 없으니까 사진이라도 박아서 보려고 하지, 아들이 있으면 사진은 찍어 무엇하겠소?"

[요지경 140화]

## 안경을 사는 방법

평생 안경을 써 보는 것이 소원인 늙은이가 있었다. 그래서 눈으로 보는 것과 똑같이 보이는 안경을 구하려고 했지만, 좀처럼 그런 안경을 찾을 수 없었다. 그러던 어느 날, 안경방에 가서 자신에게 맞는 안경을 요구했다. 안경방 주인은 노인의 어리석음을 보고 안경테만 주고 말했다.

"이것이 눈으로 보는 것과 똑같이 보이는 안경이니 한번 써 보시구려."

노인이 써 보니 과연 눈으로 보는 것과 똑같이 보였다. 즉시 그 안경을 사서 집으로 돌아온 노인은 자식들을 불러 자랑하였다.

"내가 평생에 원하던 것을 샀다."

아들들이 모여서 보니, 알은 없고 테만 있는 안경이었다. 이에 쓸데없는 것을 샀다며 핀잔을 주자, 노인이 몹시 화를 냈다.

"평생 원하던 안경을 처음으로 얻었는데, 너희들이 애비가 늙었다고

---

**난봉** 허랑하고 방탕한 일.

조롱하는 게냐?"

"그러면 아버님, 안경을 쓰고 손가락으로 눈을 찔러 보십시오."

노인이 안경을 쓰고 시험하는데, 그만 손가락에 눈이 찔려 눈물이 쏟아졌다. 그제야 속았음을 깨달았다. 그 후로 노인은 사람들을 만날 때마다 항상 이렇게 말했다.

"안경을 사려거든 그 안경을 끼고 손가락으로 눈을 찔러 본 뒤에 사시구려."

[요지경 98화]


## 이[蝨]도 동물이다

학생이 화초를 들고 기차에 타려고 하니, 역무원이 말했다.

"여보시오! 화초를 가지고 기차에 들어갈 수 없습니다."

"그러면 지팡이 끝에 걸어서 창밖에 내놓으면 되잖소?"

이번에는 또 다른 학생이 개를 데리고 들어가려고 했다. 그러자 역무원이 말했다.

"여보시오! 표 한 장 값만으로는 동물을 데리고 탈 수 없소."

"이렇게 작은 개야 표가 없어도 상관없지 않겠소?"

"아무리 작아도 동물은 별도의 값을 내야 하오."

그러자 학생은 옷을 훨훨 벗고 화를 내며 말했다.

"내 몸에 있는 이가 몇 개인가 세어 보시오. 그 수에 맞게 표 값을 모두 줄 테니…."

[익살주머니 21화]

## 가방을 옮겨라

갑과 을 두 사람이 기차에 마주 앉았다. 그런데 갑의 옆에 큰 가방 하나가 놓여 있기에 을이 말했다.

"여보시오. 그 가방을 좀 옮기시죠."

"나는 옮길 수가 없어요."

"예끼! 사람 앉기에도 좁은데 가방을 이대로 둔단 말이오? 어서 선반 위에 올리시오."

"내가 올리지 않겠다고 하는데, 댁이 무엇 때문에 여러 말을 하는 게요?"

"댁이 이렇게 고집을 피우면 차장과 안내를 불러 담판을 짓겠소."

"차장과 안내는 그만두고, 운전수와 역장까지 불러오시오. 아니 철도국에 전보라도 치시죠!"

을은 분을 이기지 못해 급히 안내에게 가서 그 말을 전했다. 그러자 안내를 맡은 사람이 와서 갑에게 말했다.

"여보시오. 무슨 이유로 저 가방을 치우지 않죠?"

"나는 치울 수가 없으니까요!"

"당신이 그렇게 고집을 피우면 철도법에 위반됩니다. 그리고 여러 사람에게 방해가 되니 나도 그냥 보고 있을 수만은 없습니다."

"여보시오, 안내. 그렇다면 당신이 이 가방을 어디론가 치우면 되잖소."

"나는 남의 물건을 함부로 치울 권한이 없소."

"그러니까 나도 이 가방을 못 옮겨 놓는 게요!"

"그럼, 저것은 누구의 가방이오?"

"나는 모르죠."

"그럼, 진작에 당신 가방이 아니라고 하면 되었을 게 아니오?"

"어허! 어느 누가 내게 저 가방이 누구의 것이냐고 물어보기나 했소? 그냥 덮어놓고 내게 옮기라고만 했지!"

"하긴, 그 말도 옳소."

[고금기담집 20화]

## 표 없이 차 타는 방법

연안•에 사는 유 진사가 볼일이 있어서 부산에 내려갔다가 차를 타고 올라올 때였다. 유 진사는 동행한 사람에게 실없이 말했다.

"차표가 없어도 차를 타는 방법이 있는데 공연히 표를 샀네그려."

그런데 그 말에 귀를 기울이던 어떤 사람이 있었다. 유 진사는 그 눈치를 알고 더욱 신이 나서 이야기했다.

"나는 이 정거장에서 저 정거장까지 표 없이 잘도 다녔지."

그렇게 말을 하다가 목적지에 이르자 유 진사는 차에서 내렸다. 아까

부터 유 진사의 말에 귀 기울였던 사람도 덩달아 차에서 내렸다. 그리고 유 진사에게 다가가 조용히 말했다.

"표 없이 차 타는 법을 가르쳐 주시오."

그러면서 술대접까지 하였다. 유진사는 술을 얻어먹은 다음, 픽 웃으며 말했다.

"조금 수고가 되겠지만, 여기서부터는 슬금슬금 걸어서 다음 정거장까지 가면 표가 없어도 갈 수 있지요."

[팔도재담집 21화]


## 책을 보고 얻은 이치

아버지가 책 읽기 싫어하는 아들을 조용한 방에 가두어 놓고, 그곳에서 책을 자세히 보도록 했다. 그렇게 삼 일이 지나자, 아들이 급히 아버지를 불렀다.

"아버지! 제가 아버지 말씀처럼 책을 자세히 보았더니 지금 비로소 오묘한 이치를 터득했습니다."

아버지가 몹시 기뻐하며 물었다.

"네가 얻은 이치가 무엇이냐?"

--------------------------------------

**연안延安** 황해도 연백군의 군청 소재지. 예전에 개성과 해주를 연결하는 교통의 요지였다.

"책을 자세히 보니, 글자 하나하나가 모두 인쇄된 것이더군요."

## 삼등석 인력거

시골 사람이 삼등석 표를 끊고 기차를 탔으나, 기차 객실 체제를 몰라 일등석 자리로 들어갔다. 그러자 차장이 꾸짖으며 그를 삼등석 객실로 모질게 쫓아냈다.

마침내 서울에 도착한 시골 사람은 인력거*를 타야 했다. 인력거에는 앉는 자리와 발판, 그렇게 두 층으로 나뉘어져 있었다. 그런데 인력거에 올라탄 그는 자리에 앉지 않고 발판으로 쓰는 아래층에 쭈그려 앉았다. 운전수가 이를 보고 이상히 여겨 물었다.

"왜 좌석에 앉지 않습니까?"

"나는 돈이 별로 없어서 삼등석에 앉으려고요."

[절도백화 64화]

## 내 돈으로 산 차표

시골 사람이 기차를 타고 목적지에 도착하였다. 역에서 나오려 하자 관리인이 표를 검색한 후 회수하고 있었다. 시골 사람에게도 표를 달라고 하자, 시골 사람이 다급하게 말했다.

"내 돈으로 구한 표인데, 그것을 왜 돌려 달라고 하시오?"

[소천소지 14화]

## 신문이 무서워

신문을 본 아들이 아버지에게 급히 말했다.

"오늘 신문에 우리 집을 헐뜯는 흉악한 기사가 실렸습니다."

"너는 어서 묵을 가져다가 그 부분을 지우도록 해라. 다른 사람이 볼까 봐 두렵구나."○

[소천소지 43화]

## 신문이 필요할 때

어떤 사람이 마차를 타고 좁은 길을 건너는데, 마침 반대편에서도 마차가 들어섰다. 두 사람은 서로 양보하려 들지 않았다. 그렇게 대치하던 중, 한 사람이 마차에서 신문을 꺼내더니 흥얼거리며 읽기 시작했다. 그러자 반대편에 있던 사람이 신문을 읽는 사람에게 말했다.

--------------------------

**인력거** 사람이 끄는, 바퀴가 두 개 달린 수레. 주로 사람을 태운다.
○ 책에는 "한 장만 지우면 다른 사람들이 볼 수 없을까?"라는 주석이 붙어 있다.

"여보시오! 그 신문을 다 읽거든 빌려주구려. 나도 읽게."

[소천소지 54화]


## 옛날 신문을 읽다

노인이 아이에게 신문을 사서 읽으라고 권했다. 그러자 아이가 대답했다.

"저는 신문을 사지 않겠어요."

"왜 그렇지?"

"우리 아버지가 산 신문만 해도 제가 평생 동안에 모두 읽지 못할 만큼 많거든요."

[소천소지 20화]


## 신식 소포

서울에서 은행에 다니는 아들이 편지를 보내왔다.

"구두가 다 해졌으니 빨리 사서 보내 주십시오."

편지를 읽은 아버지가 부인에게 말하였다.

"여보, 마누라! 큰아이에게서 이런 편지가 왔으니, 빨리 사서 보내야겠소."

"이를 말인가요. 빨리 보내야죠."

"그런데 어떻게 부쳐야 빨리 가지?"

"글쎄요. 기차가 빠르다고 하던데…. 아 참, 그보다 요새는 전보라든가 전신이라는 것이 매우 빠르다고 합디다."

"옳지! 그 전보라는 것은 저기 보이는 쇠로 만든 줄을 타고 다닌다지? 그러면 두세 시간 만에 서울에 도착한다더군."

아버지는 새로 구두를 사서, 그것을 줄에 묶은 다음에 전봇줄 앞으로 갔다. 그러고는 구두를 전봇줄에 매달아 놓았다.

'이제 두세 시간만 있으면 구두가 아들에게 도착하겠지!'

그렇게 생각하고 집으로 돌아왔다.

그때 마침 그곳을 지나던 행인이 전봇줄에 걸린 구두를 보았다.

"이게 웬 떡이람! 마침 내 구두가 해졌는데, 참으로 잘되었네. 임자가 따로 있나? 아무나 먼저 가지면 임자지!"

행인은 매달린 구두를 끌어내어 자신의 구두와 바꿔 신었다. 대신 그 자리에 자기 구두를 걸어 놓았다.

잠시 후, 지금쯤이면 구두가 서울에 도착했을 것이라고 생각한 아버지가 다시금 그 자리로 갔다. 그랬더니 새 구두는 없어지고, 대신 헌 구두가 걸려 있었다. 그러자 아버지가 웃으며 말했다.

"전보라는 게 참으로 빠른 것이로구나. 나는 그 정도 시간이면 서울에 갔을까 하고 생각했는데, 벌써 헌 구두까지 내려보낸 것을 보면…. 참으로 기가 막힌 세상이로군."

[익살주머니 5화]

## 편지 부치기

한 사람이 편지를 써서 하인에게 주며 말했다.

"얼른 우체국에 가서 이 편지를 부치고 오너라."

"풀이 있어야 붙이지요."

[고금기담집 53화]


## 우표를 붙이면 더 무겁다

어떤 무식한 사람이 편지를 부치려고 우체국에 갔다.

"이 편지는 얼마면 갑니까?"

"중량이 무거우니 육 전짜리 우표를 사서 붙이시오."

"무거운 편지에 우표까지 붙이면 더 무거워지지 않겠습니까?"

[익살주머니 19화]


## 우체통과 대화하다

시골 사람이 우체통에 편지를 넣은 다음, 우체통에 대고 말하였다.

"여보시오, 여보시오!"

그 사람은 여러 차례 우체통을 향해 불렀다. 마침 거기를 지나던 사람이 그 모습을 보고 이상히 여겨 이유를 물었다. 그러자 시골 사람이 말했다.

"며칠이면 우리 집에 편지가 도착할까를 물어보려고요."

[익살주머니 14화]


## 새로운 철학

첫째, 돈이 없는 게 돈이 있는 것보다 낫다.

마음 편하기로 말하면 세상에 돈 없는 사람처럼 마음 편한 것이 없다. 도둑 들 걱정 없고, 잃어버릴 걱정 없고, 떨어질 걱정 없고, 줄어들 걱정도 없다. 세상에 걱정 없는 것만큼 행복한 것이 없다. 걱정처럼 사람에게 해독인 것도 없지 않은가?

돈이 너무 많이 있으면 장마에 곰팡이가 필 걱정, 잃어버릴 걱정, 떨어질 걱정, 줄어들 걱정, 이런 걱정, 저런 걱정으로 사람의 수명을 줄어들게 한다. 그뿐인가? 돈을 꿔 달라는 사람이 있으면 어쩔 수 없이 거절해야 할 것이다. 또 반드시 돈을 빌려주어야만 할 경우도 생기는데, 그러면 빚 갚으라는 독촉을 하러 다녀야 하고, 나날이 이자도 계산해야하니 이렇게 성가신 일이 어디에 있는가? 심지어 강도에게 목숨까지 잃는 경우도 있으니 돈처럼 무서운 것이 없지.

둘째, 사람은 다른 사람들의 눈만 의식하고 자신의 몸은 사랑하지 않더라.

사람들은 자기만 좋으면 아무렇게나 해도 좋다고 하지만 실제로는 다른 사람의 눈에 곱게 보이려고 무수히 노력한다. 더운 여름에 옷을 두껍게 입고서도 덥다고 하지 못하고, 추운 겨울에 옷을 얇게 입어도 춥다고 하지 못한다. 이처럼 다른 사람의 눈에만 곱게 보이려는 자가 많으니 어찌 가소롭지 않은가?

셋째, 천하 만물이 기어이 반대로 가더라.

비유해서 말하면 홀아비의 옷이 날이 갈수록 더러워져서 점점 검게 되는 것과 같다. 원래 홀아비는 빨래하는 것이 귀찮아서 하얀 새 옷을 한번 입으면 그 옷이 해질 때까지 빨래를 아니한다. 그뿐 아니라, 밥도 짓고 불도 때느라, 숯검정˙과 솥검정이 묻어서 검은 것이 반득반득해 진다.˙ 또 노파의 머리로 비유하면, 색시 때에는 흑운黑雲 같은 머리라고 할 만큼 광택이 좋았지만, 나이가 들어갈수록 눈처럼 흰 백발이 되고 만다. 검은 것은 하얗게 되고, 하얀 것은 검게 되니 아무쪼록 반대로만 가는 것이 이치라 하겠다.

넷째, 죽은 사람이 산 사람보다 값이 많다.

그 이유는 아무리 갸륵한 사람이라도 살아 있을 때에는 아무도 그 앞에 가서 절을 하지 않는다. 반면 아무리 평범한 사람이라도 죽으면 다 그 앞에 가서 손을 모아 절을 한다. 또 관리라면 승급˙도 하고 승서˙도 한다. 또한 그 사람이 쓴 글씨의 값도 오른다. 살았을 때에는 사글세 집에 살며 송곳 하나 꽂을 만한 땅조차 없던 가난한 사람도 죽으면 자신의 소유로 한두 평 정도의 땅이 생긴다. 만일 함부로 그 무덤을 훼손하는 자가 있으면 경찰서에서 좀 보자고 한다.

다섯째, 웃는 것이 화내는 것보다 영향력이 있다.

부모가 화를 내면 낼수록 자식은 더욱 반발하는 마음이 생겨 전보다 더 게으르고 방탕해진다. 부모가 웃으며 "너는 주색잡기酒色雜技에만 빠져 있으니 참 기특하다!"라고 하면서 거기에 힘쓰게 하면, 자식은 도리어 부끄러워 반성하는 일이 많다. 순사가 화를 내면 낼수록 인민들은 순사들이 지시하는 일에 반발한다. 아무쪼록 웃으면서 "오늘은 대청소를 할 것이니, 더러운 물건들은 하나도 버리지 말고 집안 여기저기에 잘 보관해 두라"라고 하면 도리어 부끄러운 마음이 생겨 석회도 뿌리고 석회수*도 뿌린다. 그런 까닭에 남에게 웃음을 받으면 자기의 행실을 돌아보고, 계집에게 웃음을 받으면 곧 자기의 의복을 돌아본다. 부부 싸움도 곁에서 웃는 사람이 있으면 곧 멈춘다. 미인이 한번 웃으면 성이 무너지고 나라가 기운다 하는 것은 실로 어떠한가?

[앙천대소 2화]

## 경제적인 신년 세배

20세기 세계적인 대전쟁은 아무 관계도 없는 우리 조선에까지 간접

---

**숯검정** 숯의 그을음.
**반득반득하다** 물체에 반사된 작은 빛이 잠깐씩 자주 나타남. 여기서는 작고 검은 얼룩이 하나둘씩 생겨나는 양상을 이야기하고 있다.
**승급陞級** 급수나 등급이 오름.
**승서陞敍** 벼슬이 오름.
**석회수石灰水** 수산화칼슘을 물에 녹인 액체로, 소독이나 살균에 쓰인다.

적으로 괴로움을 끼쳐서 물가가 치솟는 것이 참으로 비행기가 하늘을 향해 날아오르는 모양이다. 이렇게 치솟는 물가에 세배하러 온 손님을 다 치르려고 하면 없는 논과 밭까지 모두 내놓아야 할 판이다. 술주정을 받는 것도 싫지만, 제일 질색할 것은 어린아이에게 줄 세뱃돈이다.

동전이 부족한 이때에 동전을 구하려고 해도 구할 수가 없어서 줄 수가 없다. 그러면 철모르는 어린아이들은 돈을 주지 않는다고 목을 놓아 울 것이니, 정월 초하룻날에 이렇게 민망한 일이 어디 있겠는가? 그렇다고 돈이 흔해서 종이돈을 막 내줄 수도 없다. 경제적으로 한답시고 개인적으로 화폐를 만들었다가는 쇠로 만든 토시*를 끼고 콩밥을 맛보면서 세배도 받지 못할 것이니 어찌하면 좋을꼬? 부부가 의논한다.

"여보, 마누라! 좋은 수가 있소. 유성기*에다 세배 인사를 집어넣읍시다. 그리고 사람이 오면 틀어 놓읍시다."

"그럼, 얼굴은 부채로 가리나요?"

"아냐. 사랑방 문틈에다 유성기를 놓고, 우리는 방에 들어와서 소리만 틀어 놓으면 되지."

"아, 그러면 되겠네요."

"어디 한번 시험해 볼까? '과세*나 안녕히 지내시오. 새해에는 소원 성취하십시오.'"

"하하하! 되었다, 되었어. 이런 귀신이 곡할 일이 있나? 참 옛날 늙은 이들은 불쌍하네. 이런 좋은 구경도 못해 보았으니….'

"아유, 신통해라. 유성기에서 나오는 소리가 영감의 소리와 꼭 같구려."

새해가 밝아 온다.

복스러운 새해를 재촉하는 복조리* 장수가 초저녁부터 외치는 "복조
리 사려!" 하는 소리에 귀가 다 아플 지경이다. 잠을 자면 눈썹이 하얘
질까 조심하는 아이들은 앞집 뒷집에서 때때옷을 입혀 달라고 시끌벅
적하다. 한 사람이 그 영감에게 세배를 왔다.

"영감, 계십니까?"

"과세나 안녕히 지내시오. 새해에는 소원 성취하십시오."

"아, 어디가 편치 않으십니까? 그럼, 여기서 인사만 여쭙습니다. 새
해에는 소원 성취하십시오."

그렇게 떠났다. 조금 있다가 또 어떤 사람이 집을 물어보려고 들어왔다.

"이리 오너라!"

"과세나 안녕히 지내시오."

"아닙니다. 말씀 좀 여쭈어 봅시다."

"새해에는 소원 성취하십시오."

"이 사람, 미친 사람인가? 길을 물어보러 온 사람에게 새해 인사만
자꾸 하나?"

그러고는 골이 나서 가 버렸다. 잠시 후, 이번에는 거지가 왔다.

---

**쇠로 만든 토시**  수갑.
**유성기**  녹음한 음을 재생하는 장치, 축음기.
**과세過歲**  설을 쇠는 것.
**복조리**  음력 정월 초하룻날 새벽에 부엌이나 안방, 마루 따위의 벽에 걸어 놓는 조리. 조리는 쌀을
이는 도구이므로 그 해의 복을 조리로 일어 얻겠다는 뜻에서 걸어 놓는다.

"나리, 마님. 적선합쇼."

"과세나 안녕히 지내시오. 새해에는 소원 성취하십시오."

"이 양반이 실성을 했나? 거지에게 무슨 말씀을 이렇게 존대하지? 눈치를 보아하니 벌써 일을 그르쳤네. 그만두어라. 소원 성취하라는 말이 돈보다 낫지."

그렇게 생각하며 돌아섰다. 또 조금 있다가 순사가 독감 조사를 한다고 찾아왔다.

"여보, 주인 있소?"

"과세나 안녕히 지내시오."

"뭐, 세배까지 할 것 없소. 집안에는 별고 없소?"

"새해에는 소원 성취하십시오."

"뭐야? 누구요? 미친 사람이오?"

"과세나 안녕히 지내시오. 새해에는 소원 성취하십시오."

순사는 자기를 놀리는 줄 알고 화가 나서 문을 열고 들어갔다. 그랬더니 유성기에서 "과세나 안녕히 지내시오. 새해에는 소원 성취하십시오"라는 말이 계속해서 흘러나올 뿐이었다. 순사가 방문을 열고 보니, 주인은 이불을 덮고 드러누운 채 유성기만 틀고 있었다. 순사는 눈이 동그래지더니, 순간 생각하였다.

'옳지! 이 사람이야말로 필경 독감을 앓고 있는 전염병자로군.'

그러고는 곧바로 그 사람을 들것에 실어 병원으로 데리고 갔다. 그리고 그 사람이 누웠던 이불과 입었던 의복은 시루떡 찌듯이 찌고, 장독은 모두 열어 그 안에다 재를 뿌려 다른 사람이 먹을 수 없게 하였다.

장을 담은 독이 순간 재를 담은 독으로 바뀌고 말았다.

[익살주머니 58화]

## 어서 죽는 것이 그리 기쁜가

새해라는 것은, 가령 1913년 12월쯤에서 1914년 1월에 이르는 임시 대명사일 뿐이다. 그런데 새해가 박두*하면 남녀노소가 다 기뻐하여 장사꾼은 휴업하고, 학생은 방학하고, 관리는 정무*하면서까지 새해가 오기만을 고대하고 또 고대한다.

일본 사람은 정월 1일이 되면 '오메데도'라고 하는데, 오메데도는 곧 경사스럽다는 말이다. 조선 사람도 새해 인사로 "새해에는 재물을 많이 모았으니 매우 기쁘오", "새해에는 아들을 낳았다 하니 매우 기쁘오", "새해에는 질병의 고통이 다 없어졌다 하니 매우 기쁘오", "어떠어떠하니 기쁘오", "어떠어떠하니 감축하오"라고 하며 사람들마다 모두 "기쁘오", "감축하오"를 반복한다. 그렇다고 정월 1일에 과연 재물을 다 모았는가, 아들을 다 낳았는가, 모든 질병의 고통이 다 사라졌는가? 그렇지 않다면 이 말은 새해에 그리 되라는 축사인가?

만일 축사라고 하면 재물을 모았을 때, 아들을 낳았을 때, 질병의 고

---

**박두** 기일이나 시기가 가까이 닥쳐옴.
**정무停務** 사무를 그치고 쉼.

통이 없어졌을 때 해도 늦지 않다. 그런데 유독 새해가 시작되는 정월 1일에 사실이 아닌 허무맹랑한 축사를 하고 이것저것 모두 기쁘다, 모두 감축한다 하여 술 먹고 노래하고 춤을 춘다. 과연 새해가 되면 모든 일이 뜻처럼 될까?

새해는 과연 기쁜가? 정월 1일은 과연 기쁜가? 세상 사람이 모두 기쁘다고 인정한다. 만일 이런 말을 하면 미친 사람의 말처럼 보일지 모르겠지만, 미친 사람의 말이 아니다. 곧 우주의 위대한 진리요, 위대한 원리요, 위대한 철학이요, 위대한 이론이다. 누구든지 생각해 보면 모두가 당장에 탄복할 것이다. 어찌하여 그런가? 20이 30이 되고, 30이 40이 되고, 40이 50이 되어, 어제 이팔청춘이 오늘날 고당백발*이 되는 것은 무슨 까닭인가? 그것이 모두 여러분들이 기쁘다고 하는 새해를 해마다 맞이한 까닭이다.

새해를 지나려면 반드시 정월이라는 것을 거쳐야 하지 않는가? 그런 즉 해마다 사람을 늙게 하는 정월이 무슨 까닭에 그리도 경사스럽고 기쁜가? 북을 치고 서울 구석구석을 다 돌아다녀도 기쁜 것이라곤 손톱의 때만큼도 없을걸.

옳지, 옳지! 정월을 지날 때마다 저승길이 가까워 오니까 어서 죽는 것이 좋아서 기쁘다 기쁘다 하는 것이야. 그러면 세상 사람들은 모두 죽는 것을 좋아하고 있는 것인가?

[양천대소 46화]

# 금년도 특별세 증가

## 첩의 세금

전국의 첩을 조사하면 몇 십만인지 그 수를 알 수 없을 정도다. 이들은 모두 세상의 곡식을 좀먹는 자요, 도덕을 파괴하는 자요, 가정을 요란케 하는 악마다. 그러니 반드시 눈알이 빠져 달아날 만큼 무거운 세금을 부과하여 자연히 없어지도록 해야 할 것이다. 이들과 짝이 되는 어리석은 남자들도 그 죄를 면할 수 없으니 상당한 세금을 부과할지어다.

## 미택세와 별장세<sup>●</sup>

가옥세라고 하는 것이 있다. 하지만 주거나 영업을 목적으로 하는 가난한 사람들의 집을 지극히 사치스러운 수전노<sup>●</sup>들의 내사랑, 외사랑, 후원, 앞마당의 기화요초, 분수 등을 모두 갖춘 집과 똑같이 세금을 매긴다면 가난한 사람들이 억울하다 할 것이다. 따라서 좋은 집을 가진 자들에게 세금을 부과할지어다. 그중에서도 특히 신사의 별장에 대해서는 중과세를 부과할지어다.

---

**고당백발高堂白髮**  당(唐)나라 이백(李白)의 시 〈장진주(將進酒)〉 중에 "높은 집 거울 앞에 비친 흰머리를 슬퍼한다[高堂明鏡悲白髮]"에서 나온 말로, 어느 순간 늙어 백발이 된 처지를 말함.
**미택세美宅稅와 별장세**  좋은 집과 별장에 부과하는 세금.
**수전노**  돈을 모을 줄만 아는 인색한 사람을 낮춰 부르는 말.

### 금시곗세, 금안경세, 금강석지환세*

금시계를 가진 자에게는 금시곗세, 금안경을 쓴 자에게는 금안경세, 금강석 반지를 낀 자에게는 금강석지환세를 부과하여 사치 풍조를 없애고 국민으로 하여금 소박함을 지키게 한다면 일거양득*이 되지 않겠는가?

### 오락세

바둑, 장기, 옥돌*, 연극 및 기타 쓸데없이 시간을 허비하고 근면함을 방해하는 것들에 세금을 부과함.

### 유의유식*세

매일 아무 일도 아니하고 흐느적흐느적 노는 사람이 열이면 아홉가량이 되니, 이러한 무리에게는 중과세를 부과하여 근면한 사람이 되게 할지어다.

### 특별주초*세

남녀노소 귀천빈부를 막론하고 다 밥만 먹으면 넉넉하게 살 것인데, 그 외에 정신을 어지럽히는 술을 먹고 뇌에 방해가 되는 담배를 피운다. 술과 담배로 무단히 허비되는 돈이 일 년에 한 사람당 평균 일 원씩만 계산해 보아도, 조선 인구 1,300만 명이 허비하는 돈이 곧 1,300만 원이나 된다. 그러한즉 한 사람에게 특별주초세로 일 원씩 징수하면, 국고의 수입이 증가한다. 동시에 그 돈으로 인민에게 이익이 되는 사업을 계획하면 이 또한 일거양득이 아니겠는가?

## 연회세

근래에 연회●를 여는 풍조가 비상하리만큼 유행하여 두 사람 이상이면 연회비가 10원 이상, 10인 이상 50인 이하면 연회비가 20원 이상이다. 심지어 100원, 혹은 200원가량이 되기도 한다. 이것의 십분지일이나 오분지일의 세금만 부과하여도 무방하다. (어떠한 귀빈을 초대하든, 어떤 중요한 사항을 논의하든지 간소한 다과로도 넉넉할 터인데, 쓸데없이 성대한 음식을 갖추고 기악을 베풀어야만 연회가 되는지…. 이것은 필경 연회라는 구실을 세워 마음 가는 대로 놀려는 욕심을 드러낸 것이다.)

## 밀매음세

밀매음●하는 여자로서 수단이 민활한 자는 하루에 수백 원, 수천 원의 수입을 얻는다 하니, 여기에 중과세를 부과할지어다.

이상에서 제시한 세금을 실행하면 일 년 안에 국고 수입이 이천만 원 이상에 달할 것이다.

그리고 아래와 같은 벌금을 부과하면 수백만 원의 수입을 얻을 수 있다.

------------------------------

**금강석지환세**  금강석은 다이아몬드, 지환은 반지를 뜻한다. 따라서 금강석지환세는 다이아몬드 반지를 낀 사람에게 부과하는 세금을 말한다.
**일거양득**  한꺼번에 두 가지를 얻음.
**옥돌**  당구.
**유의유식遊衣遊食**  하는 일 없이 놀면서 입고 먹음.
**주초酒草**  술과 담배.
**연회**  음식을 차리고 손님을 청하여 즐기는 일.
**밀매음密賣淫**  법을 어기고 여자가 몸을 파는 일.

### 허언*의 벌금

허언을 하는 자에게는 벌금을 징수할지니 그러한즉 세상이 모두 정직한 사람이 되고, 죽은 뒤에라도 지옥에서 혀가 뽑히는 악형에서 벗어날 수 있으니 염라대왕도 얼마간의 번거로움이 줄었다면서 기쁨을 이기지 못할걸.

### 분노의 벌금

웃고 서러워하는 것은 아무 방해도 없지만, 성내는 것은 해가 되어 싸움을 하는 원인이 되므로 벌금을 부과하여도 무방하다.

### 불청결의 벌금

전염병의 미균*은 항상 청결하지 못한 곳에서 생기는 것이다. 그러니 청결을 엄격하게 시행하지 않으면 안 된다. 청결에 태만한 자에게는 벌금을 징수할 것이다. 그러면 돈이 생기고, 위생에 유익하고, 또 전염병 예방에 쓰이는 비용도 줄일 수 있을 것이다.

[앙천대소 73화]


## 없는 물건이 없다

오 년 동안 지루하게 싸우던 세계적 대전쟁이 종식되고 평화의 서광이 사해에 비춘다. 우리 조선에서도 만물이 소생하고 각종 사업이 일어나 회사와 상점이 장마에 버섯 자라듯이 한다. 그중에는 내용이 충실한 자도 있지만, 간판만 크게 써서 붙인 간상배*도 없지 않았다.

어느 곳에 있는 가게는 모두 합쳐 봐야 삼 칸밖에 안 되는 집인데, 간판은 아주 크게 붙였더라. 가게를 개시하는 날, 어떤 입심* 좋은 사람이 거기에 가서 장난을 칠 생각으로 가게로 들어갔다.

"어서 오십시오."

"이 가게에는 무엇이든지 다 있소?"

"네! 없는 물건이 없습니다."

"은수저 한 벌만 주소."

"없습니다."

"생선과 낙지 각각 열 마리씩 주소."

"그런 것은 없습니다."

"그러면 펄펄 끓는 빙수 한 그릇 주소."

"더운 얼음이 어디에 있소?"

"처녀의 고추 있소?"

"금시초문*이올시다."

"그럼 토끼 뿔 있소?"

---

**허언** 헛소리. 거짓말.
**미균菌菌** 세균.
**간상배奸商輩** 간사한 짓을 하여 부당한 이익을 보는 장사치 무리.
**입심** 거침없이 말하는 입.
**금시초문** 지금 처음 들음.

"녹용도 없습니다."

"그럼, 잠자리 눈곱이 있소?"

"보지도 못했습니다."

"그럼, 성냥이나 하나 주소. 담배 좀 피게."

"그것은 공짜니까 없습니다."

"아니, 그럼 간판만 크게 붙인 속 빈 강정*이로군."

"이 양반, 그렇게 무식한가? 그러기에 '없는 물건은 없다'고 쓰지 않았소."

간판에는 이렇게 쓰여 있었다.

> 특별 염가로 파오
> # 만물상점
> 없는 물건은 없소

[익살주머니 82화]

.

## 위생 문답

"밥을 먹지 않고서도 배가 고프지 않게 하는 방법이 없습니까?"

"어렵지 않소. 달걀, 빵, 우유, 과일 등과 같은 것을 드십시오."

"쌍둥이가 되는 이유는 어떻소?"

"비유하여 말하면 가지에 달린 과일을 막대로 쳐서 떨어뜨리는 것과 같소. 하나만 떨어뜨리려고 했는데, 한꺼번에 둘이나 셋씩 떨어지는 이치와 같소."

"부부가 화목하게 되는 약은 없나요?"

"원앙을 태여서 먹으면 기묘하지요."

"주근깨를 감추는 방법이 없나요?"

"분을 바르면 되지요."

"눈병에 제일 좋은 약은 무엇인가요?"

"고양이 눈알을 태여서 드시오."

"어리석고 못난 자를 고치는 방법은 없나요?"

"한 번 죽었다가 다시 환생해야지요. 그래도 고쳐지지 않으면 백 번 이백 번이라도 환생해야 할 것이오. 그러면 아무리 어리석고 못난 자라도 고쳐질 것을 보증하지요."

"난로나 선풍기나 얼음을 사용하지 않고 춥고 더운 것을 피하는 방법은 없나요?"

"여름에 더울 때에는 북극이나 남극으로 가고, 겨울에 추울 때에는 인도나 남태평양에 있는 여러 섬으로 여행을 하시오."

[앙천대소 60화]

------------------------------

**속 빈 강정** 겉으로는 그럴듯하나 실속이 없음.
**태이다** 다량의 액체에 소량의 가루를 넣어서 섞다.

# 우리들은 쥐로다

'예예' 하지 않고 '찍찍' 하는 것이 우리들의 기침이로다. 우리들은 찬장 뒤 컴컴한 곳에서 사는데, 나이는 몇 살인지 알 수 없어.

우리들은 매일 사람들의 가정이라는 것을 봐. 사람들은 만물 가운데 가장 영靈한 것처럼 하고 있지만, 제일 어리석은 것이더군. 우리들은 옷을 입으면 입은 채로 지내지. 빨래도 아니하니 해질 일도 없지. 그런데 사람들은 유행이니 신식이니 하고 각각 하이칼라로 돈만 허비하는 것이 아주 장기더군. 또 벗은 몸에 냉수를 끼얹고도 오히려 덥다 하고, 솜옷 입은 위에 화롯불을 쬐이고도 오히려 춥다 하니 그렇게 괴로운 세상을 어떻게 산담.

대체 제 욕심대로만 하려는 동물은 사람밖에 없을 게야. 감기가 들었다느니, 몸에 열이 난다느니, 설사를 한다느니, 두통이 난다느니 하는 것도 모두 다 저희들이 잘못하여 그런 것이지. 공연히 병을 만들어 가지고 비싼 약을 먹으며 고통스러워할 뿐 아니라, 열 배 스무 배씩 남겨서 약을 파는 의사에게 꾸벅꾸벅 절을 해 가며 감사하다고까지 하는 것을 보면 참으로 가소로워 못살겠네. 무릇 의원은 약을 파는 장사꾼이요, 병든 사람은 약을 사는 사람이 아닌가? 그런데 돈을 내고 약이란 것을 팔아 주는 사람이 도리어 장사꾼에게 절을 하고 감사하다고 하는 법이 어디에 있단 말인가? 원래 감사하다는 말은 장사꾼이 물건을 팔아 주는 사람에게 하는 말인데, 반대로 물건을 팔아 주는 사람이 감사하다고 하니 참으로 우스워 허리가 부러질 일이 아닌가?

그것은 그렇다 치고 사람들에게 좀 긴히 일러 줄 말이 있어. 요전에 우리들이 사는 집 아씨가 딸꾹질을 몹시 하니까 의원을 모시러 갔겠다. 그런데 의원이 와서 약방문으로 낸 것을 잠깐 보니 '엔산나도륨 4콤마쿠' '따부류에테알 6콤마쿠'이라 썼더군. 그것이 무슨 약이냐 할 것 같으면, 내가 너희들을 위해 설명해 주마. '엔산나도륨'이란 것은 곧 소금이요, 4콤마쿠란 것은 한 돈쭝*이지. '따부류에테알'이란 것은 곧 물이요, 6콤마쿠란 것은 반 사발쯤 되는 것이지. 알기 쉽게 말하면 소금 한 돈쭝에 물 반 사발이라. 그런 것을 돈 열닷 냥이나 주고 고맙다 고맙다 하니, 사람들은 다 일본 말로 '빠가'더라. 우리들로 말하면 그런 것을 피천* 반 푼이라도 내고 먹는 자는 보고 죽으려고 해도 없는데, 사람들은 그 아까운 돈을 내고 먹으니 참으로 기가 막혀.

우리들의 눈으로 볼 것 같으면 사람보다 우리가 양반이야. 왜 그러냐 하면, 사람들은 제 자식을 내다 버리는 자가 있는데, 우리들은 그런 나쁜 행위를 아니하지. 또 우리들은 사람들같이 거짓 부리는 법이 없지. 또 우리들은 사람들같이 허례를 숭상하고 허영심을 내는 법도 없지. 또 우리들은 사람들같이 법률이니 규칙이니 하는 것이 없는 동시에, 동족 간에 살인하는 일도 없고, 재판하는 일도 없고, 무슨 세금을 내는 것도 없지. 그런데 사람들은 저의 동류들 간에 욕지거리하기를 '쥐새끼 같은 놈'이라 하니, 우리들에게 그런 수치와 그런 명예훼손이 어디 있단 말

---

**돈쭝** 무게의 단위. 한 돈 정도 되는 무게.
**피천** 아주 적은 액수의 돈.

이냐? 그 대신 우리는 사람들이 쓰는 무슨 그릇 귀퉁이나 의복가지를 이빨로 좀 갉아 놓겠네.

[앙천대소 92화]


## 하이칼라 자동차

요새 흔히 하이칼라 하이칼라 하는데, 무엇을 가리켜 하이칼라라고 하는지 나는 도무지 알 수가 없습니다. 육칠십 년 전까지만 해도 우리 조선에서는 서양 사람을 만나면 소위 양이°한다고 하며, 마치 개장국에 넣을 개 잡듯 했습니다. 그러나 만국이 통상하는 오늘날에는 그 때 그랬던 사람의 자손들이 유학이니 외국 유람이니 하며 외국에 갔다가 돌아오면 바로 양첨지°가 되어서 "조선은 아주 말할 것도 없다"라고 합니다. 그러나 그렇다고 살찐 놈을 따라서 붓듯이° 조선 정신을 잊어버리면 우리의 앞길은 참으로 말할 것이 없게 됩니다.

그런데 똥골에 사는 어떤 청년이 영국 런던을 다녀온 후 썩 하이칼라가 되었다. 문패는 멋있게 가로로 써서 붙이고, 대문과 중문은 다 떼어 버렸다.

"이리 오너라!"

이것 봐라. 미닫이도 떼어 버렸네. 어디로 이사를 갔나? 사글세를 내지 않았나? 대청소를 했나? 이웃집은 아무 일이 없는데, 이것 참 이상

230

하네.

"나리께서는 안에 계십니다. 그저 들어가십시오."

"옳아. 이것이 딴에 하이칼라인걸!"

사선상* 대신에 서양식 통*을 세워 놓고, 의자 대신에 발판*을 깔고 앉은 것이 참으로 편안도 하겠다. 그런데 코안경*을 썼으니, 납작한 코에 안경이 얹힌 게 신통하다.

"영감, 기운이 어떠십니까?"

"누구요? 누군데 남의 집에 함부로 들어오시오? 엥⋯. 그렇기 때문에 나는 조선 사람을 싫어하오. 원래 남의 하우스house를 방문할 때에는 문에 있는 벨bell을 눌러야지. 아니, 우리 집에는 아직 벨을 준비하지 못했구나. 그 대신에 양철통을 매달아 놓았으니, 나무때기로 그것을 두드리시오."

"하우스가 무엇이오?"

"흥, 할 수 없군. 하우스는 우리 영국 말로 집이오. 벨은 초인종이고."

--------------------------------

**양이攘夷**  외국 사람을 오랑캐로 얕보아 배척함.
**양첨지洋僉知**  본래 첨지는 나이 많은 남자를 낮잡아 부르는 말인데, 여기서의 양첨지는 서양 문물에 빠진 사람을 조롱해서 부르는 말이다.
**살찐 놈 따라 붓는다**  살찐 사람처럼 되려고 일부러 붓는다는 뜻으로, 남이 하는 짓을 무리하게 흉내 냄을 비웃는 말.
**사선상四仙床**  다리가 긴 네모진 상. 한쪽에 한 사람씩 둘러앉을 만하게 되어 있다.
**서양식 통**  원형으로 만든 탁자.
**발판**  높은 곳에 올라가기 위하여 설치해 놓은 널. 의자를 이렇게 말한 것이다.
**코안경**  안경다리가 없이 코에 걸게끔 만든 안경.

"옳아! 집과 초인종이란 말이군요. 그러나 이제 우리 두 사람이 서로 대면까지 했으니 굳이 다시 나가 양철통을 두드릴 필요가 있겠소?"

"그렇지만 예의라는 것이 그렇지 않죠!"

"그럼, 가서 치지요."

땡, 땡, 땡….

"더 칠까요?"

"컴인come in!"

"뭐라고요? 컴인이 무엇이요?"

"들어오라는 말이요."

"그렇습니까? 나는 컹컹하기에 개가 짖는 줄 알았소. 그럼, 들어갈까요?"

"여보, 여보! 남의 집에 신발을 신고 올라오면 어떻게 하오?"

"그럼, 영감은 왜 신발을 신고 계시오?"

"나는 구두를 신었잖소."

"옳아. 구두는 상관이 없다는 것인가요?"

"참으로 개명開明도 못했구려. 왜 구두를 신지 않소?"

"영감, 억지 말씀 마시오. 왜 신지 않는다니? 그럼 구두를 예비로 하나씩 차고 다니리까?"

"흥, 할 수 없지. 그냥 들어오시오."

"들어오기는 했는데, 앉을 자리가 있어야지요?"

"참, 할 수가 없군. 사람이라는 것은 맨바닥에 앉는 것이 아니니, 의자에 앉으시오."

"의자가 어디에 있소?"

"그게 의자잖소?"

"어디 그게 의자요, 발판이구먼. 어떻든 고맙소."

"너무 그렇게 절할 것 없소. 도무지 예의를 모르는 사람이로군."

"아니, 절하는 것이 무엇이 실례요?"

"조선은 공맹●의 도를 숭상하여 그렇지만, 우리 구라파는 모두 섹캔드shake-hands요."

"뭐라고요? 섹캔드?"

"허, 이런 사람 보았나? 손을 내미시오."

"고맙습니다."

"무엇을 주려고 그러는 것이 아니오. 한 손만 내미시오. 왼팔이 아니고! 오른팔을 내미시오. 자, 이렇게 붙들고 하우아유How are you?"

"뭐라고, 항우● 아들이냐고요? 아니오. 우리 아버지는 힘이 약한 선비올시다."

"아니, 하우아유라는 말은 기운이 어떠하냐고 묻는 말이오. 섹캔드는 악수란 말이오."

"옳아. 그렇군요. 그럼, 영감 하우아유?"

"그런데, 나는 영감이라는 소리가 정말 듣기 싫소. 그러니 이후부터는 미스터라고 하시오."

---

**공맹**孔孟 공자와 맹자.
**항우**項羽 중국 진(秦)나라 말기의 무장. 숙부 항량(項梁)과 함께 군사를 일으켜 유방(劉邦)과 협력하여 진나라를 멸망시키고 스스로 서초(西楚)의 패왕(霸王)이 되었다. 그 후 유방과 패권을 다투다가 해하(垓下)에서 포위되어 자살하였다. 산을 뽑을 만큼 힘이 셌다고 한다.

"밑이 터졌다고요? 설사를 하시오?"

"아니, 미스터는 곧 영감이란 말과 같은 말이오."

"그럼, 미스터 영감!"

"그렇게 둘씩 포개서 부를 것 없소."

"옳아. 참, 미스터 언제 귀국하셨소?"

"한 십여 일 전에 왔소."

"그래, 그곳 물정˙은 어떠합디까?"

"참, 정말 코리아는 유치하여 큰일 났소."

"무엇이 그리 고단하단 말이요?"

"아니, 우리 영국 말로 코리아는 조선이란 말이오. 우리 영국 런던에 가 보시오. 커다란 집과 높은 누각이 시가에 즐비하게 늘어섰고, 도로 보수도 어찌나 잘하였는지 혀로 핥아도 먼지가 묻지 않소."

"그런데 조선 사람이 자꾸 '우리' 런던이라고 하니, 그것은 어찌 된 말이요?"

"나는 조선에서 태어났지만, 나의 정신은 영국에 있소. 조선은 바람이 불면 먼지투성이요, 비가 오면 길이 수렁이 되지요. 그런데 또 한 가지 안된 것이 있소."

"그게 무엇이오?"

"조선 냄새가 나오."

"나는 어제 목욕을 했는데…."

"그러니 제 흉은 제가 모릅니다. 우선 학교로 말해 보면, 영국의 소학교 학생들은 영어로 풀풀 수작을 하지요."

"그게 뭐 그리 신통하오? 자기 나라의 말을 자기가 하는 것이야 학교에 가지 않은들 모르겠소?"

"그럼, 당신은 왜 영어를 한마디도 못하오?"

"나는 조선 사람이니까요!"

"철도로 말해 보면, 영국에는 고가철도와 지하철도가 있고, 공중에는 비행기가 어찌나 많이 다니는지 낮에도 불을 켜야 견딜 정도지요."

"아, 그렇습니까? 영국의 물정은 대강 짐작하겠습니다. 그래, 어쩐지 영감의 얼굴이 여우 얼굴처럼 불그레하구려."

"아, 황인종인 조선 사람 같지는 않지?"

"육식을 많이 하셔서 그렇습니까?"

"육식도 하지요. 그러나 그까짓 육식만 해서는 안 되지요. 날마다 세수를 한 뒤에 북홍●을 바르지요."

"뭐라고요? 북홍을 바른다고요? 전각殿閣이라서 채색을 하오? 비둘기장에 태극 문양을 넣소? 그런데 머리는 쇠털같이 노르스름하니 영국에 가서 쇠털벙거지●를 사서 쓰셨소?"

"아니야. 머리는 날마다 소다로 씻지."

"옳아. 어쩐지 빨래 썩는 냄새가 나더라니…. 그런데 영감, 아니 미스터. 코안경을 쓰셨는데, 그 납작한 코에서 코안경이 떨어지지 않는 게 신통하구려."

-------------------------------

**물정** 세상의 이러저러한 실정이나 형편.
**북홍北紅** 매우 짙은 색의 물감. 궁궐이나 절에서 건물에 단청을 할 때 쓴다.
**쇠털벙거지** 털이 붙어 있는 쇠가죽으로 만든 모자. 주로 풍물놀이를 할 때 쓴다.

"응, 그것은 용수철이 강하니까 붙어 있지. 좀 구경하겠소? 자, 이렇게 생겼소."

"어이쿠, 저런! 콧등에서 피가 나는구려."

"용수철이 너무 세서 그렇지. 여기에 수건이 있으니 씻으면 그만이지."

"내가 보기에는 모두 천박한 짓거리 같소. 나는 웃돈 몇 만 냥을 준다고 해도 그따위의 위험한 일은 하지 않겠소."

"그렇기 때문에 우리 영국 사람들은 조선 사람과 다르오. 그런데 아직도 눈이 솔개 눈처럼 되지가 않소. 오전에 안상호* 의사를 찾아가 보았는데, 힘들 것 없다고 합디다."

"그래, 음식은 모두 조선 것을 잡수시오?"

"천만의 말씀. 모두 서양 요리지. 이제까지 남대문 안 패밀리 여관에서 가져다 먹었으나, 돈이 너무 많이 드는 까닭에 요새는 아주 새로 생긴 한 그릇에 8전짜리 요리로 고쳤소. 그런데 값이 싸서 그런지 맛이 우리 영국 요리와 대단히 다릅디다."

"값이 있구려! 세상에 값싸고 맛 좋은 갈치자반이 어디 그렇게 있겠소? 영감, 내가 돈 안 드는 요릿집을 천거해 줄까요?"

"그런 데가 어디 있소?"

"있다 뿐이겠소."

"아, 어디 있소?"

"경성 안에 가득하지요. 여러 말 말고, 내일 황요릿집을 한번 찾아가시오. 머리 색깔과 아주 맞췄소."

"간판을 무엇이라고 붙였소?"

"간판은 없지만 황요릿집을 찾으면 모를 사람이 없소."

"예끼, 고얀 사람! 황요릿집이란 게 뒷간을 말하는 것이 아닌가?"

"왜 아니겠소? 영감이 하도 노란 것을 좋아하기에 그랬소! 허허허….
그건 다 우스갯소리요. 영감 수염은 참으로 보기가 좋습니다."

"이 카이사팔트Kaiser mustache● 말이오?"

"뭐? 가제가 펄떡거려?"

"참으로 할 수 없는 사람이로군. 카이사팔트란 독일 황제의 수염이란
말이오."

"참 좋다! 일난풍화●하고 만자천홍●이로구나."

"여보, 그대는 오투모빌automobile을 좋아하시오?"

"좋아하다 뿐이겠소. 요새 꽃밭 속에서 마개를 뻥 하고 빼서 한 잔 마
시면, 우리 둘이 먹다가 영감이 죽어도 모를 정도지요."

"그게 무슨 소리요? 오토모빌은 자동차란 말이요."

"자동차라니? 영감만 영어를 아시오. 나는 삐루beer를 맥주로 배웠는
데…."

"그저 그만둡시다. 내가 더 잘 알겠소, 그대가 더 잘 알겠소? 대관절

-------------------------------

**안상호** 1902년에 조선인 최초로 일본 의사 자격증을 취득한 인물로, 순종의 전의(典醫)로 있었다. 종
로 3가에 개인 진료소를 열었다.
**카이사팔트** 카이저 수염[Kaiser mustache]. 양쪽 끝이 위로 올라간 콧수염으로, 독일 황제 빌헬름 2
세의 수염 모양에서 유래하였다.
**일난풍화**日暖風和 날씨가 따뜻하고 바람이 부드러움.
**만자천홍**萬紫千紅 울긋불긋한 여러 가지 꽃의 빛깔. 또는 그런 빛깔의 꽃. 날씨가 좋아 온갖 꽃들이
피어 있다는 말.

자동차를 타 본 일이 있소, 없소?"

"말만 들었소."

"한번 태워 줄까? 참으로 기가 막히지. 한 번만 뽕 하고 소리를 지르면 백 리는 가지."

"그럼, 기차보다 빠르겠구려."

"그러니까 비싸지."

"얼마나 합니까?"

"한 만 원 하지. 그래서 나도 아직 영국 것은 사지 못하고, 일본에서 하나를 사서 왔지."

"대관절 얼마나 주셨습니까?"

"120원 주었소."

"그건 미친개 값이로군요."

"그 대신에 몸살이 가끔 나지요. 어디 좀 타고 가 볼까요?"

"고맙습니다. 제주도에 우리 백부•가 계신데, 거기에 한번 가 보았으면 좋겠습니다."

"제주도는 바다가 있어서 안 되겠소."

"그럼, 우이동 꽃구경이나 갑시다. 그런데 운전수 노릇은 누가 하나요?"

"내가 하지."

"그만두시오. 그러다가 사람이라도 다치면 큰코다치게…."

"염려 마시오. 운전수만큼은 못하지만 나도 꽤나 만져 보았소. 영국에 있을 때는 두세 명 치어 죽였지만, 조선 같은 곳은 아무 염려 없소."

"에구, 그만둡시다. 나는 싫소."

"왜, 왜 그래? 잘 가다가 별안간 마마 그릇되듯*이 해."

"탄 셈으로 치고 그만두겠습니다."

"정말 싫거든 연전*에 빌려 간 돈 이백 원이나 내게."

"이거 큰일 났네. 자동차를 안 타려면 돈을 내라고? 무슨 돈이 지금 있나요?"

"왜 그렇게 멀찌감치 앉아 있어?"

"아이고, 그러면 어디 가 봅시다."

"사내대장부가 왜 그렇게 겁이 많아? 자, 올라타시오. 단단히 붙드시오. 조심하시오."

"이거 참 야단났군. 영감, 제발 천천히 갑시다."

"그럴 바에는 걸어가지. 자, 이제 떠나겠소."

"함부로 틀지 마시오."

"아따, 그것일랑 염려 마오. 잘못한다고 해도 사람밖에 더 치겠어?"

부릉, 부릉, 부릉.

"어떻소? 참으로 빠르지?"

"딴에 빠르기는 하구려. 좌우에 있는 집들이 풀풀 날아가는 것 같구려."

부릉, 부릉, 부릉.

--------------------------------

**백부** 큰아버지.
**마마 그릇되듯** 좋지 않은 징조가 보임을 이르는 말.
**연전** 몇 해 전.

"아이고, 어지러워. 아이고, 무서워!"

"염려 말아. 넘어지거나 사람 칠 염려는 손톱 끝만큼도 없소. 미개한 조선 같은 데서 무슨 염려가 있겠소? 우리 영국을 가 보세요. 어찌나 빨리 달리는지 가끔 전봇대에다 이마를 부딪치기도 하지요."

"영감, 천천히 갑시다. 이것 봐라, 모자가 날아갔다. 정차 좀 하시오."

"이왕 잃어버린 것을 할 수 있나? 일찍이 단념하시지."

"어제 십삼 원 주고 샀는데…."

"얼마를 주었다고 해도 어쩔 수 있나? 기계가 병이 나서 정차가 안 되는걸…."

"큰일 났구려. 그런데 영감의 모자는 어째서 저렇게 꼭 붙어 있소?"

"그러니까 멋쟁이지. 그런데 자네, 저 언덕 이름을 아나?"

"모르겠소."

"올라가기가 좀 어려울까 보네. 에라 여기서부터 전속력을 내야겠다."

탁, 탁, 탁.

"아이고, 어지러워! 다시 자동차를 탈 시러베아들* 놈 없네."

"염려 마라. 아차차! 그만 섰네. 이거 큰일 났군. 자네, 좀 내리게."

"어떻게 하란 말이오?"

"돌멩이를 집어다가 뒷바퀴에 괴이게. 만약 그대로 두면 가재처럼 뒷걸음질을 칠 것이니 어찌하겠소? 조선은 아직도 미개하여 큰일 났소. 우리 영국 런던의 언덕은 모두 평탄한데…."

"여보, 영감! 거짓말 그만하시오. 언덕이 평탄한 나라가 어디에 있소?"

"그렇지만 이렇게 비탈은 아니지. 그런데 이렇게 있으면 차가 저절로 가나? 당신이 좀 내려서 뒤를 미시오."

"내가 밀라고?"

"옳지! 저기서 아이들이 웃는다. 얘들아! 너희들에게 돈 십 전씩 줄 테니 좀 밀어라. 여보게, 당신도 그만두고 올라타시게. 잠깐만 이렇게 하면 도로 속력이 날 터일세."

탁탁탁….

"옳다, 이제는 되었다."

"아, 저 아이들에게 돈은 왜 안 주시오."

"줄 테니 따라와 보라지."

"이건 너무 빠르구려."

"내려가는 언덕이니까 그렇지."

"그럼, 큰일이나 안 나겠소?"

"그건 나도 모르지."

"큰일 났소, 큰일 났소! 이것 보시오. 늙은이를 치었소. 순사가 쫓아오오."

"아무리 쫓아와도 소용없다."

청년이 손잡이를 바짝 틀어서 모퉁이를 돌았다. 하지만 운전 솜씨가 서툴러 연못 속으로 풍덩 빠졌다.

--------------------------------

**시러베아들** 실없는 사람을 낮잡아 이르는 말.

"영감, 빠졌소."

"나무아미타불. 다치지나 아니하였소? 왜 이런 곳에 연못을 만들어 가지고서는. 그렇기 때문에 나는 조선을 싫어하오."

[익살주머니 9화]

# 13도 노인들, 탑골공원에서 재담 대회를 열다

조선의 중앙인 경성, 경성의 중앙인 탑골공원에서 13도 노인야담회가 조직되었다. 13도는 경기도, 충청북도, 충청남도, 경상북도, 경상남도, 전라북도, 전라남도, 강원도, 황해도, 평안남도, 평안북도, 함경남도, 함경북도이다. 이 13도에서 대표로 노인 한 분씩이 뽑혀 옛날이야기를 들려주는 모임이 조직된 것이다. 풍채 좋은 13도 노인들이 쭉 둘러앉아 더운 여름날 녹음 속에서 서늘한 바람을 맞으며 이야기를 하기 시작하였다. 소년, 청년, 장년, 노년 할 것 없이 전후좌우로 둘러싸서 방청하는 수백 명의 사람들이 모두 13도 노인들의 입만 바라본다. 그 순간 열세 분의 노인들 중 한 노인이 흰 수염을 휘날리며 나선다. 노인은 방청객들을 쭉 둘러본 후 말한다.

"여러분께 여쭐 말씀이 있습니다. 이 노인야담회로 말할 것 같으면 이름처럼 옛날이야기 모임입니다. 천국 갈 날이 멀지 않은 늙은 사람이 무엇을 할 수 있겠습니까? 여러분께 옛날이야기나 들려 드리고자 합니다. 착한 이야기는 본받고, 악한 이야기는 징계하면서 이 세상에 좋은 사람이 되기를 바랍니다. 이런 점에서 보면 이 야담회도 우리 사회에 유익함이 있을 줄 압니다. 여러분은 좋은 말이나 흉한 말이나 모두 조용히 들어 주시기를 바랍니다. 자, 이 사람은 경기도를 대표하는 자올시다. 경기도 이야기부터 한 마디 하겠습니다."

**조선 시대에 경기도 땅에 한 아이가 있었습니다.**

성명은 알 수 없는데, 세상 사람들은 이 아이를 '일지매一枝梅'라고 불렀습니다.

일지매가 어렸을 때의 일입니다. 일지매는 그의 아버지가 하는 행동을 유심히 살폈습니다. 아버지는 낮이면 잠을 자고 밤이면 밖에 나갔습니다. 그리고 아무 일도 하는 것 같지 않은데도 돈을 잘 쓰는 것을 이상히 여기던 일지매가 하루는 아버지께 여쭈었습니다.

"아버지는 벼슬도, 장사도, 농사도, 아무것도 않은 채 낮잠만 주무시다가 밤에만 잠깐 출입을 할 뿐인데, 어디서 돈이 나서 그렇게 물 쓰듯 하세요?"

아버지가 이 소리를 듣더니 마치 선지\* 방울을 뒤집어쓴 것처럼 얼굴이 새빨개지며 말했습니다.

"요놈의 자식! 어린 녀석이 그것을 알아 무엇하려느냐?"

그러고는 일지매를 마구 때렸습니다. 일지매는 아픔을 참지 못해 엉엉 울며 말했습니다.

"부자父子는 한 몸이라 하오니, 아버지가 하시는 일을 자식이 알고자 하는 것이 무에 잘못입니까? 아까 이 앞으로 포교가 지나가면서 제게 '네 아비는 무엇을 하느냐'라고 묻기에 '낮에는 들에 가서 농사짓고 밤에는 새끼를 꼰다'라고 했습니다만, 아버지가 정말 하시는 일을 알 수

---

선지  짐승을 잡아서 받은 피. 식어서 굳어진 덩어리를 국이나 찌개 따위의 재료로 쓴다.

가 있어야지요? 그래서 물었던 것입니다."

이 말을 들은 아버지는 때리던 매를 내려놓고, 눈이 동그래진 채 일지매의 등을 어루만지며 말했습니다.

"아, 내 아들이여! 대답을 잘했구나. 네 생각이 그렇다면 내가 하는 일을 말하마. 너도 알다시피 낮잠만 자다가 밤에 출입하는 게 무엇이겠느냐? 네 아비는 도적질을 업으로 삼고 있단다."

이 말을 듣자마자 일지매는 아버지의 무릎에 엎드려 엉엉 울며 말했습니다.

"아버지! 이게 무슨 말씀이십니까? 도적질하다가 포교에게 붙들리면 이 세상에서의 삶을 더 이을 수 없는 사람이 되고 맙니다. 이 세상 모든 사람들은 살기 위해 활동하는 게 아니겠습니까? 좋은 일을 하여야 생명을 보전할 수 있는데, 악한 일을 하면서 목숨을 유지하는 것은 이 세상에 죄를 짓는 일입니다. 그리고 살아 보려고 한 악한 행동이 오히려 죄악이 되어 나중에는 생명까지 빼앗기게 될 것입니다. 어찌 두려운 일이 아니겠습니까? 성현 말씀에 '누가 허물이 없겠는가마는 그것을 고치는 것이 가장 귀하다'°라고 하였습니다. 아버지도 이후로는 마음을 고쳐 착한 일을 하십시오."

일지매는 자꾸 흐느껴 울었습니다. 아버지도 일지매가 부탁하는 말을 듣고 마음에서부터 느껴워° 눈물을 뚝뚝 흘리며 말했습니다.

"오냐! 울지 마라. 이후로 다시는 도적질을 아니하마."

이 말을 들은 일지매는 벌떡 일어나 덩실덩실 춤을 추며 말하였습니다.

"이제 아버지께서 회개하셨으니 이렇게 좋은 일이 어디 있느냐?"

그렇게 좋아했습니다. 아버지는 일지매가 좋아서 춤까지 추는 것을 물끄러미 보다가, 다시 무슨 생각이 들었는지 눈을 감고 한참 동안 있었습니다. 그러다가 눈을 번쩍 뜨고 일지매에게 말했습니다.

"애야! 나는 다시 도적질을 하지 않겠지만 큰일 날 일이 하나 있다."

일지매는 좋아라 하다가 이 말을 듣고 눈이 휘둥그레지며 아버지를 쳐다보았습니다.

"무슨 일인데요?"

"도적질은 혼자서 하기 어렵기 때문에 동무들을 모아 함께 일을 한단다. 내 동무들도 한 백 명 정도 되지. 만일 그 모임에서 나오겠다고 하면 나는 아마도 그놈들에게 맞아 죽을 게다. 그러니 이 일을 어찌해야 좋겠느냐?"

일지매는 한참 동안 생각을 한 후 말했습니다.

"아버지, 그 사람들은 모두 어디에 있어요?"

"뒷산 등성이 너머에 있는 산골에서 한참 들어가면 큰 소나무 하나가 있는데, 그 나무 아래에 땅굴이 있거든. 그 사람들은 그 땅굴에 모여 있단다."

"네, 알겠습니다. 아버지는 안심하고 계세요."

일지매는 아버지가 말해 준 곳을 찾아갑니다. 아버지가 말한 뒷산 산골로 들어가 소나무 앞에 도착하여 땅굴을 찾는데, 마침 발밑에서 웅성

---

○이 말은 『좌전(左傳)』에 나오는 말이다. "사람이 누가 허물이 없겠는가마는 고치면 지극히 좋은 것이다[人誰無過, 過而能改, 是爲大善]."
**느껍다** 어떤 느낌이 마음에 북받쳐서 벅차다.

웅성하는 소리가 들렸습니다. 일지매는 땅에 귀를 대고 가만히 들었습니다.

"여보게! 누구든지 뒷마을 김 장자 집에 있는 금 항아리를 가져오는 사람을 우리들의 두령으로 삼기로 하세."

"글쎄, 그 항아리를 어떻게 가져온담?"

밑에서는 의논이 분분한 듯하였습니다.

'옳지! 이놈들이로구나!'

일지매는 그들이 도적들인 줄 알고 그 안으로 들어가려 했지만, 아무리 찾아도 출입문이 보이지 않았습니다. 문을 찾지 못한 일지매는 발로 땅을 꽝꽝 구르며 "아버지! 아버지!" 하고 소리를 질렀습니다. 도적들은 한참 김 장자 집 이야기를 하고 있었는데, 별안간 땅이 울리며 아버지를 부르는 소리에 눈이 동그래졌습니다.

"아, 어떤 놈이야?"

도적 중 한 놈이 소나무에 있는 땅굴 문을 열고 내다보며 말했습니다.

"요놈! 너는 누구냐?"

일지매는 땅굴 문 앞으로 달려오며 말했습니다.

"누구긴 누구예요? 아버지를 찾으러 왔죠."

"요놈! 네 아비가 누구란 말이냐?"

"누구긴 누구겠어요? 들어가 봐야죠."

도적놈은 일지매가 열두세 살밖에 안된 어린아이인 까닭에 마음 놓고 땅굴로 불러들였습니다.

"네 아비가 누구란 말이냐?"

248

일지매는 땅굴로 들어가 생글생글 웃으며 좌우를 휘휘 둘러보았습니다.

"우리 아버지는 아니 계시네. 어디를 가셨을까?"

"네 아비가 누구란 말이냐?"

"누구긴 누구예요? 다들 아시면서 그러세요?"

"무엇을 알아?"

"무엇은 무엇이에요? 저도 다 알아요."

"네가 무엇을 안단 말이냐?"

"그러면 몰라요? 김 장자 집 일도 제가 다 아는데….."

"김 장자 집 무엇을 알아?"

"김 장자 집 금 항아리요!"

이 말을 들은 도적놈들은 서로 쳐다보며 말했습니다.

"하, 요놈 보게."

그러다가 일시에 일지매에게 말했습니다.

"김 장자 집 금 항아리를 네가 어떻게 아느냐?"

"어떻게 알기는 어떻게 알아요? 지금 이야기들 하셨잖아요. 금 항아리를 가져올 수 있는 의견을 내는 사람을 두령으로 삼겠다고도 하셨잖아요."

"그래, 그럼 네가 의견이라도 내겠다는 말이냐?"

"내라고 하면 내지요. 뭐가 어렵다고….. 의견을 내면 저를 두목으로 삼으시겠어요?"

도적들은 어린아이의 말이 하도 영악하여 대답했습니다.

"그래! 네가 우리보다 좋은 의견을 낸다면 두령으로 삼다 뿐이겠느냐?"

"그러면 제가 김 장자 집에 갔다 올 것이니 반드시 제가 하라는 대로 하세요."

그렇게 말하고 일지매가 집으로 돌아오는데, 도적놈 하나가 부리나 케 달려오며 물었습니다.

"그나저나 네 아비가 누구냐?"

"제 아버지는 아무예요."

"응! 네가 아무개의 아들이로구나! 갔다 와서 의견을 잘 내놓아라."

그리고 땅굴로 들어갔습니다.

일지매는 집으로 돌아와 아버지를 보고 무엇이라 한 후, 거지 복색을 하고 김 장자 집 대문 앞으로 갔습니다.

"밥 한 술만 주세요!"

일지매가 크게 소리를 지르니, 안에서 한 여자가 나왔습니다.

"너는 지각없이* 무슨 밥을 달라고 하느냐? 지금 우리 아가씨께서 가 쁜 숨을 몰아쉴 만큼 위중한 상태에 놓여 경황이 없는데, 너는 그런 집 에 와서 무슨 밥을 달라고 하느냐?"

그러고는 밖으로 나가 버렸습니다. 이 말을 들은 일지매는 '옳지! 그 렇다면 내 계교가 금방 성공하겠다'고 생각하여, 중문까지 들어서서 더 큰 소리로 외쳤습니다.

"밥 한 술만 주세요!"

그러자 쉰 살 정도 되어 보이는 김 장자가 안에서 나오다가 배가 고 파 밥을 달라는 어린아이의 소리를 듣고 측은한 마음이 생겨 사랑으로 불러들였습니다. 그리고 일지매에게 밥을 내주었습니다. 밥을 다 먹은 일지매는 김 장자를 물끄러미 쳐다보며 말했습니다.

"주인어른께서 이렇게 밥을 주시니 배불리 잘 먹었습니다. 그렇지만 주인어른의 안색을 보니 수심이 가득하십니다. 댁에 무슨 걱정스러운 일이라도 있으신지요?"

이 말을 들은 김 장자는 일지매를 보고 이상히 여겨 말했습니다.

"어린아이가 배가 고프다고 해서 밥을 주었으면 먹고 갈 것이지, 주인 안면에 수심이 있고 없고를 어찌 알고 묻느냐?"

일지매는 천연덕스러운 표정을 짓고 말했습니다.

"한 번 배불리 먹여 주신 은혜를 입었는데, 어찌 예사롭게 가겠습니까?"

김 장자는 근심스러운 와중에도 껄껄 웃으며 말했습니다.

"네 말을 들으니 너는 제법 지각이 있는 아이로구나. 그러나 내가 걱정하는 것을 알아봐도 소용이 없단다."

"소용이 있고 없고는 나중 문제입니다. 무슨 일인지 들려주시기를 바랍니다."

일지매는 두 번 세 번 반복해서 물었습니다. 김 장자는 하도 정성스럽게 묻는 것이 기특하여 마지못해 대답했습니다.

"다른 일이 아니다. 내게 무남독녀가 있는데, 그 아이가 우연히 병이 들더니 모든 약을 써도 효험이 없더구나. 그리고 밤이면 밤마다 자꾸

---

**지각없다** 하는 짓이 어리고 철이 없거나 사물에 대한 분별력이 없다.

헛소리를 해서 걱정이란다."

"아, 그렇습니까? 제가 비록 아는 것이 없습니다만 병자를 한번 볼 수 있도록 해 주십시오."

"네가 본다고 무슨 좋은 도리가 있겠느냐?"

"네! 저희 집은 대대로 의술가 집안인 까닭에 제 나이가 아무리 어려도 들은 것이 많아 병자를 보면 대충 짐작할 수 있습니다."

김 장자는 일지매의 말이 하도 신통해서 병자를 보여 주었습니다. 병자를 본 일지매는 김 장자에게 병자의 생년월일시를 묻더니, 손가락을 꼽으면서 점을 쳤습니다. 그러더니 깜짝 놀라며 말했습니다.

"허허! 댁에 큰일이 났습니다. 이 병은 약을 쓰셔도 소용이 없겠습니다."

"그럼 달리 고칠 수 있겠느냐?"

"네, 있습니다."

"무슨 방법으로 고칠 수 있느냐?"

"다른 방법은 없고 어르신 댁 창고를 맡고 있는 창고신을 위로해야 하겠습니다."

"어떻게?"

"다른 일이 아닙니다. 아마도 댁의 창고에 보화가 묻혀 있나 봅니다. 보화라는 것은 활용이 되어 사람의 손으로 돌아다니며 양기를 받아야 합니다. 그런데 음지인 창고에 묻혀 있으면 그것은 요사스러운 것으로 변모합니다. 창고에 있는 것이 무슨 보물인지 모르겠습니다만 그 보물이 음기를 너무 많이 받아서 그만 요사스러운 것이 되어 변화를 부리고 있습니다. 그 보화의 조화로 인해 창고신은 견딜 수가 없었나 봅니다.

그래서 창고신이 집안 식구 중 아가씨에게 책임을 추궁하였고, 그것이 곧 아가씨의 병이 되었습니다. 그러니 어르신은 대감놀이*를 하시고, 그 보화를 꺼내 햇볕을 쏘이면 무사하겠습니다. 굿을 할 때에는 집 안에서 해서는 안 됩니다. 뒷산 성황당*에서 하십시오. 집 안에는 병자와 어르신만 남고, 그 나머지 집안 식구는 한 사람도 빠지지 않고 모두 성황당으로 가야 합니다. 하인과 비복들은 집 안에 남아 있어도 상관없습니다. 하지만 보화를 마당에 내어놓고 양기를 쏘일 텐데, 그럼 여러 사람의 눈에 띌 테고 그렇게 되면, 하인들 중에 불량한 마음을 가진 자가 무슨 나쁜 생각을 가질지 누가 알겠습니까?"

이 말을 들은 김 장사는 깜짝 놀라 '아! 이 아이는 사람이 아니라, 귀신인가 보네. 저가 귀신이 아니라면 어떻게 나만 알고 있는 금 항아리를 알 수 있을꼬? 참으로 신통하네'라고 생각하며 말했습니다.

"허허, 참! 네 말이 그럴듯하구나. 네 말과 같이 하려면 어느 날에 하는 것이 좋겠느냐?"

"하루가 급하지 않습니까? 내일모레가 좋습니다."

김 장자는 일지매에게 아주 빠져서 바로 굿을 할 준비를 했습니다. 일지매는 김 장자와 이별하고 바로 땅굴로 돌아와 도적들에게 비밀스러운 꾀를 가르쳐 주었습니다.

약속한 날, 과연 김 장자는 뒷산 성황당에 굉장하게 굿판을 마련하

---

**대감놀이** 열두거리굿의 하나. 무당이 집터를 지키는 터줏대감을 모셔서 하는 굿.
**성황당** 토지와 마을을 지켜 주는 서낭신을 모신 집.

고, 집안 식구는 어른 아이 할 것 없이 모두 다 성황당으로 보냈습니다. 김 장자는 친히 창고에 두었던 금 항아리 세 개를 마당에 꺼내 놓았습니다. 그리고 마루에 앉아 그 금 항아리만 바라보고 있었습니다.

그때였습니다. 일지매와 약속한 도적들이 김 장자의 집으로 달려들어 김 장자를 결박하고 어렵지 않게 마당에 놓인 금 항아리 세 개를 모두 집어 갔습니다. 김 장자가 아무리 악을 쓰며 소리를 지른들 집 안에는 하인이 하나도 없을뿐더러, 백 명이나 되는 도적놈을 누가 건드릴 수 있겠습니까?

도적이 떠난 뒤 김 장자는 급히 포도청에 기별을 하였습니다. 포도청에서는 김 장자의 이야기를 듣고 사방에 방을 붙였습니다.

"아무 날 김 장자 집 금 항아리를 가져간 도둑을 잡으면 상으로 금 항아리 하나를 준다."

이때 도적놈들은 금 항아리를 땅굴로 가지고 와서 일지매를 두령으로 삼고, 며칠 동안 잔치를 하며 좋아했습니다. 그러던 어느 날, 일지매가 도적들에게 말했습니다.

"여러분께서는 소문을 들으셨습니까? 지금 사방에 포교들이 늘어서서 우리를 잡으려 합니다. 만일 우리가 잡히면 포교가 우리를 오라●로 결박할 터이니, 우리는 결박을 당해도 그것을 푸는 방법을 알아 두어야 할 것입니다. 여러분들도 아셔야지요."

"암! 그렇지!"

"그 방법을 알려면 내일 아침에 굵은 새끼줄 두 발●씩 가지고 오세요."

도적들은 무슨 신통한 방법이 있는가 하며 다음 날 모두 굵은 새끼를 가지고 왔습니다. 일지매는 도적들에게 서로 결박을 짓게 하였습니다.

"여러분도 아시듯이 포교는 사정을 봐 가며 결박하지 않습니다. 단단히 결박할 것이니 사정 보지 마시고 세게 묶으십시오."

일지매의 명령에 따라 도적들은 서로 사정을 보지 않고 단단히 묶었고, 마지막으로 한 놈만 남았습니다. 이놈은 일지매가 힘껏 결박하였습니다. 이제 백 명 가까이 되는 도적놈들은 결박된 상태로 아픔을 참으면서, 일지매가 결박된 것을 푸는 방법만 가르쳐 주기를 기다렸습니다. 모두가 일지매의 얼굴을 쳐다보자, 일지매는 도적놈들이 모두 결박되었음을 확인하고 말했습니다.

"자, 여러분! 이제는 새주껏 묶인 것을 풀든지 끊든지 해 보십시오."

도적놈들이 평생 힘을 다해 끊으려 했지만 단단하게 묶인 끈은 끊어지지가 않았고, 아무리 풀려고 해도 풀리지 않았습니다. 오히려 고통만 더해질 뿐이었습니다. 그러자 도적놈들이 일지매를 쳐다보며 말했습니다.

"얘야! 아파 죽겠다. 어서 결박된 것을 풀거나 끊는 방법을 가르쳐 주어라."

"네! 가르쳐 드려야죠."

일지매는 주머니에서 무엇을 찾는 모양을 짓더니, 깜짝 놀라며 말했다.

"아차! 결박된 것을 풀거나 끊는 방법을 적은 비결을 주머니에 넣어 두었는데, 어젯밤에 검토하다가 그만 집에 두고 왔나 봅니다. 제가 가

--------------------------------

**오라** 도둑이나 죄인을 묶을 때에 쓰던, 붉고 굵은 줄.
**발** 한 발은 두 팔을 양옆으로 펴서 벌렸을 때 한쪽 손끝에서 다른 쪽 손끝까지의 길이이다.

서 금방 가지고 올 것이니, 여러분들은 잠깐만 기다려 주십시오."

일지매는 땅굴에서 나와 급히 도적을 잡는 자에게 상을 주겠다는 방을 떼어 내 포도청으로 들어가 다급하게 포도대장을 찾았습니다. 포도대장은 어린아이가 방을 떼어 가지고 와서 면회를 청하는 것이 이상하여 일지매를 불러들인 후 물었습니다.

"네가 무슨 이유로 방을 떼어 가지고 와서 나를 보자고 하느냐?"

"네, 다름이 아닙니다. 금 항아리를 가져간 도적을 잡는 자에게 상을 주신다고 하기에 도적을 모조리 잡아 놓은 다음, 이렇게 와서 고발하는 것입니다."

이 말을 들은 포도대장은 어린아이가 엄청난 거짓말을 한다고 생각하여 다시 물었습니다.

"그래, 네가 정녕 그놈들을 모두 잡았단 말이냐?"

"거짓 말씀을 고하겠습니까?"

"그럼, 잡은 놈은 어디 있으며, 모두 몇 놈이나 되느냐?"

"백 명은 됩니다."

"그러면 포교 몇 명을 데리고 가야 하느냐?"

"예, 두세 명이면 족합니다."

"요놈! 백 명이나 되는 도적을 두세 명만으로 어떻게 잡는단 말이냐?"

"두세 명으로도 충분합니다. 정 믿을 수 없거든 대감께서 친히 가 보시면 압니다."

포도대장은 말이 하도 허황되고 맹랑하여 일지매를 앞세우고 도적

소굴로 친히 갔습니다. 일지매는 도적 소굴만 가르쳐 주고 몸을 빼서 포도청으로 돌아와 도적들이 잡혀 오기만 기다렸습니다. 이때 포도대장이 땅굴로 통하는 문을 열고 보니, 과연 백 명이나 되는 놈들이 결박된 채 눈이 멀겋게 앉아 있었습니다. 포도대장은 어렵지 않게 도적들을 잡아 포도청으로 돌아왔습니다.

포도대장은 도적들을 뜰에 꿇어앉히고, 자신은 대청 위에 앉았습니다. 그때, 포도대장 곁에 서 있던 일지매가 말했습니다.

"대감께 아뢸 말씀이 있습니다."

"무슨 말이냐?"

"다른 말씀이 아니라, 이번 도적놈은 제가 처치하도록 해 주십시오."

포도대장은 백 명이나 되는 도적을 혼자서 결박한 것이 하도 신기하여 일지매의 요청을 받아 주었습니다. 도적들은 고개를 푹 숙인 채 처분만 기다리고 있는데, 문득 대청에서 어린아이의 목소리가 들렸습니다.

"이놈들아! 고개를 들고 나를 쳐다보아라."

도적들이 소리를 듣고 대청을 쳐다보니, 대청 위에 있는 사람은 천만의외의 일지매였습니다. 그러나 도적들이 무슨 말을 할 수 있겠습니까? 다시 고개를 푹 숙이고 어린아이에게 속은 것이 분하다고 생각할 뿐이었습니다. 일지매는 목소리를 다듬고 말했습니다.

"에이, 이놈들아! 너희들은 태평한 세상에 양민으로 태어나 살았지만, 직업이 없어서 목숨을 부지할 수가 없었겠지. 그래서 법으로 다스려지는 세상에 죄가 되는 줄 알면서도 감히 도적이 된 게 아니겠느냐? 너희들은 살기 위해 도적질을 하는 죄를 지으면서 도리어 그 죄로 인해

생명까지 빼앗길 줄은 어찌 생각하지 않았느냐? 오늘 너희들이 이렇게
잡혔으니, 너희들의 목숨이 어찌 될 줄은 말하지 않아도 알 것이다. 그
러나 포도대장님께서 특별히 은혜를 베푸시어 금 항아리 세 개 중 하나
는 너희들에게 나눠 주니, 너희들은 그것을 밑천으로 삼아 장사를 업으
로 하는 양민이 되거라."

이 말을 들은 포도대장은 하도 어이가 없어 말했습니다.

"이놈아! 도적을 살려 보내겠다니 그게 말이 되느냐?"

"아닙니다. 저놈들도 본심이 악한 것이 아닙니다. 이후 회개만 하면
저들도 양민이 될 것입니다. 양민이 되면 국가에 유익한 일을 할 사람
도 많을 것입니다. 그리고 포도대장님께서 이미 제게 허락하신 것이오
니, 저들을 모두 놓아주십시오."

일지매는 간청했습니다. 포도대장도 점잖은 처지에 이미 허락한 일
을 뒤집을 수 없었습니다. 두말할 수 없이 일지매에게 상으로 주려고
했던 금 항아리 하나를 모든 도적들에게 다 나누어 주고, 나머지 두 항
아리는 김 장자의 집으로 보냈습니다.

이후 일지매는 무슨 생각을 했는지 세상에 불평이 많은 사람이 되어
불의로 모은 재물을 빼앗아 불쌍한 사람들에게 나누어 주는 기괴한 일
들이 많았습니다. 그러나 너무 지루하기 때문에 여기서 그치고, 나머지
는 다음에 하겠습니다. 일지매는 그의 이름이 아닙니다. 세상에 불평한
사람이 되어 돌아다닐 때에, 무슨 일을 하든지 그 자리에 반드시 매화
한 가지를 그려 자신이 다녀간 표시를 보였습니다. 이런 까닭에 그를
일지매라고 불렀고, 정작 그의 이름은 전하지 않게 되었습니다. 일지매

이야기를 잠시 들으니 감상이 어떠하신가요?

**저는 충청북도 대표입니다.**

우스운 말씀이지만, 조용히 들어 주시기 바랍니다.

우리 충청북도에는 백만장자가 있습니다. 백만장자에게는 아들이 하나 있는데, 그는 조금도 손발을 움직이지 않고 여기저기를 다니면서 물 쓰듯이 돈만 쓰고 다녔습니다. 그러던 어느 날, 그의 부친이 아들을 불러 말했습니다.

"애야! 그 많은 돈을 다 어디에 쓰느냐?"

"가난한 친구를 구조하느라 자연히 많은 돈을 쓰게 되었습니다."

"그럼, 네가 돌봐 주는 친구가 몇이나 되느냐?"

"수백 명은 되지 않을까 합니다."

"그 친구들은 네가 무슨 위험한 일에 처하면 사생을 돌아보지 않고 구해 줄까?"

"물론이지요."

"네 친구 중에서 특히 더 친하고, 네 은혜를 가장 많이 입은 친구도 있겠지?"

"네, 있습니다. 어느 동네에 사는 아무와 어느 동네에 사는 아무가 그 중에서도 더욱 친하지요."

"애야, 그러면 내가 하라는 대로 시험해 보겠느냐?"

"네, 그리하겠습니다."

그 후 어느 날, 백만장자는 통째로 삶은 돼지 한 마리를 섶*에 말아 아들에게 짊어지도록 했다.

"네가 그중 절친하다고 한 아무에게 가서 여차여차해 봐라. 그 사람이 어찌하나 보자."

아들은 부친의 말에 따라 돼지를 섶에 말아 짊어지고 절친한 친구의 집으로 가서, 급히 친구를 불렀습니다. 친구는 안에 있다가 아들의 소리를 듣고 반가워하며 신을 신을 새도 없이 급히 뛰어나왔습니다.

"어, 아무갠가? 나가네!"

친구는 급히 대문을 열었습니다. 아들은 부친의 명령대로 손을 홰홰 저으며 조용히 말했습니다.

"쉬―! 아무 소리 말게."

친구는 무슨 영문인지 몰라 물었습니다.

"아! 자네가 여기 웬일인가? 그나저나 자네가 짊어진 것은 무엇인가?"

"큰일 났네. 실은 내가 실없이 누구와 말다툼을 하다가 살인을 하였네. 이 일을 어찌하면 좋겠나? 아무리 생각해도 의논할 사람이 자네밖에 없어서 죽은 놈을 섶에 싸서 지고 왔네. 그러니 자네가 조처를 해 주게."

이 말을 들은 친구는 별안간 오만상을 찌푸리며 말했습니다.

"큰일 났네그려. 어쩌다가 살인을 했는가? 참 안되었네. 나는 집 안에 출산이 임박한 아내가 있어서 어찌할 수가 없네. 그리고 내가 자네와 같이 송장을 처치하면 둘이서 공모했다고 할 것이니, 자네 혼자 깊숙한 산속에 가서 그것을 버리는 것이 좋겠네. 나는 일이 급해 들어가네."

그러고는 문을 닫고 들어가 버렸습니다. 백만장자는 멀찍이 서서 동정만 살피다가 도로 나오는 아들에게 물었습니다.

"또 누가 친하다고?"

아들은 다시 절친한 친구에게 갔지만, 그 친구 역시 아까의 친구와 다름이 없었습니다. 백만장자가 다시 물었습니다.

"또 누가 친하냐?"

아들은 두 군데서 그 꼴을 당하고 나니 또 어디를 가자고 할 용기조차 사라지고 말았습니다. 아들이 묵묵히 있자, 백만장자는 내려놓은 돼지를 짊어졌습니다. 그리고 아들과 함께 자기 친구의 집으로 가서 아들이 했던 것처럼 친구를 불렀습니다. 친구는 천천히 걸어 나오며 말했습니다.

"이 밤중에 무슨 일이신가?"

백만장자가 다급하게 말했습니다.

"여보게, 큰일 났네. 이 일을 어찌하면 좋은가?"

친구는 깜짝 놀라며 물었습니다.

"무슨 일인가?"

"여보게. 이 늙은이가 어쩌다가 살인을 하였는데, 이 일을 어찌하면 좋겠는가? 자네와 의논하여 이 송장을 치워 버리려고 이렇게 불쑥 찾아왔네."

"아, 큰일 났네그려. 그나저나 여기까지 그것을 짊어지고 오느라 얼

----

섶  왕골이나 부들과 같은 것으로 만든 자리.

마나 무거웠겠나?"

그러고는 짊어진 돼지를 받아서 안으로 들였습니다.

"어서 들어오게. 누가 보겠네."

백만장자는 아들과 함께 안으로 들어갔습니다. 친구는 급히 짊어진 돼지를 창고에 가지고 가서 숨겨 둔 다음 밖으로 나왔습니다.

"얼마나 마음고생이 심했겠나? 술이나 한 잔 마시면서 놀란 마음을 달래게."

친구는 술을 가지고 와서 대접하였습니다. 그러나 백만장자는 일부러 술을 마시지 않고 급히 말했습니다.

"술도 술이지만, 일단 저것을 치워야 하지 않겠나? 나는 이 일에 자네까지 연루\*될까 걱정이네."

"아따 걱정은…. 연루가 되든 안 되든 그것은 추후 문제가 아닌가? 우선은 술이나 드시게. 설령 자네의 일 때문에 내가 봉변을 당한다고 해도 상관이 없네."

그러자 백만장자가 껄껄대고 웃으며 말했습니다.

"자네가 나를 이렇게 사랑해 주니 고맙네. 창고에 둔 것을 가져오게. 그것은 송장이 아니라, 돼지를 삶은 것이니, 그것으로 술안주나 하세."

이것을 보면 어떠한 친구가 진정한 친구인지 생각해 볼 필요가 있겠죠?


**저는 충청남도 대표올시다.**

우리 도에 있는 한 노인이 친구를 찾아가는데, 마침 세 갈래로 난 길 어귀에 이르렀습니다. 노인은 어느 길로 가야 할지 몰라 주저주저하는데, 마침 길모퉁이에서 대여섯 명의 아이들이 노는 것을 보았습니다. 노인은 그중에 한 아이를 불러 물었습니다.

"애야, 김 동지 집을 찾아가려면 어느 길로 가야 하느냐?"

아이는 노인을 물끄러미 쳐다볼 뿐, 아무 대답도 하지 않고 친구들과 장난만 칩니다. 노인은 화가 나서 아이를 꾸짖었습니다.

"이놈아! 어른이 묻는 말에 안다든지 모른다든지 대답을 해야 할 것이 아니냐?"

"대답을 하든 하지 않든 그것은 제 자유인데 왜 그렇게 소리를 지르세요?"

그러자 곁에 있던 아이가 나서며 그 아이에게 말했습니다.

"야, 김 동지라면 네 할아버지잖아. 가르쳐 드리지, 왜 그래?"

그러자 아이는 얼굴이 빨개지며 도리어 자신에게 핀잔을 준 친구를 꾸짖었습니다.

"너는 네 할 일이나 하지, 왜 남의 일까지 참견이냐?"

"너도 참 별난 성격이다."

그 아이는 이렇게 말한 후, 노인에게 말했습니다.

"이것 보세요. 김 동지는 저 아이의 할아버지인데, 그 집에 가려면 이 길로 가면 됩니다."

노인은 고맙다고 말하고, 김 동지 집을 찾아갔습니다. 김 동지는 몇

---

**연루** 남이 저지른 범죄에 연관됨.

년 만에 찾아온 오랜 친구를 반갑게 맞으며 말했습니다.

"오랜만일세. 어서 올라오시게."

노인은 반갑게 인사하고 사랑에 앉아 같이 술을 마시며 여러 해 동안 서로 그리워하던 회포˙를 풀고 있었습니다. 땅거미˙가 질 무렵, 밖에서 아이 하나가 쪼르르 들어왔습니다.

"할아버지!"

"오냐, 기남이냐? 이리 들어와서 이 할아버지께 절을 드려라."

기남이는 할아버지의 명령을 듣고 안으로 들어와 절을 드렸습니다. 노인은 한참 동안 기남이를 보다가, 친구인 기남이 할아버지에게 말했습니다.

"자네가 똑똑한 손자를 두었네. 이 아이는 지금 어느 학교에 다니나?"

"지금 보통학교 오 학년이네."

"그런가? 그럼 공부는 무던히도 했겠네. 벌써 우리가 모르는 자유까지 찾는 것을 보면."

그러고는 조금 전에 길을 묻다가 모양이 흉했던 말을 전했지요. 이 말을 들은 김 동지는 몹시 화가 나서 큰 소리로 말했습니다.

"저런 고얀 놈이 어디 있느냐? 기남이, 이놈! 너는 어서 회초리를 가지고 가서 저 어른께 잘못을 빌고 종아리를 맞아라."

그러자 기남이는 눈만 끔쩍끔쩍하며 제 할아버지를 바라보았습니다. 그리고 말을 합니다.

"저는 그렇게 할 수 없는데요!"

김 동지는 더욱 화가 나서 물었습니다.

"어찌해서?"

"할아버지께는 제 친권*이 없으니 복종할 수 없습니다."

"그럼 네 아비가 하라고 하면 하겠느냐?"

"그렇습니다."

김 동지는 분기*가 충천하여 곧바로 아들을 불렀습니다.

"네가 매를 들어 저놈을 때려라!"

"저는 때리지 않겠습니다. 아무리 아버님 명령이라 해도, 저놈도 제 자유로 한 것이지 않겠습니까? 저나 아버님께 죄를 지은 일도 없고요. 또한 저 아이에 대한 친권은 제게 있습니다. 때문에 때리느냐 때리지 않느냐 하는 판단은 제 자유이지, 아버님의 명령으로 할 수 있는 일이 아닙니다."

이 말을 들은 김 동지는 하도 기가 막혀 멍하니 앉았다가 조용히 말했습니다.

"그러면 이 세상은 모두 자유로구나. 그럼, 나도 자유 좀 해 보자. 자, 너희들은 모두 나가거라. 우선 나는 이 어른과 자유로 술을 마셔야겠다."

두 사람은 밤늦게까지 취하게 술을 마셨습니다.

------------------------------

**회포**  마음속에 품은 생각이나 정(情).
**땅거미**  해가 진 뒤 어스레한 상태. 또는 그런 때.
**친권親權**  부모가 미성년인 자식에 대하여 보호·감독을 내용으로 하는 신분상·재산상의 권리와 의무를 통틀어 이르는 말.
**분기**  분한 생각이나 기운.

다음 날, 할아버지는 가난한 친척들과 친구들을 모두 불러 크게 잔치를 벌였습니다. 그리고 그들에게 재산 전부를 조금씩 나누어 주었습니다. 아들과 손자는 할아버지의 거동을 보고 깜짝 놀라 달려와서 물었습니다.

"아버지! 이게 무슨 일입니까? 아들과 손자를 두고 재산을 모두 없애시니, 이 무슨 일이란 말입니까?"

김 동지는 엄한 얼굴로 말했습니다.

"이 재산은 조상에게서 물려받은 유산도 아니고, 너희들이 장만한 것도 아니다. 모두 내가 피땀을 흘려 모은 것이다. 그러니 나도 내 자유로 내 재산을 친구와 친척들에게 나눠 준 것이다. 너는 내 아들인 까닭에 네게 부여된 아무 데 논만 가지면 될 것이다."

아들은 아무 말도 하지 못했습니다.

자유를 너무 찾으면 이런 낭패를 당하는 것입니다. 요새 신진 청년들은 깊이 생각해 볼 일입니다.


### 저는 경상북도 대표올시다.

저는 짧은 이야기를 하겠습니다.

예전에 우리 도에는 수절*하는 과부가 있었는데, 얼굴은 일색이고 재주는 백공*이었습니다. 그런데 같은 마을에는 아내와 사별한 부자가 있었는데, 그는 이 과부를 데려다가 살려고 생각했습니다. 그는 꾀를 내서 그 마을의 존위*와 두민*은 물론이고, 읍내에 사는 아전과 사령들에게 많은 돈을 주어 '이렇게 저렇게 하라'고 부탁을 해 두었습니다.

266

그리고 자신은 그 고을 사또에게 소지를 올렸습니다.

"제가 있는 마을에 사는 과부와 저는 몇 년 동안 동거를 하였는데, 별안간 트집을 잡아 살기 싫다고 합니다. 바라옵건대 밝은 정사로 공정하게 판결해 주시기를 바랍니다."

소지를 본 사또는 과부를 불러 물었습니다.

"너는 무엇 때문에 수년 동안 동거하던 남편과 살기 싫다고 하였느냐?"

이 말을 들은 과부는 순간 당혹스러워 얼굴색이 변하며 아뢰었습니다.

"빙옥● 같은 몸에 더러운 누명을 들었사오니 이런 원통한 일이 어디 있겠습니까?"

과부의 말을 듣고, 사또는 누가 옳고 누가 그른지 도저히 알 수가 없었습니다. 잠깐 생각을 하던 사또가 다시 명령을 내렸습니다.

"저 과부가 사는 마을의 존위와 두민을 불러들이라."

존위와 두민이 오자, 사또는 바로 질문을 하였습니다. 그러자 존위와 두민은 이미 부자와 약속을 했던 터라, 과부는 부자와 함께 살았다고 대답하였습니다. 사또는 그래도 미심쩍어 다시 말했습니다.

"저 사람들의 말과 같다면 소문이 파다하여 읍내에서도 응당 알았을

--------------------------------

**수절** 정절을 지킴.
**백공** 모든 일에 재주가 있음.
**존위**尊位 한 마을의 어른.
**두민**頭民 한 마을에서 나이도 많고 식견이 많은 사람.
**빙옥** 얼음과 옥을 아울러 이르는 말. 맑고 깨끗하여 아무 티가 없음을 비유적으로 이르는 말.

것이다. 그러니 관속들을 불러들이라."

이에 아전과 사령을 비롯한 관속들도 들어왔는데, 그들의 말 역시 존위와 두민의 말과 다름이 없었습니다. 과부는 기가 막혀 사또께 아뢰었습니다.

"이왕 이 지경에까지 이르렀으니 주변에 있는 사람들을 잠깐만 물리쳐 주십시오. 그러면 긴히 한 말씀을 아뢰겠습니다."

"그리하라."

사또는 곁에 있던 사람을 다 물리쳤습니다. 그러자 과부가 사또 곁에 바싹 다가서서 말했습니다.

"소녀의 애매함은 하늘과 땅이 알 것입니다. 저 부자가 소녀와 동거했다 하오니, 이왕에 동거하였다면 소녀의 신체 비밀도 알 것입니다. 소녀는 젖이 하나밖에 없는 외통젖이니, 부자가 저와 동거하였다면 그것도 알 것입니다. 이것을 가지고 물어보십시오."

사또는 과부의 말이 그럴듯하여 부자를 불러 물었습니다.

"네가 과부와 같이 살았다면 과부에게 무슨 신체적 징표가 있더냐?"

부자는 돈이 많은 사람인지라, 이미 돈을 많이 먹은 사령이 마루 밑에 숨어서 그 말을 엿듣고서 급히 부자에게 그 사연을 전했습니다. 그래서 부자는 이미 과부와 사또의 말을 알고 있었습니다. 부자가 당당하게 대답했습니다.

"저 과부와 오랫동안 살았는데 어찌 그 표적을 모르겠습니까? 과부는 젖이 하나뿐인 외통젖입니다."

그러자 과부가 나서며 벼락같이 호령하였습니다.

"이놈! 하늘이 처음 열린 후 외통젖도 있다더냐? 자, 보아라! 내 젖은 둘이다."

부자는 헛되이 돈만 썼습니다. 이런 것은 청춘 남녀도 한번 생각해 볼 일입니다.


## 저는 경상남도 대표올시다.

경상남도에는 무식한 것이 평생 한이 되었던 사람이 있었습니다. 그래서인지 그는 아들도 아닌 딸에게 『천자문』을 가르쳤습니다.

어느덧 세월이 흘러 그 딸을 시집보낼 때가 되었습니다. 그때 딸이 말했습니다.

"『천자문』에 관한 한 으뜸인 사람에게 시집을 가겠습니다."

부모가 여기저기에서 딸이 말한 사람을 구하던 중, 마침 생강을 팔러 다니는 아이가 들어왔습니다.

"채중개강●이라 하니, 생강을 사십시오."

이 말을 들은 부모는 '저 아이가 『천자문』에 으뜸인가 보다' 하고, 안으로 들어가 딸에게 말했습니다.

"이제야 『천자문』에 으뜸인 사람을 보았다."

그 말을 듣고, 딸은 사랑 골방으로 나와 생강 장수에게 들리게끔 놋요강에 '쏴' 하고 오줌을 누었습니다. 그 소리를 들은 생강 장수는 조용

---------------------------

채중개강菜重芥薑 『천자문』에 나오는 말로, '채소는 겨자와 생강이 중하다'는 의미이다. '과일은 오얏과 능금이 보배이다[과진이내(果珍李柰)]'와 짝을 이룬다.

히 말했습니다.

"공곡전성●이로구나."

딸은 "이 아이야말로 『천자문』에 으뜸이로구나"라고 하며 몹시 좋아했습니다. 부모도 기뻐 즉시 택일하여 생강 장수를 사위로 정했습니다.

첫날밤에 신부는 방에 쳐 놓은 백자도● 병풍을 가리키며 말을 했습니다.

"저것을 보고 글을 지어 보시지요."

신랑은 응낙하고 즉시 '도사금수'●라고 하였습니다. 그러자 신부가 화를 내며 말했습니다.

"졸장부였네."

그러고는 신랑을 내쫓았습니다. 신랑은 하릴없이 쫓겨나 담 밑에 서 있었는데, 마침 장인이 나왔다가 그 모습을 보고 물었습니다. 신랑은 앞서의 사연을 말한 후, 다시 말했습니다.

"제가 화채선령●이라고 할 것을 도사금수라 하였다가 쫓겨났으니, 운등치우● 하는 날에 속이원장● 하겠습니다."

장인이 곧바로 딸에게 가서 사위가 한 말을 그대로 전하자, 딸이 듣고 말하였습니다.

"진작 그런 문장을 쓰지."

이제 신랑을 도로 불러들였답니다. 이런 것을 보면 무식하면 장가들기도 어렵지 않겠습니까?

**저는 전라북도 대표올시다.**

우리 도에는 우스운 일이 있습니다.

한 사람이 장가를 들었는데, 첫날밤에 신부가 신랑에게 말을 하더랍니다.

"우리 고을에선 혼인하면 다음 날 동네 사람들을 불러 잔치를 합니다. 그때 신랑에게 노래를 부르라고 합니다. 그러니 내일 당신이 노래를 잘해야만 민망함을 당하지 않을 겁니다."

"나는 노래 부르는 것은 고사하고 듣지도 못하였소. 그러니 어찌해야 좋단 말이요?"

"그럼, 제가 몇 바니를 가르쳐 줄 것이니, 당신은 그대로 따라 하세요."

그렇게 말을 하고, 신부가 노래를 가르칩니다.

"솔잎은 하청청한데."

신랑이 받아서 큰 소리로 부릅니다.

"솔잎은 하청청한데."

---

**공곡전성空谷傳聲** 『천자문』에 나오는 말로, '산골짜기에서 크게 소리치면 그대로 전해진다'는 의미이다. '빈방에서 소리를 내면 울려서 다 들린다[허당습청(虛堂習聽)]'와 짝을 이룬다.

**백자도百子圖** 여러 사내아이들이 노는 광경을 소재로 그린 그림. 남자아이를 많이 낳기를 기원하는 의미로 신부의 방에 두는 민화이다.

**도사금수圖寫禽獸** 『천자문』에 나오는 말로, '새와 짐승을 그렸다'는 의미이다. '신선과 신령을 그려 채색하였다[화채선령(畫彩仙靈)]'와 짝을 이룬다.

**화채선령畵彩仙靈** 『천자문』에 나오는 말로, '신선과 신령을 그려 채색하였다'는 의미이다. '도사금수'와 짝을 이룬다.

**운등치우雲騰致雨** 『천자문』에 나오는 말로, '구름이 날아 비를 이룬다'는 의미이다. '이슬이 맺혀 서리가 된다[노결위상(露結爲霜)]'와 짝을 이룬다.

**속이원장屬耳垣牆** 『천자문』에 나오는 말로, '담장에도 귀가 있다'는 의미이다. '매사를 소홀히 하고 경솔함은 군자가 실로 두려워하는 바다[이유유외(易輶攸畏)]'와 짝을 이룬다.

너무 큰 소리에 신부는 조용히 말했습니다.

"가만가만히 하세요."

신랑이 그 소리를 듣더니, 역시 조용히 따라 했습니다.

"가만가만히 하세요."

신부는 기가 막혀 말했습니다.

"안방에서 듣겠습니다."

"안방에서 듣겠습니다."

신부는 골이 나서 탄식하듯이 말했습니다.

"지지리도 못났네."

"지지리도 못났네."

신부는 하도 어이가 없어서 그저 웃었습니다. 그러자 신랑도 웃으며 말했습니다.

"당신이 웃는 것을 보니 내가 노래는 퍽 잘하나 보구려."

신부가 기가 막혀 말했습니다.

"첫날밤에 속이 이렇게 타는데, 백 년 동안 해로할 생각을 하니 답답하구나."

그렇게 말했답니다.


### 저는 전라남도 대표올시다.

본 도에는 이런 이야기가 있습니다.

딸을 둔 어떤 부자가 사위를 구하며, 누구든지 거짓말 세 마디를 잘하면 그를 사위로 삼겠다고 했습니다. 이 말을 들은 많은 사람들이 가

지각색의 거짓말을 공교하게 꾸며서 도전했지만, 부자는 마지막 이야기에서는 거짓말이 아니라며 퇴짜를 놓았습니다. 그 바람에 아무리 뛰어난 거짓말쟁이라도 세 마디를 모두 성공하지 못했습니다.

그러던 중 어떤 한 총각이 부자를 찾아왔습니다. 부자가 곧바로 거짓말 듣기를 청하자, 총각은 천연스럽게 웃으며 말했습니다.

"오면서 이 고을에서 농사짓는 것을 보았는데, 모두가 잘못하더군요."

"어찌해야 잘하는 것인고?"

"농사를 잘하려면 논의 길이와 넓이를 측량한 다음, 조지소*에 가서 측량한 대로 장판지를 만듭니다. 그리고 거기에 구멍을 숭숭 뚫어서 논에 깔지요. 그리고 볍씨를 뿌리면, 볍씨가 구멍으로 들어가 싹이 나지요. 싹은 구멍으로 올라와 자라니, 따로 김을 맬 필요도 없죠. 추수할 때가 되면 장판지만 번쩍 들어 올리죠. 그러면 벼가 모두 훑어져 한 알도 축나지 않게 되지요."

"어디서 그런 농사를 한단 말이냐?"

"서울에서는 그렇게 합니다."

"이놈! 그것은 거짓말이다."

"그러면 거짓말 하나가 되었지요?"

"그래! 다음 이야기를 해 보게."

"여기서는 더울 때에 어떻게 피서를 합니까?"

---

**조지소造紙所** 조선 시대에 종이를 뜨는 일을 맡아보던 관아. 여기서는 좀 더 넓은 의미로 종이와 장판 등과 같은 일을 맡아보던 가게를 뜻한다.

"별다른 방법이 없네."

"서울에는 특별한 방법이 있습니다. 겨울바람이 많이 불고 추운 날에는 독을 많이 준비해 두었다가 삼각산 꼭대기에 놓아둡니다. 그러면 찬바람이 독 안에 가득 차지요. 그때 두꺼운 종이로 그것을 단단하게 봉하여 바람이 빠져나가지 못하게 하지요. 여름철 매우 더울 때가 되면 종로 좌우편에 바람을 담아 둔 독을 드문드문 놔두지요. 그리고 굵은 바늘로 봉한 종이에 구멍을 숭숭 뚫어 놓죠. 그러면 그 구멍으로 겨우내 모아 둔 바람이 솔솔 나오죠. 그래서 서울 사람들은 모두 다 더위를 모르고 지낸답니다. 그뿐 아니라, 사람들마다 그것에 감사해하며 이삼 전씩 보조해 주니 그 돈을 모아 부자가 되는 사람도 있지요."

"그것도 거짓말이다."

"그럼 두 마디가 되었죠?"

"그래! 다음은?"

총각은 갑자기 주머니에서 손으로 직접 쓴 증서 한 장을 꺼내 놓고, 부자에게 내밀며 말했습니다.

"이 증서는 어르신의 선친께서 우리 선친께 빚을 졌다고 직접 쓴 수표입니다. 그러니 여기에 쓰인 돈을 갚아 주십시오."

이 말을 들은 부자는 순간 당황하여 가만히 생각했습니다.

'이런 일이 있다고 하면 돈을 물어 주어야 하겠고, 거짓말이라고 하면 불가불• 저 자를 사위로 삼아야 할 것이니 어찌하면 좋을꼬? 그래도 돈보다는 딸을 주는 것이 옳겠지.'

그래서 그 총각을 사위로 삼았답니다. 도대체 돈이라는 것이 무엇인지요?

## 저는 강원도 대표올시다.

우리 강원도 두메산골에 사는 한 여인은 원주 감영*이 좋다는 말을 듣고 한번 구경 가기를 원했습니다. 그러던 어느 날, 남편이 출타한 사이에 마침 원주 감영에 산다는 손님이 그 집에 들렀습니다. 여인은 몹시 기뻐하며 손님에게 자신의 평생 소원을 이야기했습니다. 손님은 문제될 것이 없다며 여인에게 중요한 물건만 대충 챙기게 한 후 함께 길을 떠났습니다.

얼마쯤 갔을까, 손님이 여인에게 말했습니다.

"이 길로 계속 가면 도중에 인가가 없으니 이삼일 동안은 찬 데서 잠을 자야 할 것이오. 그러니 쌀과 솥도 가지고 왔으면 좋았을 텐데, 그것을 잊었구려."

"에이그! 그러면 내가 도로 집에 가서 쌀과 솥을 가지고 올 터이니, 당신은 여기서 잠깐만 기다려 주시구려."

여인은 즉시 집으로 돌아와 솥에 쌀을 담은 다음, 그것을 머리에 이고 문을 나섰습니다. 그런데 거리에서 집으로 돌아오는 남편과 마주쳤습니다. 남편은 아내의 행동을 보고 물었습니다.

"솥을 이고 어디를 그리 급히 가시오?"

--------------------------------

**불가불** 하지 아니할 수 없어. 또는 마음이 내키지 아니하나 마지못하여.
**감영** 팔도에 파견된 관찰사(오늘날의 도지사)가 직무를 맡아보던 관아.

"아, 여보! 어디서 밤을 새고 이제야 돌아온단 말이오? 간밤에 도적이 들어 짭짤한 집안 세간을 모두 잃어버렸소. 그런데 사람들이 솥을 머리에 이고 쫓아가면 도적이 발이 저려서 도망가지 못한다고 하기에 이런 상태로 도적을 쫓아가는 것이라우."

그 말을 들은 남편은 즉시 집으로 들어가 가마솥을 떼어 머리에 이고 나오며 말했습니다.

"도적놈이 그렇게 작은 솥에 발이 저려 못 갈 정도라면, 이렇게 큰 솥을 머리에 이고 쫓아가면 도망가기는커녕 도리어 훔쳐 간 물건을 가지고 우리 집으로 되돌아올 것이 아니겠소? 그러니 그 솥은 내려놓고, 이 큰 가마솥을 가지고 쫓아갑시다."

여인이 남편을 말리며 말했습니다.

"그만두시구려. 만일 도적이 돌아오면 다시 또 무엇을 더 잃어버리겠죠."

이렇게 말하며 묵주머니를 만들었다*고 합니다. 이것을 보면 허영심을 가지면 낭패라는 것을 알겠지요?


### 저는 황해도 대표올시다.

본 도에는 이런 이야기가 있습니다.

연안 남팔방에 사는 신랑이 읍내로 장가를 가서 밥상을 받았는데, 장모가 곁에 앉아 이것저것을 집어 주며 먹도록 권했습니다. 나중에는 떡에 기름 같은 것을 발라 주었습니다. 신랑이 그것을 받아먹어 보니 그 맛이 얼마나 좋은지 마치 미칠 것만 같았습니다.

첫날밤에 신랑이 신부에게 물었습니다.

"오늘 큰 상에 놓였던 음식 중에 물도 아니고 기름도 아닌 것을 떡에 발라 주었는데, 그게 무엇인지 먹고 싶어 견딜 수가 없구려. 그것을 어디에 두었나요?"

신부가 빙그레 웃으며 말했습니다.

"그것 말이에요? 그것은 꿀이라고 합니다. 정방● 아랫목, 아버지 주무시는 머리맡에 있는 항아리에 담겨 있습니다."

신랑은 감질●이 나서 자다가 벌거벗은 채로 나갔습니다. 그리고 더듬더듬 항아리를 찾은 다음, 항아리에 손을 넣어 꿀 한 줌을 움켜쥐었습니다. 그런데 손을 빼내려고 하니, 항아리의 부리가 좁아 손이 빠지지 않았습니다. 신랑은 '항아리를 깨면 꿀을 먹을 수 있겠다'고 생각하여 손을 들어 항아리를 바닥에 메다쳤습니다. 그런데 공교롭게도 메다친다는 것이 장인의 이마였습니다. 장인은 깜짝 놀라 일어나며 소리를 질렀습니다.

"도적이야!"

신랑은 겁결에 뛰어나오다가 실수로 장모의 발을 밟고 말았습니다. 장모 또한 놀라 벌떡 일어나다가 이마로 신랑을 들이받았습니다. 신랑은 꿀을 먹으려다가 꿀도 먹지 못하고 괜히 이마만 다쳤지만, 아프다고 말을 할 수 있는 처지가 아니었습니다. 그런 와중에도 음흉이 있어서 같이 "도적이야" 하고 소리를 치고 다녔답니다.

--------------------------------

**묵주머니를 만들다** 싸움을 말리고 잘 조정함을 일컬음.
**정방**正房 한 건물에서 가장 중심이 되는 방.
**감질** 바라는 정도에 못 미쳐 애타는 마음.

## 평안남도 대표올시다.

여러분도 아시듯이 본 도의 명물로는 기생이 제일입니다. 예전부터 알려진 기생이 많았지만, 그중에서도 성천 기생 부용이가 유명합니다. 부용이는 서화와 가무에 능했습니다. 감사나 군수가 그곳에 부임하였다가 임기가 차서 돌아올 때에는 부용이에게 모든 것을 빨리고, 빈 몸만 가지고 올 정도입니다. 그뿐이 아닙니다. 심지어 이까지 빼어 주기도 했지요.

이 소문이 워낙 자자한 까닭에 누구든지 그곳 감사나 군수로 부임할 때에는 이런 생각을 합니다.

'그년이 도대체 어떻게 생겼기에 가는 사람마다 등신이 되어 가지고 온단 말이냐?'

그렇게 단단히 마음을 먹고 가지만, 부임하고 나면 아주 제정신을 잃고 맙니다.

그런데 어느 양반 한 분은 썩 딱딱한 모양이에요. 항상 부용이라는 말만 들으면 팔을 뽐내며 장담했습니다.

"내가 성천 부사가 되면 부용이를 큰 매로 단박에 때려죽이리라."

그렇게 말하고, 세력가에 가서 콧소리를 해댔습니다. 그 때문인지 결국 그 사람이 성천 부사로 제수받아 도임하게 되었습니다.

부용이는 벌써 이번 부사로 내려오는 양반이 저를 죽이려고 작심한 사람이란 것을 알고 부사의 동정만 살폈습니다. 부사는 도임한 벽두•에 형방을 불렀습니다.

"서울서 들으니 이 고을 부용이란 기생이 아주 괴물이라더구나."

"네, 그렇습니다."

"그러면 그년을 잡아들여 형틀에다 매고 큰 매로 때려죽이라."

형방은 부사의 명령대로 부용이를 잡아들여 형틀에 매고 말했습니다.

"네가 기생이란 이름을 가지고 수령 방백은 물론이고 심지어 양가의 젊은 청년들 가죽까지 벗겨 내다시피 한다고, 이번에 새로 부임한 부사께서 너 같은 요물을 큰 매로 때려죽이라고 하는구나. 그래서 너를 죽이는 것이니, 그리 알아라."

부용이는 조금도 겁내는 기색이 없이 태연한 얼굴로 말했습니다.

"소녀에게 죄가 있으니 죽는 것이 당연합니다. 이미 죽는 마당이니 소원이나 하나 들어주십시오."

형방은 이 말을 부사에게 전했습니다. 부사는 가만히 생각하였습니다.

'이미 그년을 죽일 것인데, 마지막 소원이야 못 들어줄까? 그나저나 나도 그년 얼굴이나 한번 보자.'

그리고 부사는 형방에게 말했습니다.

"그년을 이 앞으로 데리고 오너라. 소원이 무엇인가 물어나 보자."

형방이 부용이를 부사 앞으로 데려왔습니다. 부사가 부용이를 한번 보자, 그 침어락안지용*은 짐짓 경성경국지색*이었습니다. 부사는 속으로 탄복하였습니다.

---------------------------------

**벽두** 맨 처음. 또는 일이 시작된 머리.
**침어락안지용**侵魚落雁之容 물고기가 미인을 보고 부끄러워 물 밑으로 숨고, 기러기가 날다가 미인을 보고 놀라 떨어질 만큼 아름다움.
**경성경국지색**傾城傾國之色 도성을 흔들고 나라를 흔들 만큼 아름다움.

'아, 사람인 이상에 어찌 저 아이에게 반하지 않을 수 있겠는가? 그러나 나와 같은 철석심장이야 움직일 리 만무하지.'

그러면서 엄숙한 말투로 물었습니다.

"그래, 네 소원이 무엇이더냐? 말해 보거라."

부용이가 샛별 같은 눈으로 부사를 쳐다보며 대답했습니다.

"소녀는 평생 시 짓기를 좋아하였습니다. 그러니 마지막으로 시나 한수 짓고 죽고자 합니다."

"그리하라. 무슨 시를 짓고자 하느냐?"

"부사께서 운자를 불러 주시면 짓겠습니다."

"그리하거라. 네가 능한 것이 많다 하니 '능能' 자 여덟 번을 두고 글을 지어라. 만약에 잘 지으면 네 목숨은 살려 두마."

부용은 조금도 서슴지 않고 글을 지었습니다. 그 글은 이랬습니다.

"성천부용유하능, 능가능무우시능, 능능지중우일능, 무월동방환부능 [成川芙蓉有何能, 能歌能舞又詩能, 能能之中又一能, 無月洞房喚夫能]."

이 글을 풀이해서 말하면 다음과 같습니다.

"성천 부용이가 무엇에 능하더냐? 소리도 능하고 춤도 능하고 글도 능하지. 능하고 능한 것 중에 또 한 가지 능한 것이 있으니, 달 없는 동방•에 지아비 부르는 것이 능하지."

이 시를 들은 부사는 고만 침을 흘리며, 부용이 말이라면 제 대부인• 이라도 팔 만큼 빠져들었답니다.

## 저는 평안북도 대표올시다.

본 도 어느 고을 원님이 어찌나 똑똑하던지, 송사가 있으면 항상 그 부인께 물어본 연후에 처결을 합니다.

하루는 두 명의 백성이 송사를 제기하여 서로 억울하다고 했습니다. 원님은 아무리 생각해도 누가 옳고, 누가 그른지 알 수가 없었습니다. 이에 안으로 들어가 부인과 의논하니, 부인이 말했습니다.

"제가 원님과 함께 나가 송사를 듣다가 손바닥을 엎치거든● 그놈을 잡아 엎드리게 한 후 볼기를 때리도록 하십시오."

원님은 부인이 말한 대로 하였습니다. 얼마쯤 지나자 부인이 손을 뒤집었습니다. 그것은 '죄인을 일으키라'는 약속이었는데, 원님은 그것을 잊고 말했습니다.

"저놈을 뒤집어라!"

부인은 민망하고도 우스워 손으로 입을 막았습니다. 그러자 원님은 그것이 죄인의 손을 깨물라는 줄 알고, 당당하게 명령을 내렸습니다.

"여봐라! 저놈의 손가락을 깨물어라!"

그러자 육방 관속들이 모두 깔깔대고 웃었습니다. 목민관을 이따위로 보내니 참 한심한 일이지요?

---

**동방** 침실.
**대부인大夫人** 어머니.
**엎치다** 위가 아래가 되게 뒤집어 놓다.

## 저는 함경남도 대표올시다.

본 도에 민 참봉이란 사람이 있는데, 이 사람은 어찌나 정신이 없던지 하루는 그의 친구 김 진사의 소상*을 당해 그 집에 갔더랍니다. 이미 거기에는 사람들이 많이 모여 있었죠. 그들 중에는 친한 친구인 이 주사도 있었습니다. 민 참봉은 이 주사를 보고 물었습니다.

"김 진사는 어딜 갔나?"

"나는 오늘이 김 진사 소상 날이라 해서 왔거니와, 자네는 주인도 없는 집에 무슨 일로 왔나?"

민 참봉이 그제야 깨닫고 손바닥을 치며 말했습니다.

"아차, 깜빡 잊고 있었네. 나도 소상이라고 해서 참여하러 왔다가 금세 그걸 잊었구면."

그러더니 조금 있다가 민 참봉이 다시 이 주사에게 물었습니다.

"그나저나 김 진사가 무슨 병으로 죽었지?"

"높은 산에 꽃구경 갔다가 낙상을 하지 않나?"

"그러면 큰일 날 뻔했네그려."

"죽은 것 말고 또 무엇이 큰일이란 말인가? 자네는 정말 바지저고리만 다니나?"*

"아차, 아차! 아까도 그러더니, 지금도 또 그랬네. 하, 이놈의 정신하고는."

## 저는 함경북도 대표올시다.

본 도에는 이런 이야기가 있습니다.

한 마을에 김씨와 이씨가 살았습니다. 김씨의 아내가 천하일색인지라, 이씨는 늘 흉악한 생각을 가지고 있었습니다.

그러던 어느 날, 이씨는 틈을 봐서 김씨를 불러 취하도록 술을 먹였습니다. 그 후 김씨에게 말했습니다.

"우리 내기나 한 판 하세."

"무슨 내기?"

"우리 둘이 내기를 하되, 자네가 거짓말을 잘하면 내 처를 자네가 데려가게. 내가 거짓말을 잘하면 자네 처를 내게 보내고…."

김씨는 취중에 그렇게 하자고 허락하였습니다. 이씨가 먼저 말했습니다.

"나는 길을 가다가 바늘 하나를 주웠는데, 그것으로 낫과 도끼를 만들었네."

김씨도 말했습니다.

"나는 조금 전에 집에서 죽을 먹다가 개를 주고 왔네."

"자네의 말은 참말이고, 나는 거짓말을 하였네. 그러니 내가 이겼지. 이제는 약속대로 자네 아내를 내게 보내게."

김씨는 할 말이 없어서 그저 내일 데리러 오라 하고 집으로 돌아왔습니다. 그러고는 아내를 보고 이씨와 내기한 사연을 말하며 탄식하였습니다.

---

**소상**小祥 사람이 죽은 지 1년 후에 지내는 제사.
**바지저고리만 다닌다** 사람이 아무 속이 없고 맺힌 데가 없이 행동하는 경우를 비유적으로 말함.

"어떻게 해야 좋지?"

그런데 아내가 웃으며 말했습니다.

"이씨가 내일 데리러 오면 제가 모두 알아서 말할 것이니 당신은 조금도 걱정하지 마세요."

이튿날, 과연 이씨가 와서 김씨를 찾았습니다. 그러자 아내가 대답하였습니다.

"아니 계십니다."

"어디에 가셨소?"

"삼 년 묵은 말가죽이 꼴을 달라고 소리를 질러 대기에 꼴을 베러 갔습니다."

"삼 년 묵은 말가죽이 어찌 꼴을 달라고 합니까?"

"그럼, 바늘 하나로 어떻게 낫과 도끼를 만들 수 있죠?"

이 말을 들은 이씨는 말문이 막혀 아무 말도 하지 못하고 돌아갔습니다. 남의 여자를 보고 음욕을 먹으면 어찌 천벌을 받지 않겠습니까?

[십삼도재담집]

# 울음의 또 다른 이름, 웃음
# 삶의 희로애락을 담은 재치 있는 이야기, 재담

## ● 재담이란 무엇인가?

재담은 익살을 부리면서 하는 재치 있는 말이나 이야기를 이른다. 본래 재담은 고려 시대 말부터 이어져 내려온 패설의 전통 아래에 있는 문학 양식으로, 이것이 '재담'이라는 독자적인 문학 갈래로 자리를 잡은 것은 근대 전환기 무렵이다.

본래 재담은 "인간의 행동을 모방하되, 그 미의식을 골계미에 맞춘 문학 갈래"라 정의할 수 있는 패설에서 비롯되었다. 패설 작품집은 조선 시대 서거정徐居正(1420~1488)의 『태평한화골계전太平閑話滑稽傳』에서부터 조선 말기의 편자를 알 수 없는 『거면록袪眠錄』 등에 이르기까지 현재까지 25종 남짓이 남아 있다. 그러던 것이 근대 전환기를 즈음해서 그 형태에 변화를 보였다.

근대 이전까지만 해도 재담처럼 짧은 이야기들은 그 독자적인 성격이 강하지 않았다. 하나의 책에서 담아내고자 한 주제를 증명하는 '부분'으로만 존재했기 때문이다. 이야기 각 편은 전체를 구성하는 일부였던 셈이다. 그러나 근대로 전환되면서 그 양상이 달라진다. 그것은 문학의 향유 방식이 바뀌면서 나타난 결

과다. 근대 이후에는 신문과 같은 매체의 등장으로 인해, 예전처럼 많은 이야기를 한꺼번에 다 실을 수 없었다. 이에 따라 책의 향유 방식도 이야기 전체를 제시하기보다는 책 한 권에 담긴 이야기들 중에 재미난 이야기 한두 편만 뽑아 신문에 싣는 방식이 주된 흐름이 되었다. 이른바 '묶음 책[集]' 위주에서 개별 작품 위주로 문학 향유 방식이 바뀐 것이다. '재담'이라는 말도 이 무렵에 와서 빈번하게 쓰였다.

그러나 그때만 해도 재담은 익살, 소화, 웃음거리, 기담, 진담, 부담, 골계, 패설 등 다양한 용어로 불렸다. 우스운 이야기를 아울러 부르는 말로 이처럼 다양한 말들이 사용되었는데, 그중에서도 '재담'과 '소화'가 다른 용어들보다 더 널리 쓰였다. 그러다가 1920년대 중반 이후부터 재담은 오늘날 우리가 쓰는 의미로 사용되기 시작한다. 실제 1930년에 간행된 《삼천리》라는 잡지에서는 재담과 소화를 의식적으로 구분하기도 했다.

[재담]

낮에 보아도 밤나무

밤에 보아도 낫자루

[소화]

"모자란 부부"

남편 : 방에 불을 켜시오.

아내 : 어두워서 전등이 어디 있는지 모르겠어요.

남편 : 전등을 켜서 찾아보면 알지.

　재담은 말재주에, 소화는 우스갯소리에 초점을 맞췄음을 알 수 있다. 재담은 제목이 없고, 소화는 제목을 붙였다는 차이도 엿볼 수 있다. 이러한 현상을 통해 소화는 유머로, 재담은 위트로 정착되어 가는 흐름도 확인케 한다. 이후 재담은 재담꾼들이 나와 구연을 하는 등의 구비적 성향을 강하게 드러낸 반면, 소화는 매체에 기록되어 읽는 형태로 나타나는 등 그들 나름의 장르적 성격을 공고히 가져갔다. 전체를 하나로 묶은 '패설'로 향유되던 작품들이 이즈음에 이르러 개별적 작품 성향을 드러낸 '재담[위트]'과 '소화[유머]'로 바뀌었음을 알 수 있다.

　이후 재담은 말재주를 통한 구비적 구술 방식으로, 소화는 매체에 기록되어 읽는 형태로 정착하였다. 재담이 주로 공연 형태로 등장한 것도 이런 토대에서 비롯된다. 특히 박춘재朴春載(1881~1948)는 재담으로 공연을 하면서 명성을 높였는데, 그가 구연한 재담을 수록한 유성기 음반도 남아 있다.

## ● 다양한 재담집

| | 작품명 | 찬자 및 발행자 | 편찬 시기 | 수록 이야기 편 수 | 출판사 | 서문 | 형태 |
|---|---|---|---|---|---|---|---|
| 1 | 요지경 | 박희관 | 1910년 | 185편 | 수문서관 | ○ | 국문 |
| 2 | 절도백화 絕倒百話 | 최창선崔昌善, 원석산인 圓石散人 편집 | 1912년 | 100편 | 신문관 新文館 | ○ | 국한문 |
| 3 | 개권희희 開卷嬉嬉 | 최창선, 우정거사 偶丁居士 이야기[談] | 1912년 | 100편 | 신문관 | ○ | 국한문 |
| 4 | 앙천대소 仰天大笑 | 선우일鮮于日 | 1913년 | 102편 | 박문서관 博文書館 | × | 국한문 |
| 5 | 깔깔웃음 (쌀쌀우슴) | 홍순필洪淳泌, 남궁설 편집 | 1916년 | 70편 | 박문서관 | × | 국문 |
| 6 | 소천소지 笑天笑地 | 최창선, 장춘도인 長春道人 편집[輯] | 1918년 | 322편 | 신문관 | ○ | 국한문 |
| 7 | 팔도재담집 | 강의영姜義永 | 1918년 | 145편 | 영창서관 永昌書館 | × | 국문 |
| 8 | 익살주머니 | 강의영 발행 송완식宋完植 지음[著] | 1921년 | 120편 | 영창서관 | × | 국문 |
| 9 | 고금기담집 | 고유상高裕相 | 1923년 | 93편 | 회동서관 滙東書館 | ○ | 국문 |
| 10 | 익살과 재담 | 김동진金東縉 | 1927년 | 70편 | 덕흥서림 德興書林 | × | 국문 |
| 11 | 십삼도재담집 | ? | 1928년 | 99편 | 신구서림 新舊書林 | ○ | 국문 |

재담은 지금도 향유되고 있고, 이를 묶어 낸 책자도 적지 않다. 그런데 우리가

주목하는 재담집은 1910~1920년대에 출간된 것들이다. 그때 출간된 재담집은

재담이 무엇이며, 재담이 어떤 방식으로 향유되고 있었던가를 묻는다. 즉 복잡한 시대에 재담이 어떻게 존재했고, 또한 현재를 사는 우리들은 재담을 어떤 의미로 받아들여야 하는가에 대한 해답의 열쇠가 바로 1910~1920년대 재담집에 있다고 할 수 있다. 이 점에서 이 시기에 출간된 재담집은 중요한 가치를 갖는다.

현재까지 확인된 1910~1920년대 재담집은 총 11종이다. 이들 중 1910년대에 간행된 재담집은 총 7종이고, 1920년대에 간행된 재담집은 4종이다. 출간된 11종의 재담집에 수록된 이야기만도 1,400편이 훌쩍 넘는다. 그들을 표로 제시하면 위와 같다.

이외에 1930년대에는 『엉터리들』, 『걸작소화집』, 『세계 소화집』, 『깔깔웃음주머니』와 같은 책들이 나와 이들의 계보를 잇는다. 하지만 1930년대 재담집에서는 이전 재담집에 빈번하게 출현하는 새로운 문명의 유입에 따른 문화적 충격을 다룬 작품이 거의 보이지 않는다. 오로지 상업적 이익을 위한 오락적 작품 위주로 실었던 까닭에 1910~1920년대 재담집에 실린 작품들과는 일정한 차이가 있다. 이 책에 실린 작품 대부분을 1910~1920년대 재담집에서 주로 발췌한 이유도 여기에 있다.

## ● 작가들은 재담을 왜 기록하였을까?

재담은 익살을 부리면서 하는 재치 있는 말이나 이야기다. 따라서 작품을 읽으면서 깔깔대고 웃으면 그만이다. 실제로 1910~1920년대에 쓰여진 재담집

서문에도 그와 비슷한 말이 있다.

　이 책은 여행하는 자와 걱정 많은 무리와 심심한 사람이 한번 보면 괴로움과 걱정과 적적한 것이 변하여 한바탕 웃음 천지가 될 듯한 책이다.

『요지경』 서문에 있는 작가의 말인데, 그 내용이 퍽 재미있다. 여행하는 사람, 걱정이 많은 사람, 심심한 사람들은 이 책을 보고 크게 한번 웃으라는 것이다. 한바탕 웃음으로써 세상 모든 근심을 날려 버리라는 말이다. 그런데 이런 내용은 비단 『요지경』에만 한정되지 않는다. 1913년에 간행된 《아이들보이》라는 잡지 광고란에 실린 『절도백화』 및 『개권희희』를 홍보하는 내용도 이와 다르지 않다.

　이 두 책(『절도백화』와 『개권희희』)은 고금古今의 우스운 이야기 가운데 특별히 재미있는 것 100편씩을 골라 간략하게 정리한 것이다. 어떤 사람이든지 한번 읽으면 배를 움켜잡고, 허리를 끊게 되며, 턱이 빠지고, 밥알이 튀어나와 시시덕거리고, 깔깔대고, 키득키득하며, 흐흐하며 웃는 것을 억제할 수 없을 것이다. 그러므로 세상을 즐겁게 지내려는 사람은 모두 다 이 책 한 권씩을 반드시 준비하시오.

이 책을 읽음으로써 세상을 향해 한바탕 웃게 하겠다는 것이 출판사의 궁극적인 의도다. 그런데 뭔가 이상하다. 이들은 우리들에게 왜 이렇게 웃으라고 하는가? 그 당시에는 무슨 근심이 그리도 많았기에 이런 책을 읽으면서까지 억지로 웃음을 지어야 한단 말인가? 우스갯소리를 모아 놓은 책을 찾아야 할 만큼 적적하고, 심심하고, 걱정이 많았던 것일까? 퍽 궁금해진다.

세상을 향해 왜 웃어야 하는가? 이에 대해 『절도백화』의 발문을 쓴 국국도인 局局道人은 마음에 불이 나고 탄식이 갈수록 커져 가는 이 세상에 존재하는 그 자체가 너무 슬프기 때문이라고 답한다. 심지어 그는 "하느님, 하느님! 이 가련한 중생을 불쌍히 여겨 주십시오"라고 하며 애절하게 신을 찾기도 한다. 슬픈 세상이기 때문에 웃음이 필요하다는 것이다. 그렇게 생각하니 이들의 주장도 알 듯하다. 1910년 이후, 재담은 나라를 잃은 조선 사람들의 아픔을 달래 준 치유 약이었던 셈이다. 그저 한바탕 웃고 넘어가면 될 것 같은 이야기에는 아픈 시대를 살아갔던 사람들의 슬픈 목소리도 담겨 있었던 것이다.

물론 재담을 오로지 이렇게만 읽을 수는 없다. 실제 시대적 아픔과 상관없이 오로지 오락성만을 꾀한 작품도 적지 않다. 그중에는 조선 시대에 향유되던 이야기들을 그대로 수록한 경우도 있지만, 상당수는 새로운 문물과 만나면서 만들어진 풍경에 주목한다. 중세에서 근대로 이행하는 도정에서 만들어진 낯선 모습들, 그 낯선 모습을 마주하면서 빚어진 광경은 그대로 재담의 소재가 되었다. 재담을 통해 당시의 한 면을 스케치하고, 스케치한 단면을 통해 그 시대의 문제점을 고발하기도 한다. 단순히 한바탕 웃고 넘어갈 작품도 있지만, 작품에 따라서는 아주 장황하게 그 당시의 세태를 적나라하게 폭로하기도 한다.

이 책에도 실린 '새로운 철학'에서는 다섯 가지 철학을 말한다. 첫째, 돈이 없는 것이 돈이 있는 것보다 낫다. 둘째, 사람은 다른 사람의 눈만 의식하고 정작 자신의 몸은 사랑하지 않는다. 셋째, 천하 만물은 모두 거꾸로 간다. 넷째, 죽은 사람이 산 사람보다 가치 있다. 다섯째, 웃는 것이 화내는 것보다 힘이 있다. 이 다섯 가지는 새로운 시대를 맞이하면서 나타난 모순을 신랄하게 비판한 것이다. 돈에 구속된 삶, 남에게 보이기 위한 삶, 모든 가치가 전복된 삶 등 근대를 맞이하며 나타난 모순을 고발한다. 인간의 삶에 대한 조롱, 이는 단지 우리의 삶을 부정하기 위한 것이 아니다. 오히려 삶의 가치를 더욱 존중해야 한다는 말을 애써 강조하고 있었던 것이다. 나를 향한 조롱과 비꼼은 결국 '순수한 본래의 나'로 돌아가고 싶은 마음을 드러낸 또 다른 몸짓이 아니었던가.

이외에도 재담은 웃음 그 자체로 머문 것도 많다. 그 웃음은 단지 일회용 웃음으로, 그저 한번 웃고 넘어가면 그만이다. 그러나 작가들은 그 웃음을 통해 당시의 모순된 세상을 맘껏 비판하고 있었던 것은 아닐까? 웃음은 울음의 또 다른 얼굴이지 않은가. 이런 면들도 함께 고려하며 재담을 엿보는 것도 흥미로운 일이다.


## ● 재담을 어떻게 읽을 것인가?

재담은 웃음을 유발한다. 작품을 읽고 한바탕 웃으면 그만이다. 때문에 소모적이라고 할 수 있다. 그러나 재담을 곱씹어 보면 웃음 뒤에 감추어진 메시지를 엿볼 수 있다. 거기에는 암담한 현실을 살았던 작가의 눈물과 그런 현실에서 어떻게 벗어날 것인가에 대한 질문이 담겨 있기도 하다. 이 문제는 지금까지 우리들에게도 여전히 유효한 눈물이고, 여전히 유효한 질문이다. 이것이 재담을 어떻게 읽을 것인가에 대한 답변이다.

이 책에서는 우리나라 재담의 내용을 크게 일곱 가지로 나누어 수록하였다. '재치 있게 말하다', '재치 있게 행동하다', '어리석은 사람들, 소통을 꿈꾸다', '사람 사는 세상, 갖가지 웃음과 만나다', '일그러진 사회, 세태를 고발하다', '새로운 문명과의 만남, 다양한 이야기를 만들다', '13도 노인들, 탑골공원에서 재담 대회를 열다'가 그것이다. 여기에 실린 작품 하나하나를 설명할 수는 없지만, 그 대략을 살펴볼 필요는 있다. 재담에 숨어 있는 메시지를 찾고, 그것을 어떻게 해석할 것인가를 엿보기 위함이다.

## 재치 있게 말하고 재치 있게 행동하기

'재치 있게 말하다'는 제목 그대로 재치 있는 말재주를 위주로 한 작품들이다. 재치 있게 말하는 것은 재담의 특징 중에 가장 두드러진 요소다. 이 책에서 이 항목을 가장 먼저 놓은 이유도 여기에 있다. 재치 있게 말하는 것. 우리는 어떤 것을 두고 재치 있는 말이라 하는가? 특정한 상황에 처했을 때, 보통 사람들의 생각과 전혀 다른 엉뚱한 말을 할 때에 그렇다고 할 것이다. 물론 엉뚱한 말이 엉뚱함 그 자체에 머물지 않고, 그것이 당시 상황에 적절하게 녹아들 때 비로소 재치 있는 말이 된다.

재치 있는 말은 우리의 상식에서 벗어난다. "눈앞에 보이는 것을 알 수 있습니까?" 어린아이가 공자에게 물었다. 공자의 대답은 너무도 당연하다. 내 눈앞에 놓인 것을 왜 볼 수 없겠는가? 그러자 아이가 다시 말한다. "그럼, 선생님의 눈썹은 몇 개나 됩니까?"라는 아이의 말은 엉뚱하다. 그러나 가만히 생각해 보면 그 말이 맞다. 우리는 바로 눈앞에 있는 것조차 보지 못하면서 세상의 모든 것들을 본다고 하고 있지 않은가? 우리들의 삶도 마찬가지다. 지금 당장 해야 할 일이 있고, 그것을 해야 한다. 그러나 우리는 그것을 보지 못하고 그저 먼 곳을 바라보고 있지는 않은지? 내 눈앞에 있는 사람들, 부모와 형제들에게는 함부로 대하면서 다른 사람들에게만 친절하게 대하는 것은 아닌지? 한 작품을 통해서도 많은 생각을 하게 한다. 재치 있는 말이 우리들에게 주는 메시지다.

또한 재치 있는 말은 현재 내게 주어진 상황을 다른 눈으로 보는 데서 만들어지기도 한다. 당연히 내게 주어진 현실, 그 현실을 역전시킬 수 있는 힘은 어디에 있는가? 그것은 '다르게 보기'에서 시작한다. 수말이 낳은 새끼를 구해 오라는 무리한 요구를 하는 원님. 그 상황에 처한 우리들은 수말이 낳은 새끼를 어떻게 구할 것인가를 두고 고민한다. 하지만 재담의 주인공은 그 상황을 다르게 본다. 내게 주어진 눈이 아니라, 또 다른 눈으로 세상을 보는 것이다. 원님의 요구는 애초 불가능한 것이니, 모순이다. 모순은 답이 없다. 그러니 답이 없다는 사실을 스스로 깨우치게 해야만 한다. 원님의 요구에 대해 재담의 주인공은 '구하겠다, 혹은 구할 수 없다'라는 답이 아닌, 다른 방법으로 그 문제에 접근한다. 어떻게? 원님의 요구를 역으로 이용함으로써. 나는 수말의 새끼를 구했지만, 도중에 불가능한 조건 때문에 잃어버렸다고! 애초 불가능한 요구를 한 원님은 그 말을 믿을 수 없다. 그러나 믿지 않으면 자신이 만든 전제도 부정된다. 그러니 어쩔 수 없이 그 말을 수용할 수밖에 없는 것이다. 이미 존재하는 상황을 다르게 보는 눈. 재담의 말장난은 단지 말장난으로 그치는 것이 아니다. 우리들에게 상황을 다르게 보는 눈을 만들어 준다. 상황을 다르게 보는 것, 그것이 바로 창의성이 아니었던가! 재치 있게 말하는 것은 사물을 다르게 봄으로써 새로운 가능성을 만들어 준다. 재담을 읽는 한 방법이다.

재치 있게 행동하는 것도 재치 있게 말하는 것과 다를 바 없다. 말이 아닌 행동으로 상황을 반전시킨다는 점에서 차이가 있을 뿐이다. 재담을 읽는 방법도 재치 있게 말을 하는 방식에서 보여준 틀과 크게 다르지 않다. 다만 재치 있게 행동하는 주체가 사회적으로 약자인 경우가 많다는 점은 주목할 필요가 있다. 어른보다는 어린이, 남성보다는 여성, 주인보다는 노비, 선생님보다는 학생이 이야기의 중심에 놓이는 것이다.

사회적 약자들이 재치 있게 행동함으로써 말하는 주제는 무엇인가? 그 대부분은 사람의 도리다. 자기는 조상에게 인사하지 않으면서 며느리한테서는 인사를 받으려는 시아버지, 전어 굽는 냄새를 맡은 값을 달라고 하는 상점 주인, 학생을 내보내고 혼자서만 음식을 먹으려는 훈장, 신분에 따라 서로 다른 음식상을 내주는 부자, 모두가 야박하다. 화가 나서 금방이라도 따지고 싶지만, 재담의 주인공은 그렇게 하지 않는다. 그들은 오히려 재치 있게 행동함으로써 상대방이 스스로 깨우치게 만든다. 자신의 행동이 얼마큼 부끄러운가를 스스로 깨닫게 하는 것이다. 이들의 행위는 강자와 약자가 사람의 도리를 지키면서 더불어 살아가는 세상을 그린다. 재담이 말하고 있는 세상을 상상해 보는 것, 그것도 재미있게 재담을 읽는 한 방법이 아닐까?


## 우리는 소통을 꿈꾼다

재치 있게 말하고 행동하는 모습을 보며 우리는 나 자신의 삶과 내 행동에 대해 다양한 생각을 한다. 재담이 주는 매력이다. 그러나 재담의 백미는 근대 전환기의 풍경과 맞물리면서 본격화된다. 중세에서 근대로 이행하면서 세상은 하루가 다르게 달라진다. 어제와 전혀 다른 오늘. 오늘과 전혀 다른 내일. 이런 상황에서 나조차 내가 누구인지 알 수 없을 만큼 혼란스럽다. 다른 사람과 말을 해도 도통 그 의미를 알 수가 없다. 소통이 없다. 나는 도대체 누구인가? 재담은 이런 상황에 대해서도 주목하였다.

중과 친하게 지내던 어떤 주인이 술에 취했다. 중은 그 틈을 타 주인의 머리를 중처럼 깎아 버렸다. 그리고 자신의 옷은 벗어 주인에게 입히고, 주인의 옷은 자기가 입고 주인 행세를 했다. 술에서 깬 주인. 주위를 둘러보던 그가 하는 말이 황당하다. "중은 여기에 있는데 나는 여기에 없으니 어찌 된 일이지?" 이렇게 정신없는 사람이 어디 있담! 우리는 그를 비웃는다. 그러나 기실 이 이야기에는 매일매일 달라지는 복잡한 사회에서 내가 누구인지조차 알 수 없게 된 슬픈 사연이 담겨 있다. 자신의 정체성마저 잃어버리게 만드는 사회. 그런 사회에서 내가 있어야 할 자리조차 찾지 못하고, 그저 나를 잃고 헤매는 사람이 어디 중의 옷을 입은 주인뿐이겠는가? 나 자신을 잃어버린 채, 갈 길이 없는 사람. 이 재담은 이런 상황을 고발한다. 한바탕 웃으면 될 듯도 하지만, 그 이면에는 퍽 슬픈 당시 현실이 담겨 있다. 소통이 되지 않는 사회가 늘 이렇다.

소통이 되지 않는 사회에서는 이를 갈망하는 이야기들이 빈번하게 만들어진다. 참새 시리즈, 사오정 시리즈, 최불암 시리즈 등 한번쯤은 들어 봤음직한 이야기들도 소통이 되지 않는 사회에 대한 비판과 이를 꿈꾸는 사람들의 갈망이 담겨 있다. 근대 전환기에도 그랬다. 그 당시에 가장 유행했던 소재는 귀머거리와 장님 이야기들이었다.

재담에 등장하는 귀머거리와 장님은 장애를 비하하는 소재가 아니다. 이들은 소통이 되지 않는 사회를 비판하는 존재일 뿐이다. 한집에 사는 다섯 명의 귀머거리. 이웃에 사는 한 사람이 와서 '괭이'를 빌려 달라고 한다. 그러자 다섯 명은 이를 모두 자기가 듣고 싶은 대로 듣는다. 샌님은 '관'으로, 샌님의 아내는 '과실'로, 며느리는 '과부'로, 종은 '광문'으로, 종의 남편은 '과천'으로 듣는다. 어떤 말을 해도 자기 입장에서만 이해하고 있는 세태. 이 이야기는 이를 비판한다. 귀를 열고 상대의 말을 들으려 하지 않고, 자기 방식으로만 해석하는 사람들. 그런 사람을 귀머거리에 비유한 것이다. 소통의 부재에서 벗어나 소통하는 사회를 꿈꾸고 싶다는 마음이 이런 귀머거리 이야기들을 만들어 냈던 것이다. 소통을 꿈꾸었던 어리석은 사람들. 그들은 어쩌면 진정한 나를 찾고자 했던, 혹은 그를 찾아 떠나고자 했던 사람들의 초상이었을지도 모른다.


## 근대 전환기의 강자를 조롱하다

또한 근대 전환기에는 중세 사회에서 볼 수 없었던 새로운 문명, 예컨대 전보·소포·신문·전차·기차·전기·사진 등이 판을 친다. 한 번도 이들을 접한 적이 없는 사람들은 이를 어떻게 생각했을까? 새로운 것이 좋기는 좋다고 하는데, 어떻게 사용해야 하는지? 이에 사람들은 전선에 신발을 묶어 두면 빠르게 배송이 된다고 생각도 하고, 전깃불도 바람이 불면 꺼진다고 여기고, 내가 산 차표를 회수하려는 기차 직원에게 따지기도 한다. 새로운 문명은 우스운 장면을 연출한다. 여기에는 복잡한 논리가 담겨 있다.

근대 문물을 일찍 수용한 사람들이 그렇지 못한 사람들을 조롱하는 것은 강자의 논리다. 조롱을 하는 사람은 서울 사람이고, 조롱을 당하는 사람은 지방 사람이다. 이는 좀 더 넓은 의미로 확장해서 볼 여지를 남겨 둔다. 그 눈길은 당시 강한 힘을 가지고 있었던 일제가 조선을 바라보는 시각과도 같다는 점이다. 식민지 지배에 대한 정당성을 확보하기 위한 방식으로 재담을 활용하고 있다는 점이다. 눈을 떠서 개화하자, 새로운 문물을 받아들이는 것이야말로 편안한 삶으로 가는 지름길이라는 주장들. 왜 그래야 하는가? 그 주장은 강자의 논리가 아닌가? 생각해 볼 일이다. 그래서일까? 어떤 재담에서는 이런 내용에 퍽 비판적이다. 오히려 외국까지 다녀와 하이칼라 행세나 하며 새로운 문물을 떠받드는 사람들을 거꾸로 조롱하기도 한다.

특히 '하이칼라 자동차'는 이야기가 길 뿐 아니라, 그 내용도 퍽 문제적이다. 영국 런던에 다녀왔다는 사람과 방문객의 대화에서 그 당시 사람들이 겪었던 갈등이 그대로 드러난다. 일부러 영어를 써 가며 유식한 척하는 신사를 두고, 방문객은 겉으로는 존경하는 척하며 끝없이 조롱한다. 서양식 집 구조, 서양식 예절, 서양식 음식, 서양식 교통수단이야 그렇다 치자. 우리나라 언덕이 평탄하지 않아서 싫다는 논리는 도대체 무엇인가? 땅이야 원래 그 자리에 있건만, 그것조차 싫다고 하는 신사. 이 작품을 보다 보면 그 시대를 살았던 사람들의 아픔이 그대로 느껴진다. 우스꽝스러운 상황을 더욱 확장시킴으로써, 당시 사람들의 아픔을 그 안에 숨기려고 했음을 엿볼 수 있기 때문이다.


물론 모든 재담을 이렇게 심각하게 읽을 필요는 없다. 재담은 그저 깔깔대고 한번 웃으면 그만인 작품들이 대부분이다. 실제 이 책 7장에 수록한 '13도 노인들, 탑골공원에서 재담 대회를 열다'는 『십삼도재담집』 앞부분을 현대적으로 풀어 쓴 것이다. 13도 노인들이 각각 재담 한 편씩을 구연하는데, 그들 상당수는 그저 한바탕 웃음으로 그칠 뿐이다. 한번 웃고 넘어가면 그만이다. 그런데 그런 내용보다 오히려 무거운 내용 위주로 설명한 데에는 이유가 있다. 독자들도 재담 작품을 읽으면서 눈에 보이는 내용 뒤에 숨어 있는 그 당시를 살았던 사람들의 슬픔도 한번쯤은 생각해 주었으면 하는 바람 때문이다. 웃음은 울음의 또 다른 이름이 아니었던가. 한바탕 웃고 난 뒤의 여운을 한번쯤 생각해 볼 일이다. 이 또한 재담을 읽는 한 방법이다.